熊治祁　编

湖湘词全编

（六）

岳麓书社·长沙

湖湘文库

续编

《湖湘词全编》各册词人

第一册

胡　曾　释齐己　欧阳彬　侯彭老　王以凝　廖行之　刘　翰
易　祓　易祓妻　章斯才　钟将之　赵　葵　雷应春　赵　湣
王梦应　李　琳　醴陵士人　徐君宝妻　刘　氏　刘　铉　欧阳龙生
冯子振　欧阳玄　马　熙　李道纯　苗善时　刘三吾　李东阳
张　治　龙　膺　陶汝鼐　王　岱　黄周星　陈　震　王素音
王夫之　陈鹏年　夏光洛　杨学林　易宗瀛　陈荣杰　张九钺

第二册

唐仲冕　黄湘南　宋宾逢　周在炽　黄本骐　王　璃　雷玉映
唐婉珠　吴小云　史韫卿　舒梦龄　唐可久　欧阳鹤　李星沅
易　棠　黎吉云　熊少牧　陈芳藻　何绍基　沈　梅　黄婉璚
邹汉璜　罗汝怀

第三册

胡　焯　邹汉勋　邓　琮　吴敏树　言友恂　何慧生　谭　溥
曾国藩　周寿昌　邹汉池　郭嵩焘　孙鼎臣　何桂珍　韶山士人
陈钟英　杜贵墀　李寿蓉　王成升　李　洽　曾传均　邓辅纶
罗　萱　周诒蘩　易佩绅　周诒静

第四册

程霖寿　邓　绎　王闿运　杨恩寿　张祖同

第五册

邓　蛟　田兴恕　龚镇湘　黄维申　张　琳　吴　獬　陈　瀚
李　蓉　陈启泰　徐树钧　周　汉　周翼杶　王先谦　何维朴
张百熙　舒佐尧　胡元仪　李辅燿　皮锡瑞　郑业本　邹世琦
周名建　释敬安　蔡培劼　刘　鉴　唐赞衮　胡元直　陈　鼎
余嵩庆

第六册

王以敏　何维棣　袁绪钦　吴恭亨　黄家骥

第七册

李鹤云　王　济　廖基植　易顺鼎　谢玉芝　谢介僧　魏　繇
陈　锐　易顺豫

第八册

程颂芬　姚肇椿　谭嗣同　罗长裿　程颂万　王　蒧　洪汝冲
黄润萱　唐宗海　何铁笛　曾广钧　胡矩贤　刘善涵　王　帉
汪诒书　黄兆枚　唐景森　唐景尧　齐廷襄　夏寿田　熊希龄

第九册

蔡传奎　章　华　黄　冰　徐芝年　朱　彝　许崇熙　黄　兴

田兴奎　陈天华　左又宜　杨　度　刘肇隅　杨　庄　刘师陶
秦力山　成本璞　欧阳钧　周家树　郭宗熙　王景峨　袁思亮
胡　焕　苏　鹏

第十册

袁思永　易　象　谭恩闿　宁调元　郑　泽　傅熊湘　袁思古
胡熙寿　张　锦　刘泽榘　刘泽槩　刘德鑫　邬思亮　陈润湘
陈　潜　杨延年　杨述章　周诒文　周翼洙　周翼崧　周勋大
周旸寅　周大备　周大肃　骆　鹏　黄　钧　曹典藩　傅道博
谭作民

目　录

王以敏

王以敏（1855—1921），字子捷，号古伤，自号梦湘，武陵（今属常德）人。光绪十六年（1890）进士，选庶吉士，授编修。历任瑞州、杭州知府，江西大学堂提调，南康知府等。有《檗坞词存》十七卷。

河传 金荃体 乙亥

阶月，如雪。又今宵，水驿山椒思遥。洞庭始波霜叶飘。归桡，断魂何处招？

浊酒一杯尘两鬓。街鼓静，别院乌啼紧。劝西风，休扫红。为侬，荡愁还碧空。

醉翁操 九日登千佛岭

秋深，高岑，登临。暗惊心，谁禁？山之木兮何萧森。雁兮飞破层阴，空好音。甚处楚江浔，欲寄缄札兮梦沉。

侧身四顾，踯躅沉吟。鬓衰久矣，羞把茱萸细簪。嗟彼苍之难谌，孰察予之中忱？盱衡兮古今。忧心兮钦钦，不语泪盈襟，曰归弦入沧海琴。

洞仙歌　柳絮泉寻易安居士故址，和张南湖同年韵

烟乡甚处，又悲秋时候。寂寂青山远蛾皱。怪西风、帘卷一样黄昏，怎换了，树影书声非旧。

墨痕流不尽，鱼浪吹萍，曾浣当年碧云袖。绮梦话芝芙，玉簟红香，都付与、雨僝云愁。问今古黄花几销魂，剩词客重来，鬓丝吟瘦。

木兰花慢

倩湘灵鼓瑟，唤海若，舞冯夷。看暖佩鸣空，轻桡荡雪，凤翥鸳飞。风吹，软绡万叠，泻亭台金碧入斜晖。湿藓绀凝新唾，遥山黛妒修眉。

兜衣，粉雨成围，凭玉槛，醉金卮。笑花外春魂，镜中人语，冷鹭偏知。丝丝，柳香织暝，渐暮榔敲梦起渔矶。折得睡棠归去，绮窗月，淡烟霏。

踏莎行　寒食，时甫抵都门

石鼎泉新，熏炉雨润，客中厌说清明近。故乡烟草自青青，廿年荒冢无人问。

寂寞斜阳，萧疏短鬓，雁来没个商量信。二分春色到梨花，一分又被风吹尽。

兰陵王

落第东旋，用清真韵奉酬实甫，兼以留别。

晚烟直，官柳丝丝蘸碧。荒郊外，流水乱鸦，绘出天涯断肠色。行歌又异国。三叠，阳关劝客。东风紧，何处解鞍，月照愁心不逾尺。

春城话游迹。几絮拥香轮，花簇吟席。湘筠空觅饥皇食。嗟俊侣星散，鬓丝霜点，青袍还度万里驿，逐孤雁投北。

悲恻，别怀积。渐梦化云飞，心学禅寂。关山望眼高无极。忆倚扇呼酒，隔灯横笛。流光如电，尽付与，蜡泪滴。

又

清河旅次，闻实甫有自都南返之信，胡马越禽，魂梦俱远矣。余辕复北，益怆于怀。再叠周美成韵，即题李家店壁。时庚辰杪冬初五日。

月弦直，冲破关山冷碧。荒林挂，三四点星，烛影幢幢黯行色。哀笳遍海国。憔悴，乌衣旧客。天寒甚，榛栗尽枯，羞把长镵柄三尺。

清游渺无迹。但苦雾成团，残雪盈席。劳生鸡鹜宁争食。空慷慨呼酒，激昂题句，搴梅何处寄远驿？又胡马依北。

心恻，百忧积。甚锦札难传，诗梦都寂。江流日夜悲何极。尽亭觅倾盖，步寻邀笛。输君归看，画镜里，晓翠滴。

蝶恋花

日日东风吹柳线。未减春寒，春事先过半。见说故园芳草遍，天涯独上高楼看。

金谷俊游人已散。飞盖归来，清夜闻花叹。闷炙沉檀帘不卷，燕飞知入谁家院？

又 拟冯正中用韵（三首）

四面红墙三面树。树里层楼，树外霞千缕。寂寞兰窗兼绣柱，无人知道香骢去。

雪尽海棠风尽絮。痴绝鸣鸠，尚唤黄昏雨。手把杨枝无一语，春归只在阴浓处。

莫恨年来春别久。春到依然，可惜人非旧。正是花时堪对酒，逢人怕说伤春瘦。

溪口碧桃溪上柳。心事年年，梦醒嗟何有。谁见倚栏双翠袖，归期又落啼鹃后。

信马江南江北去。总是春残，何必斜阳暮。醉里错寻前日路，秋千几架相思树。

粉蝶双双疑对语。来岁花间，知得重逢否？万恨千愁飘似絮，随风觅个安排处。

兰陵王　次美成韵（三首）

实甫南返，闻仍过沂。予以人事牵挽，恐不得见，赋此留当晤语。时辛巳五月端节后三日。

雁绳直，穿破湖天镜碧。晶屏敞，千里月明，绣幕兰釭冷无色。蘋花遍水国。愁绝，金门风客。应遥夜，思我蓟楼，延露新声擫箫尺。

柴扃绝行迹。渐荞麦盈畴，菰黍堆席。朱樱圆又供莺食。开蒋径孤望，藓肥花瘦，高轩何日达海驿，话归梦沅北。

悬恻，思如积。想叔宝工愁，扬子耽寂。佳晨莫遣伤心极。待帖跋春草，赋成长笛，风檐披读，喷异采，素练滴。

酒旗直，风影临流漾碧。悲嘉会，如梦似尘，几度平桥换春色。金貂满上国。畴识，狂歌两客。元都观，当日种桃，料我归来长盈尺。

鸿飞悔留迹。记选石眠琴，邀月移席。而今投老依僧食。嗟小海频唱，大罗安在，依然驽马恋故驿，为谁滞淮北。

魂恻，暮云积。任舞榭香销，诗社盟寂。天长海阔知何极。但看有樵局，听多渔笛。偕君行矣，万恨付，草露滴。

锦帆直，归路山丹水碧。烟波外，疏柳夕阳，沁入诗襟嫩苔色。秋风莒菡国。闻说，江鸥迟客。倾湘泪，千点送君，应有回潮夜添尺。

凄凉磨驴迹。便径请长缨，谁侧前席？三生宁羡钟鸣食。

拼斫地挥剑，问天呵壁，清觞遥奠白马驿，漫萱种堂北。

伤恻，乱愁积。甚燕去梁空，鸦散林寂。宵来短梦无聊极。尚烛暗呼酒，月斜寻笛。相思何似？似海水，共漏滴。

又 六叠前韵。喜晤实甫，兼答见忆之作

玉鞭直，风外萦红罥碧。兰陵道，重验酒衫，带得东华软尘色。停尊话楚国。归觅，吟诗木客。匆匆甚，愁语未终，西日前山已埋尺。

春游感陈迹。又荇蔓牵舟，莲叶侵席。征途珍重眠兼食。欣赤槛同凭，紫箫双擫，纤蛾描竟过水驿，斗山翠江北。

休恻，莫愁积。料海阔鳞沉，天净鸿寂。相思两地迢迢极。问断梗何处，受降吹笛。拼随飞将，跨怒马，背汗滴。

湘春夜月

好清宵，片云飞落桐阴。多谢一雨吹凉，苔意沁罗襟。小坐胡床拈笛，是去年天气，旧日亭林。怅知音何许，茗瓯药鼎，弹指而今。

空尊独劝，千家漏悄，万井烟沉。如此溪山，都付与、冷鸥沙上，共诉愁心。天高露白，问老蟾、秋泪谁深？拼醉也，摘庭花盈把、也应笑客，羞上华簪。

南乡子　秋感

风急渚莲愁，淼淼云波荡远洲。残角又吹孤月上，如钩，芳草无言独倚楼。

尊酒若为酬，心断凉蝉报早秋。二十七年真一梦，归休，鹫岭经幢是旧游。

淡黄柳　客德水，用白石韵

单衣试酒，依旧城南陌。候馆铜琶声恻恻。欲采蘋花寄远，多恐青禽不相识。

镇愁寂，凉蟾况新食。漫回首，广川宅。看浮云万古伤心色。夜夜西风，梦吹何处，肠断天涯草碧。

齐天乐

夕阳似怕秋来晚，林梢嫩黄先挂。西陆犹蝉，南霄未雁，好是新凉无价。荷衣褪也。记吹笛高楼，枕琴芳榭。望极湖天，绛河千里一绳跨。

年华弹指暗惜，叹风流杳矣，当日王谢。乱杵敲愁，哀笳警梦，写怨红笺空砑。清霜万瓦。想今夜湘江，客帆低卸。故里桑麻，甚时杯共把？

兰陵王 七叠前韵

客夏实甫南返，有今秋自沂北上之约。西风望远，渺渺兮予怀也。载翻旧调，续赋一章。时壬午重阳后六日。

钓竿直，蓑影苔纹学碧。汀洲上，闲数鬓丝，落日寒城上秋色。乌蛮甚处国？消得，黄花盼客。盘江远，流尽怨红，双鲤何年返书尺？

新诗溯游迹。羡岱岳吟筇，云海帆席。松肪菰米供晨食。思斫鲙蓬岛，赋鹏梁苑，茫茫衰草换古驿，况珠斗回北。

愁恻，乱峰积。怅蜡屐踪遥，挥翚声寂。悲欢万劫情无极。觅短艇分载，玉箫琼笛。期君狂饮，注海水，社瓮滴。

一萼红 癸未人日，用石帚韵

四山阴。但云寒雪瘦，檐滴冻瑶簪。孤醉留宵，昏眠遣昼，猊鼎空炷檀沉。草堂句、高三十五，寄故侣、何处托文禽？一叶青衫，半梳玄发，清镜休临。

荆楚岁时依旧，笑天涯剪彩，枉负春心。思发输花，归迟羡雁，尘梦多事重寻。待南陌、湔裙约好，酌柑酒、莺羽嫩于金。试把江波较愁，问取谁深。

兰陵王 八叠前韵，寄实甫都门

七弦直，弹作关山怨碧。星期早，丝雨酿秋，江燕穿帘话行色。华胥古乐国。花月，何曾避客。支荒枕，重梦楚云，家令腰围又宽尺。

巢居久沦迹。但竹粉沾衣，萤焰流席。东陵瓜熟归堪食。悲弱水尘劫，绀宫茶话，匆匆长堠复短驿，望楼在西北。

行恻，坐愁积。渐药院苔滋，禅榻烟寂。清尊不遣幽忧极。况去崦西日，隔邻风笛。肠回何似？似涧水，石宝滴。

凄凉犯

客琅邪五载，秋夜愁霖，苦不成寐。忆乙亥杪秋，泊舟任城，送先伯考旅榇南旋，忽忽岁已九稔。江湖听雨，青衫依旧，而竹林之泪枯久矣。取石帚自度曲写之，不自知其词之悲也。癸未九月下浣陆日。

楚江路杳。蘋飙急、今年雁语偏早。冷毡闷拥，深杯自劝，一灯红笑。低枝倦鸟，奈愁雨铃声碎搅。似当时、孤篷梦醒，泪尽五湖棹。

闻道西州外，石马都埋，露萤犹耀。乱山野水，料秋坟、断无诗到。锦瑟虚弹，又堆镜吴霜遍了。祝铜签、万古并作，一夜老。

苏幕遮　用范文正韵

烛霏烟，帘窣地。雨过苔滋，晕满窗纱翠。梦似春蚕衾似水。任绕屏山，不出西风外。

荡羁愁，催别思。素女青娥，斗冷何曾睡。今夜雕栏谁共倚？分付秋棠，留住当时泪。

眉妩 用石帚戏张仲远韵

奈筼屏吹雨，桂苑催霜，凄断凤箫眼。一掬鞶红泪，雕梁在，衔泥何处归燕？玉扃旧款，话坠欢、鹦母犹感。费阑夜、蕙鼎殷勤炷，奈心字难暖。

因甚星离萍散，更渚沉新鲤，云隔飞翰。今古三星恨，绳河系、流晖西去谁缆？夜深漏点，送碧城、秋梦同远。问江上凌波，罗袜影，甚时见？

琵琶仙

白石“双桨来时”一阕，赋吴兴春游作也。曩实甫“春江忆远”尝借其韵写之。予则荒城坐暝，薄霰点窗，中酒怀人，清寒沁骨。叠此遣愁，不觉其音之噍杀矣。

长笛霜空，扫今古、一夜千林无叶。携酒愁看斜阳，关河两孤绝。烟水阔，莼波自荡，问谁吊、楚江啼鴂。泪浣衫轻，秋禁鬓短，休对灯说。

又何苦、乌帽冲寒，几挨过、山城试香节。空把锦笺盈袖，怨春荑秋荚。云梦绕、雕窗甚处，负藕丝、玉腕同雪。剩有南浦双鸳，笑人轻别。

鬲溪梅　本意，用石帚韵

一枝蘸水寂无人，石粼粼。见说疏花低掩半湖阴，杖藜珍重寻。

缟衣和月卷梨云，梦都陈。记得年时香雪踏轻盈，别来今几春。

凄凉犯　冬感，用石帚韵

雪飞古陌。空廊悄、饥鸦起踏铃索。风笙罢炙，驼裘坐拥，冷侵眉角。边城酒恶，奈心绪年来更薄。待诛茅、人踪灭处，野树带荒漠。

当日嬉春侣，夕月迷香，晓钟催乐。玉楼在否？玳梁空、燕泥都落。蜡泪虚弹，照霜枕何曾睡着。数归期、屈指又负，远雁约。

琐窗寒　春城暝望，悄然成忆

桃叶新波，梨花未雪，嫩寒犹力。蝶衣试粉，甚处玉幡风急？渺汀洲、流萍自香，晴丝燕外春如织。料江南此际，淡烟楼阁，有人相忆。

愁立，裙腰碧。似载酒芳园，旧停珠勒。禅床选梦，怕只青琴知得。又轻阴、吹絮半帘，水苔暗润双袂湿。看幽禽、影度云屏，羡煞归飞翮。

瑞龙吟　拟周美成用韵

城东路，依旧拥毂香尘，系骢晴树。凄凉烟水平桥，怨红片叶，都无觅处。

枉愁伫。回首嫩蟾窥槛，晚花欹户。分明并立秋千，好风度过，喁喁细语。

今日妆楼应在，枕鸳孤盼，钗鸾虚舞。羞检帕罗脂霞，留也非故。琴弦断否？还谱相思句。凭谁话、蕉窗昵饮，芝田微步，影事飞云去。春蚕到死，空牵别绪，牵作同心缕。拼网住、朝朝阳台归雨。旧情梦里，一灯重絮。

蝶恋花　使院夜雨

荠菜侵阶蛛网户。窣地帘垂，几砚寒生雾。几阵潇潇天又暮，而今不是催花雨。

剪韭春窗人在否？燕子归迟，似怕闲愁絮。只有长松工独语，和烟暗落钗无数。

西江月　雨

密打残红花径，暗添新涨苔沟。黄昏可放夕阳留，索把鹁鸪闲咒。

鸭鼎孤烟漫袅，鸾笺秀句空搜。一灯多事替春愁，天不与人同瘦。

鹧鸪天 五日，用白石元日不出韵

刻蜡传笺又一时，旧情输与艾人知。壬申五日偕兄子闲、子能赋艾人诗，有“不见三年空忆汝，为期五日又逢君”之句。温风几换蒲葵扇，落日闲扃薜荔扉。

鸦噪紧，燕飞低，一尊细读楚骚词。晚餐角黍翻成笑，菰叶肥时底不归？

诉衷情 用白石五日韵

清尊坐看烛花红，人静漏丁东。竞渡风流千载，谁棹楚江篷？

拼射鸭，竹枝弓，莫心忡。今宵归梦，招屈亭边，十里溪风。吾乡旧有招屈亭。

扬州慢 寄梁鹤俦鹾尹广陵，用石帚韵

三月琼花，二分明月，俊游甚处归程。展鱼笺郑重，篆小字苔青。问千古、繁华旧地，杜郎去后，谁解谈兵？倩凉宵，绕梦游丝，飞过芜城。

素尊独引，料年时、鸥也心惊。羡谢宅嬉春，欧堂载酒，清绝吟情。省识绿杨城郭，东风晚、玉笛飞声。怕招人、双桨江干，依旧潮生。

蓦山溪　暑夕坐月，用白石题钱氏溪月韵

月如招客，劝我宵停屐。展席俯苔阴，问枯碑、何年旧植？四山雨气，人坐绿阴凉，蛙乱吠，燕低飞，池水应添尺。

阑干遍拍，梦好知谁觅？玉斝醉春风，漫回首、凤城擫笛。嫩荷擎盖，今夜为谁香？愁不语，擘莲心，一样怜和忆。

翠楼吟　题琅邪讲舍，西即王右军祠。用石帚武昌安远楼成韵

半郭渔家，双湾夕照，浑疑鉴湖君赐。蘋洲新笛谱，喜遥答松篁鸾吹。崇墉西峙。望戍火星红，山眉螺翠。琳宫丽，远钟飞渡，簟纹波细。门前为右军洗砚池，池西城一角迤东有火神祠、文王祠。

胜地，追话兰亭，羡一时觞咏，迹传鸿戏。古祠苔碣在，问谁吊乌衣乡里？江湖诗味。倩晓月烘愁，春云扶气。茶烟外，鬓丝闲理，醉看霞霁。

月上海棠

都门极乐寺，海棠最胜。客春曾一往游，偕者陈伯严、陈次亮、刘镐仲、易实甫也。客窗偶忆，用石帚韵以寄予怀。

鬘天散雨，甚绕幡痴蝶，也识春丽。敞琼台三面，乱霞堆绮。胜游乞得轻阴，曾并辔、酒垆高李。衣香镜影，看足玉环

娇睡。

休记。铜驼侣，任孤负，韦杜风日妍媚。料酥红一样，惹烟欹水。怕寄语卷帘人，渐禅床，鬓丝吹悴。来春计，高烛围花烂醉。

水龙吟　忆明湖旧游，用石帚泛鉴湖韵

隔溪数点夫容雨，一杵南楼钟起。苍山不动，青蘋微漾，诗情酒思。劝我舟停，嫩蟾窥柳，冷鸥拍水。渐吹箫声近，乘槎路迥，身疑在，银河里。

昔日词仙健未？话同舟、素心应喜。几回啜茗，风香扇外，泉清屐底。见说荒祠，鹤归松老，树犹如此。笑六年、海曲飘蓬，有梦绕，沧溟里。

庆春宫　用石帚韵

身外穷秋，鸟边斜照，楚帆不接天阔。松翠吹凉，莼波荡暝，一瓯还乳雪末。旧时仙侣，约同听，江城笛发。经年书到，芝叹方盈，酒香虚压。

洛生拥鼻孤吟，爱此溪风，晚钟如答。江湖滋味，渔樵事业，肯把鸥盟轻遏。素丝愁理，倩谁办、青鞋布袜。知音何许，珍重新蟾，照人一霎。

霓裳中序第一　用石帚秋感韵

清秋思不极，细雨骑驴行得得。风紧渐欺酒力，递何处笑声，柔奴弦索。珠帘映隙，记背灯娇燕留客。鬘天梦，只今剩有，远岫学眉色。

凄寂，丛篁如壁，莘络纬繁音乱织。鸿飞多少雪迹，两桨晴湖，一骑烟陌。旧游空太息，漫暗想嫣红嫩碧。鞭丝外，沙河堤迴，席帽任欹侧。

秋宵吟　用石帚韵

篆香微，泪蜡皎，似水秋魂飞悄。星河迥、但冷蟀啼烟，苦无分晓。荡心旌，乱鬓葆，可叹登楼依表。家何在，剩吊梦歌离，袖中吟草。

昔日樊川，记走马、天街未老。蕣华驹迅，彩笔萤枯，念此百忧绕。江国霜鸿早。锦字空传，兰讯屡杳。誓乘风，化作冤禽，争奈填海石烂了。

摸鱼儿　甲申七夕，用石帚辛亥秋期韵，所谓一洗钿盒金钗之尘者也

渺西风、暗牵离思，碧梧和露敲井。湘筠扇小桃笙滑，人与素琴同枕。闲自省，笑酒病、经年挂犊谁为整？筒杯泛冷。算掷米仙遥，吹笙鹤老，旧梦只心领。

萤流悄，银烛辉争炯炯。星期不信俄顷。劳生久绝汾阳望，奇福底须私请。孤笛迥，渐惊起、填桥乌鹊齐顾影。青天借问。愿似带长河，如钩好月，系住早秋景。

鬲指　（三首）

自题《湘江归泛图》，用石帚“甲午渡湘”韵三阕。原词后二阕见洪陔华刊本。

水天一笛，怅披图、都是江国烟景。借我扁舟风露里，载取沙鸥同兴。竹翠娟娟，芦花瑟瑟，未觉蓑衣冷。扣舷长啸，远山推出明镜。

还唤击鼓冯夷，中流起舞，列钱唐新阵。仿佛仙鬟云外立，多少鱼龙争胜。夜久潮生，曲终人杳，雁过传霜信。瓦盆呼酒，老渔此乐应省。

棹移岸转，渐四围、空翠扑人眉绿。水底萍开天似镜，点入燕飞凫浴。楚雨新晴，巫云自荡，莫效悲秋玉。醉看君扁，此中何限黄独。

闻道高士台荒，当时林卧，处清泉盈掬。吾邑有善卷台。洗耳沧浪成一笑，胜侣闲邀五六。如此溪山，依然瓢笠，招隐谁歌曲？倚风三叹，子规啼裂斑竹。

柳阴唤艇，记明湖秋早，水纹苔绿。万柄圆荷香色界，竞拜如来金粟。白雨珠跳，青山髻拥，对岸樯如屋。归来酩酊，湿萤中夜穿竹。

试问梦里清游，而今安在，付茅檐悬瀑。老矣散金台畔客，买得诗愁盈斛。摇落江蓠，凄凉沅芷，心逐南飞鹄。画中山好，枕流空漱寒玉。

浪淘沙　偕友人游郊外

山碧水拖蓝，远树如篸。雨余双燕语呢喃。道是今年花事早，何处停骖？

斗酒快携柑，小憩茅庵。城头钟鼓渐韽韽。醉把玉鞭云外指，春在江南。

高山流水

癸未夏五，王怀骞同年自都南旋，访予右军祠中。谈诗竟日，相送南城，惘惘如梦。嗣闻其病殁滇中，思以“楚些”招之，苦未成也，暇日濡泪赋此。时乙酉端午前二日。

楚天一发晚峰青，送归鸿、寒雨冥冥。秋老鲤鱼风，江帆乱卷波腥。思君又、古塞蜻蛉。嗟谁料，千古新都葬地，再陨文星。最伤心旅榇，隔岁阻湘舲。

柴扃，当年话杯酒，萧寺里、遍读碑铭。高唱起鹅池，此日漱石犹馨。甚空宵、月落琴停。哀弦在，流水高山依旧，若个同听？怕城南路近，清泪为君零。

玉蝴蝶　秋日登沂城，邦卿体

秋与断鸿争路，一丝冷雨，界住斜阳。几日西风，商略病柳催黄。女墙低、土花斑驳，官驿迥、舆铎丁当。黯蒲塘，闹红单舸，谁撷遗香？

霓裳，众仙咏好，十年燕月，两鬓齐霜。短笠天涯，帕罗无泪寄酥娘。旧欢隔、凤城桃李，新梦绕、蚁酒柴桑。漫思量，戍楼哀角，烟树茫茫。

采桑子

晚蝉嘶罢松阴碎，新月眉纤，窈窕湘帘，扶上蛛丝一缕添。

相思夜谱蘋洲笛，波静鱼噞，莲子愁拈，争似瓜瓤里外甜。

催　雪

济上晤陈冠生殿撰、赵筱鲁孝廉，邀入诗钟社内，赋此为同社诸子问。

香爇都梁，笺擘衍波，人在小檀栾室。话旧雨三生，兽炉围膝。拼把骊珠探稳，又短漏、催诗如梭疾。涵星悄炙，水晶帘底，冷丝抽乙。

萧瑟，笑摩诘。甚未死韩灰，更吹邹律。萃四座吟朋，客愁都失。酒梦琴心依旧，但负了、凌云当年笔。待唤取、仙蝶归来，共饱罗浮花蜜。时有仙蝶集冠生斋中。

浣溪纱 （二首）

再客济南，重逢元夕。依然花市看灯，不夜之城；未了兰因擫笛，谁家之宅。时将复有平原之游，仰睇清辉，益伤羁抱。漏下三刻，赋成二章。子蕃见之，以为有崔护之感也。丙戌。

一笛湖天酒不支，传柑令节有余思，不知清漏为谁移。
拥袖可哀仍月夜，摇鞭何处避花枝？水西桥畔立多时。

似水香车簇锦云，济城风物眼中春，素娥多事话前因。
钗凤谁抛新样髻，火蛾犹扑昔年尘，青衫有泪已无痕。

念奴娇 平原县署作

惊飙匝地，向天涯、卷尽断肠春色。几载燕巢栖未稳，重觅玳梁新宅。听雨晶帘，拢云妆镜，密语关情极。相思绿蜡，照人依旧河北。

况被水样韶华，灯期催过，又染垂杨碧。回首铜驼青鬓在，负汝莺花裙屐。丝买豪门，线添慈母，绣得愁如织。封侯何日？短棹归泛湘泽。

浪淘沙

富庄驿道中，见垂柳千丝，尽含新意，白石仙所谓“看尽鹅黄嫩绿，都是江南旧相识”者也。

烟雨媚横塘，春浅思长。十三儿女爱新妆。比似鬟云低覆额，学画鸦黄。

娇眼为谁忙？水畔村旁。人生此景最难忘。记取封侯归去日，谢女吟香。

应天长

西山霁月，南浦冷虹，依然大道弦直。记否那回归去，千丝柳阴碧。沙鸥小，还笑客。剩几个、旧时相识。尽消受，野菜新芹，愁里寒食。

芳草又天涯，似此红心，多了夕阳色。忍忆镜台春暖，香绵手亲擘。今宵梦，凭雁翼。料故宅、苎萝难觅。晓钟动，十里沙河，重望京国。

踏莎行　题孔家马头店壁

店舍烟凄，关山月皎，令威跨鹤归何早？永嘉朝士谅无人，庾尘不满西风笑。

倦蝶芳园，眠鸳曲沼，玉珰锦札凭谁报？一灯梅雨梦京华，长堤尽变红心草。

百字令　题河间二十里铺店壁

淋铃声歇，甚征衣屡换，乍寒仍暑。瘦面科头驪子背，谁画襄阳行旅？日烈风高，沙黄草白，莽莽中原路。老鸦唤客，且寻茅店归去。

畴昔仙侣同舟，朝天此日，各奏凌云赋。痛饮久拚沟壑死，不信儒冠多误。栗里泉明，镜湖贺监，何必天家与？掀髯西笑，鹍弦拉杂如雨。

四字令 同上

诗囊酒瓢，长歌短谣。长安市上荆高，料书沉梦遥。

阊门擫箫，钱江射潮。归哉二子吾曹，共论文暮朝。同行石励斋，越人；张莨南，吴人。

浪淘沙

子蕃招游明湖，率成此解，时出都十二日矣。

风日媚烟鬟，一碧萦弯。桥头丝柳正堪攀。桥下沙鸥齐拍掌，知我生还。

瀹茗叩松关，小破尘颜。共谁偷得片时闲？指点夕阳鸦散处，应是西山。

又 （二首）

客平原，枕上听雨，展转不寐。诵李后主“帘外雨潺潺”之作，益难为怀。续成二阕，辄效其体。

帘外雨凄凄，月黑天低。乱蛙停吠又鸡啼。归梦也愁湖水阔，不度鸾闺。

旧事怕轻提，双桨莲西。莲开应共绿平堤。为问吴娘今夜唱，翠袖谁携？

帘外雨潇潇，万弩驱潮。潮回风闪一星摇。吹我诗魂和海立，秋到眉梢。

旧泪揾吴绡，短梦长宵。玉人何处听吹箫？蜡炬心灰虬漏咽，各自无聊。

醉翁操

予馆平原，寓居衙署之东台。地高多风，晚雨初霁，呼酒独酌，忽忽有怀人去国之感，辄以坡仙所翻琴调谱之。时六一翁生日前一日。

高台，徘徊，悠哉。野烟开，谁来？闲阶雨多滋青苔。夜深凉月生才，清漏催。梦绕雪涛堆，借问征雁回未回？

玉扃漫叩，嗟我无媒。客游已老，翻遣猿惊鹤猜。天不云而胡雷，地不风而胡埃？朝吁兮暮咍。何人兮忘哀？去矣上罘莱，愿倾东海为酒杯。

更漏子

石床寒，街鼓静，篱角谁家灯影？星似语，月如眠，将风欲雪天。

花间约，酒边谑，旧事无端梦着。俱老大，漫思量，萍飘又一方。

望湘人

但圆蒲坐雨，方曲障尘，客中挨尽春色。卷地风狂，拍天浪急，甚处归飞鸿翼？有限茶烟，不多槐火，伤心寒食。又乱笳、搀入河声万里，斜阳催黑。

应念秦楼歌席，醉湖亭雪晓，蜀笺横擘。尽绀唾留襟，绮梦和香都寂。当时劝酒，合欢鞋窄，怕只幺蟾知得。漫凝伫、暗柳鸦啼，野草无情还碧。

蝶恋花

猎猎云旗风四吼。一苇河流，浸得斜阳透。病起侵旬疏把酒，天涯芳草今年又。

婪尾巡春人在否？古陌青骢，系马谁家柳？独立小桥思梦够，女郎山色修蛾瘦。客济阳之王家圈，东南为章丘境。遥峰一角，隐隐横黛，当即女郎山也。

兰陵王 九叠美成韵，答受之采南

雨声直，千顷湖纹裂碧。蘋风起，扶上缕霞，两岫娟娟斗蛾色。芳兰满泽国。应识，骚人久客。慈恩寺，弹指胜游，篙底蜂窝又深尺。

沙汀数鸿迹。看远水明楼，香雾笼席。新荷倾似圆蟾食。烹雪茗同话，御沟旧泪，邮签知是隔几驿，望燕草盈北。

空恻，风笺积。任影事云飞，心字香寂。瑶天万古愁无极。甚绮梦犹恋，酒边琴笛。输他渔父，晒网眼，傍岸滴。

齐天乐 送采南旋吴中

坠欢似海无寻处，江南又逢梅雨。绮梦千花，闲身片叶，心逐白云归去。封侯漫诉。看彩笔虹腾，酒边犹怒。一曲潇潇，夜阑重与画眉妩。

风流思曼未老，甚旗亭万柳，偏惹离绪。鹢舫邀霞，鸥波浣雪，谁劝湖桥春住？天涯倦旅。羡短笠寻诗，故山烟树。定有吴笺，隔江传笛谱。

以上卷一《海岳云声》上

三姝媚 题友人历下寻诗图

湖烟栖晓渌。荡吟魂，鸥边柳绵低扑。一笛渔篷，坐水天无际，鹊山新沐。打桨声中，弹指现、回廊修竹。唤起沙禽，共觅年时，买春深屋。

小啜龙团香熟。任画舫，清歌倚阑人独。北海千春，问古亭佳日，俊游谁续？醉浣苔襟，应自笑，须眉先绿。记取荷塘看雨，重然绛烛。

风蝶令 珠泉纳凉

鸟唤新词就，蝉催宿酒醒。雨余谁掣护花铃？莫是西风偷入水心亭。

竹翠侵眉砚，荷香净胆瓶。一泓秋渌点蜻蜓，手拓蕉窗闲注种鱼经。

兰陵王 题徐受之湖桥春影图，十叠美成韵

石阑直，花底谁家唾碧？春阴远，鱼翠自飞，风定全湖汝窑色。仙源此辟国。相识，宁分主客？挥金罼，双倚画桡，将尽蚕丝又抽尺。

情禅半生迹。枉白练题裙，红豆抛席。胡麻香饭邀同食。惊过眼沙劫，断肠诗谶，孤篷还望望苑驿，记居近城北。

怀恻，似冰积。怕祖帐鹃凄，人海莺寂。沧波古泪淘无极。祝好梦长续，谥箫裁笛。新图销夏，看翠筱，净露滴。

柳梢青 望夕泛舟明湖，偕受之（二首）

一棹湖天，山浮远翠，水荡晴烟。藕叶云香，蘋花露细，秋到鸥边。

哀歌击碎铜弦，悄惊起、鱼龙夜眠。倒吸东溟，高斟北斗，白月飞仙。

宝刹琼都，风梳柳线，露网苔须。邕甫才名，鹊华秋色，好个莲湖。

扁舟泛宅归欤，看三两、凫翁引雏。月镜圆冰，水田方罫，天地菰芦。

忆旧游

不见绍由九年矣。子相检箧中《青溪词》见示，兼谱新声。雨窗感旧，凄眷无似。倚笛和之，如听檐声与愁人相答也。丁亥七夕后一日。《青溪词存》，绍由著。

又蕉窗读画，草屧寻碑，历下踪留。听雨人何在？剩凉弦戛轸，脆转莺喉。望中六朝烟水，古泪满西州。问牛渚租船，枫江赋笔，谁豁青眸？

行销雀航侧，定曲谱南飞，诗纪东游。宿鹭方招客，待烹茶绀宇，搴若芳洲。一篷竹山双蒋，同醉七桥秋。只旧梦休提，青天白月千古愁。

苏幕遮

宋范文正旧韵，癸未年曾一和之，子蕃复以此相嬲属予。湖上薄游，前尘如梦，新轸再调，弥觉秋声之瑟瑟矣。

梦云天，愁雨地。蝶样罗裙，染出生生翠。花里谁家门对水，两处阑干，一寸横波外。

荡诗魂，添酒思。双桨无情，惊起红鸳睡。昨夜香肩曾并倚。便化游丝，也串鲛人泪。

浣溪纱

秋雨在檐，砌虫凄绝。闻子相有城南听歌之兴，赋此调之。

秋梦如云未可招，闲看珠槛上鱼苗，一丛新绿湿芭蕉。
有客冲泥行滑滑，谁家拥髻唱潇潇？断肠心事问红绡。

鹧鸪天

筱鲁将迁居湖上，约同相新宅，适予先期至，占此遣兴。

窈窕文窗见翠微，湖光一角拥双扉。凉云碧似麻姑酒，淡日黄于衲子衣。

芦瑟瑟，柳依依，鹊华烟雨是耶非？空廊觅句无人会，心逐红蜻水上飞。

沁园春　潭州罗烈妇哀辞

君返蓉城，贱妾何心，孤生世间。记门楣王谢，人夸玉立；才华左鲍，笔吐花殷。畅好芳春，终焉薄命，福慧修成造物悭。千秋恨，是金捐有玦，璧合无环。

望夫何处名山，接女儿西晖去莫攀。早沧波茹石，猩红缕血；瑶台掩镜，螺翠抛鬟。今日南天，朵云北拱，鸳冢双清碧一湾。道旁者，看湘妃庙古，竹泪斑斑。

忆王孙　珠泉行馆偶述

青山缺处短垣遮，决决流珠穿细沙，小院无人蜂闹衙。日西斜，风折一枝红蓼花。

解连环 题美人簪花画帧

碧纱人静，爱花光粉腻，靓妆初竟。趁薄暖、小试罗裳，对棠睡，晚酣柳鞶朝醒。一帧茶烟，看玉腕、冰瓯同莹。问鬟低弹黛，脸媚晕霞，此意谁省？

相思坠钗慵整。觅东风昨梦，吹去无影。笑燕子、那解春愁，尽香雪帘栊，乱剪飞并。锦瑟华年，莫轻负、扫眉窥镜。唤真真、翠尊细款，夜深定肯。

渡江云 雪后偕孙蕴苓中翰、徐受之明府游铁公祠有作

空烟迷远渚，千林玉立，人坐小沧浪。钓舟何处觅，波底流澌，鸦点破云光。蒲龛老衲，应未解、煨芋炊粱。私自笑、江湖倦侣，诗梦冷潇湘。

相将，吹梅谱笛，倚竹笼鞭，有鹊山眉样。还为客、冲寒眠翠，净洗尘妆。官桥一杵钟催暝，沁冰泥、屐齿犹香。归路好，酒帘春色红墙。

清平乐 铁公祠之游，拟倩淮上项蔚如以小帧写之，再拈此解

断桥西去，乱雪黏天树。一角亭台无觅处，人与野鸦争路。

山荒水瘦云平，倪迂画本纵横。欲写虎溪三笑，不知若个渊明。

水龙吟

彩云不锁相思，随风化作沙头雨。渔舠一叶，清游好在，坠欢何许。官柳临堤，戎葵覆槛，十年人住。怕青梅竹马，儿时影事，重写入，销魂句。

城上栖鸦自语，隔纱窗、定愁归去。秦楼望远，蜀梭停织，此情良苦。载酒江湖，樊川自笑，鬓丝先素。剩泪痕点点，种成春草，满芳皋路。

阮郎归　戊子元旦，珠泉北院独坐有述

千门爆竹晓光腾，据梧聊枕肱。案头依旧去年灯，无端新岁增。

风似虎，酒如冰，一龛寻岛僧。故人江上梦觚棱，雁归归未曾？时实甫改官观察，以腊月出都。

忆旧游　受之视工河上，赋词见忆，依韵答之

记长桥贳酒，短艇观渔，梦卷梨云。芦港寻诗路，又湖波蘸影，一碧愁春。春鸥隔水犹盼，笛语破烟昏。叹如此韶光，词仙去后，心事谁论？

车尘九衢遍，甚冷雨吹红，惯赋怀人。匹马官河柳，料孤吟薄醉，茶鼎微温。天涯更念骚客，新扫旧巢痕。时实甫改官大梁。问甚日看花，鞭丝罥觉痴蝶魂。

兰陵王 十一叠美成韵

戊子夏孟，偕受之雨后登千佛山。时受之归自河堤，将赴京邸。人天旧梦，眷焉春游。身世杂感，凄入离抱。酒酣日暮，不能不以之兴怀也。曩受之索题《湖桥春影图》，曾和待制词应之。兹图中人去久矣，再缀一章，并识图末。既以叙别，兼广其意云尔。

塔尖直，高入云端卓碧。城南路，新绿一林，迤逦芳郊换春色。漂零此霸国。还着，青衫送客。黄河远，低唱酒边，奇气长虹肯销尺。

官桥话游迹。忆燕语娇弦，鸥梦分席。仙桃三窃东方食。惊解佩人去，扣舷声断，垂鞭非复旧日驿，剩鹃泪啼北。

烦恻，逐年积。渐柳老潭空，茶歇烟寂。红墙两岸愁无极。愿忏绮皈佛，罢箫停笛。图成安用，幻法雨，震旦滴。

寿楼春 怀实甫汴中，用集中秋感韵

呼三生精魂，话虹桥乞食，鸳冢幽昏。君系张梦晋后身，乩仙所判也。梦醒江空天远，汴河行春。鱼大上，城无人。吊故宫、谁家王孙？尽瓦巷名娃，梁园赋客，波卷六街尘。

西楼望，千林曛。忆当年惨绿，横笛飞尊。换了江湖身世，种瓜青门。蜂掠地，鸦成军。逐朔风、飘蓬无根。料官阁吟闲，知侬鬓痕霜满巾。

菩萨蛮　枕上闻雨

五更檐马嘶风急，梦回云气遮窗入。滴滴雨声愁，声声心上秋。

灯昏凉欲蕊，长簟春冰似。飘泊负华年，旧游何处边？

醉太平

鸿天一绳，鱼田万罶。断霞隔浦红蒸，渐高楼上灯。

骑鲲未能，巢蚊几曾。阑干拍遍谁膺？羡蒲床定僧。

减兰　鹊桥即事

冻烟横浦，愁里山眉无觅处。浅濑荒波，一种清游奈尔何。

云英再见，瘦到啼莺天不管。禁得魂销，三十年来旧板桥。

春从天上来　本意　己丑

春为谁来，尽掠水梳烟，染柳惊梅。荡空如影，着物疑揩。霁景淑气相催。乍葭心寒尽，又陌上、草脚愁回。最无聊，是勾人晓起，蝶使蜂媒。

相逢似曾相识，记我与东皇，两小无猜。锦瑟裁诗，洞箫乞谥，未应素鬓先摧。觅年时旧梦，甚歌舞、暗换楼台。快衔杯，看天街走马，花艳蓬莱。

寿楼春

中春北上，宿晏城。雪痕未销，花信犹寂，赋此寄济上故人。

登长桥看春，但飞霙冻浦，埋了烟痕。因甚官程依旧，客愁还新。花月梦，成萧晨。倚画阑、谁家黄昏？叹芳草天涯，十年一觉，多事说销魂。

西山雪，东华尘。记红灯呼酒，白练题裙。燕子归来犹话，昔时王孙。知我者，今何人？待寄书、云中湘君。又马首斜阳，泠然磬音空谷闻。

浪淘沙　雄县晓发

雨气罩春空，星月冥蒙。鞭丝帽影瓦桥东。道是梨花寒食近，尊酒谁同？

世味楚人弓，献赋徒工。游丝无力罥飞蓬。弹指廿年清镜泪，付与东风。

忆王孙

潇潇沙雨打车幨，猎猎霜风吹帽檐，冷梦浑如泥絮黏。醒还添，索上青空骑老蟾。

高阳台

娇绿笼云，怨红霏雨，东皇也促归鞭。满马春愁，禁他几树啼鹃。旧时照我文窗月，倚高寒、吹笛梅边。又今年、十里扬州，一觉樊川。

同游俊侣今谁健？羡金梁冠盖，玉署神仙。秃管萤枯，看花老矣尊前。身名寂寞千秋事，拨吴钩、白眼青天。悄无眠、清泪如潮，好梦如烟。

西子妆慢

国朝阮亭尚书《秋柳》诗，世多不得其解，实为故衡府宫人作也。青州某生为菁衫文言，丈有赋纪事，绘图索题，敬填此解。

金碗西陵，铜琶北渚，一帧琅邪诗泪。烟条万缕不关愁，舞宫腰、旧情空系。花飞絮委，问谁吊、秋娘身世。浣冰毫，谱玉关新怨，斜阳知未？

南朝事，词客哀时，几费笺骚字。椒房夜雨闷千春，笑江潭、树犹如此。繁华逝水，染缣素、闲沤应记。又霜风，吹老青荷镜里。

月下笛　答受之汴中次韵

背锦行秋，朋簪万里，自吟商调。春华电扫。话元都、鬓先老。莲湖病柳伤心绿，算未抵、东京梦好。记天明吹笛，高荷叶底，旧时襟抱。

云杳，归鸿少。又菊榼萸尊，冷风欺帽。新诗漫草，一蓑流水空照。酒船拚逐沙鸥散，剩远岫螺青未了。待采药，跨乖龙共醉，嵩阳月晓。

江月晃重山

淡碧窗纱月晓，病红灯蕊霜天。漏签数尽不成眠。禅床冷，秋老药炉烟。

南浦魂销雁字，西风怨人蛮弦。十年瓶钵历山泉。乌啼紧，绮梦阿谁边？

国香慢　小青遗照，顾眉生夫人画　庚寅

素眛澄秋，甚鹃红玉碎，倩影重留。三生可怜鸳牒，谁话绸缪？未了藕丝荷性，看依旧、撚带风流。痴魂料难写，雨夜挑灯，簟冷窗幽。

悭悭千古惜，剩横波小印，虿尾银钩。镜中潮汐，何似春色眉楼。手帕当年会散，叩慈云、入梦应愁。西湖两苏小，唤起真真，双证兰修。

齐天乐　子母猫图，周慕侨明府索题

蝶飞小市平陵晚，携雏梦回金锁。曲槛嬉春，芳塘唤浴，

肯倩狮儿毛涴。吴盐聘可。爱洗耳搔头，玉铃声和。绣榻偎才，谢娘添取影三个。

堪怜娇眼四注，斗松针引线，银杏分颗。节候忙蚕，房栊啸鼠，莫但商量闲卧。无鱼笑我。任索乳酥香，砥丹炉破。输与双猊，绿睛温宿火。

又

迟日催晴，客星惜别。七返神山之棹，重驱帝里之车。画眉深浅，非复时妆；顾影裴回，自伤春色。适慕侨以和前韵词赠行，殷勤眷注，情溢乎辞。辄仿唐朱庆余诗意，赋贫女词答之。居近湘娥，啸殊漆室。越纱漫浣，暗惜阿婆三五之年；燕石匪真，愧酬赵氏一双之璧云尔。

浣纱伴尽乘龙去，蓬门廿年春锁。压线金残，描蛾黛冷，一种罗衣尘涴。中庭月可。照歌舞邻家，佩环声和。独鼓离鸾，赏音古调竟谁个。

天寒修竹漫倚，料风枝未解，穿泪成颗。掷米晨炊，牵萝夜绩，看惯莲池鸳卧。朱颜误我。又揽镜登楼，笋鞋兜破。有日新妆，汉宫迎蜡火。

又　调慕侨，三叠韵

碧城不接青禽翼，葳蕤可怜春锁。水盼双痕，烟颦一抹，惯得酒翻裙涴。心心印可。怅归凤轻弹，吠龙惊和。那禁肠回，江流九曲更添个。

琅玕何处赠远，记当时顾曲，香透樱颗。旧梦横塘，新词侧理，谁见空床吟卧。蓬飘似我。笑花影牵愁，月来云破。待醉红楼，夜熏金鸭火。

又 将赴都门，四叠前韵

软尘再续游仙梦，青门柳丝烟锁。一叶春衫，千花彩笔，赢得邮亭诗涴。金丹炼可。羡鸡犬飞仙，鹤鸣难和。旧雨黄垆，剧怜星散不留个。

湘江萍实已老，甚年年席帽，风卷蓬颗。短焰灯昏，长歌剑涩，何似蒲龛归卧。雏鬟识我。倩侑酒当筵，玉弦弹破。肠断清明，五侯新赐火。

又 酬采南，五叠前韵

问君剑气何时吐，天空一绳虹锁。寒女机丝，商船酒泪，白璧同遭蝇涴。相逢岛可。且击缶呜呜，汝歌侬和。剧恨榆钱，春光买断不论个。

携来三影秀句，似哀梨乍剪，珠露盈颗。粉署新衔，灵和旧梦，吏隐居然林卧。孤飞剩我。但曲谱南唐，念家山破。归棹枫江，夜篷看蟹火。

浣溪纱 小寒食过平原，时遇微雨（二首）

看雨官河别是春，远游禁得几销魂，旧时歌馆旧时尊。

泼眼莺花成独笑，向人肝胆共谁论，买丝重绣赵王孙。

北郭清流一道斜，隔年新柳较添些，踏青何处走钿车？
细雨梨花催冷节，东风燕子入谁家？撩人春色又天涯。

浪淘沙 清明过景州

春色二分空，佳节谁同？纸鸢风接纸钱风。多谢塔铃天半语，送客匆匆。

驿路野烟浓，短鬓尘封。石泉槐火梦都慵。孤负梨花开似雪，卍字阑东。

鹧鸪天 河间题壁

客路看春意惘然，日华宫殿汉山川。婕妤谁见红酥手，姹女还争白打钱。

村店酒，野桥鞭，班班车走又今年。愁心拟续张衡赋，玉案金刀若个边？

齐天乐 寄王鹭田别驾，六叠前韵

辋川卜筑当年宅，清溪一湾横锁。上日多情，闲官有味，静看文轩苔涴。香薰意可。喜市远心清，水禽声和。昨写黄庭，换鹅故事又添个。

天涯应笑客子，忍名心苦似，莲薏穿颗。带雨鸣鞭，侵星

拥被，梦冷空山云卧。霜天迟我。快篱菊花时，蟹螯双破。唤起樵青，煮茶分竹火。

浪淘沙　赵北口

轻浪蹙鱼鳞，浅碧铺匀。长桥烟雨逐年新。道是江南风景似，梦远愁春。

沙鸟惯亲人，独理文巾。柳丝阴里立逡巡。日暮鸣榔何处去？影事如尘。

西江月

思远心同柳絮，抛人春又榆钱。游丝着意网风鸢，翻被鸢风轻绊。

酒渴诗狂老矣，丁歌甲舞谁边？桃花笑客故依然，珍重胡麻仙饭。

梦横塘　黄村晓发有述

凤阙瞻霞，雁程踏雪，隔年痴梦重系。侵晓村笳，送人去、马头清吹。晕白蟾孤，飞红骑远，一襟凉思。望南云不见，漠漠鸦盘，华山树、莲湖水。

少年顾曲疏狂，渐青衫绿鬓，添得憔悴。彩笔休拈，更谁惜、枯萤身世。唤双燕、尊前话旧，尘面愁经玉河洗。计日听莺，曲江筵敞，问春风留未。

丑奴儿慢　送袁叔瑜下第之长沙

乱飙卷叶，秋气荡空如马。甚今夜绳河，星影照客天涯。井水新词，十年倚醉拍红牙。觥船一棹，坠欢休诉，人老看花。

归矣故山，湘漓几曲，君扁双丫。问愁望京华北斗，燕子谁家？绿发青衫，清时休吊贾长沙。凌云赋在，宫莺再听，御柳烟斜。

浣溪纱　过青县，感秋谷忆青若词戏赋

青粉墙匡青酒帘，青螺点入远峰尖，一帆青县柳纤纤。

青竹实残青凤冷，青娥消息隔重帘，青灯重话赵宫詹。

一叶落

夜已半，鳏鳏眼，野塘柝静一声犬。月华枕上流，乡心秋涛远。秋涛远，梦好谁家院？

浪淘沙

风外柳丝斜，淡月芦花。野鸥睡起啄圆沙。欸乃一声人不见，秋满天涯。

客梦冷烟霞，打桨谁家？五湖归去载渔娃。寄语绿蓑休换酒，今夜寒些。

怨王孙

短梦，鸦唤，灯红犹泫。偎枕星明，隔帘霜粲，凉月依旧如丸，好谁看。

罗衾贴水孤眠怕，知今夜，酒醒何处也。玉梅花下，三九漫数归期，凤钗知。

唐多令　壬辰夏五，予居都门。有骑省之戚丧，殡草草。复迫饥驱，七月出彰义门。感赋

凄绿裹平川，荞花白可怜。旧西风、吹老新年。曾是鹿车偕挽路，人不见，雁横天。

万感问哀蝉，孤吟入暝烟。送余生、好梦谁边。欲托秋心胡拨四，终不似，箧中弦。

风流子

霜林摧晚叶，摇鞭去、心逐断鸿飞。记携手谢娘，阶前风絮，移家鲍女，日下骖騑。刚弹指、药烟消病榻，萝月偃虚帏。万蝶纸裙，千驼沙碛，真成独活，谁寄当归？

飘零文园客，貂裘敝、何似餐黛忘饥。依旧游梁书剑，梦雨霏霏。但舞镜只鸾，网尘黏匣，绕床雏燕，珠泪凝衣。回首西山无语，冷翠斜晖。

解佩令 沙河道中

银笺封泪，金钱卜远，一年年、客怀谁诉？满镜秋山，学当日、两蛾颦注。怕牵萝、夜台尤苦。

驿楼清角，霜郊败叶，响西风、碎环烟雨。放手抟沙，盼万一、沤珠留住。照恒河、鬓丝添素。

诉衷情

霜月，凄骨，辞凤阙，照关山。山驿悄，秋早，为谁圆？昨夜梦长安，花残。五更君莫看，是孤弦。

霜花腴 九日永城署中梦亡室，用梦窗韵

矮窗倦枕，恨晓霜，啼红染遍鸡冠。褰幌疑非，绕屏如怯，离魂欲诉偏难。楚腰带宽，甚夜台愁倍生前。最伤心、玉骨西风，蝶衣双袖纸灰寒。

还是客中重九，展冰床久冷，鬓底飞蝉。抛锦机空，延龄花老，秋心付与谁笺？汴河唤船，访碧霄、千里婵娟。记年时、病写真容，背灯和泪看。

庆春宫 题张夏店壁

千岫眉攒，双轮肠转，野桥暗水涓涓。迢递征程，迷离痴

梦，耐他蟾镜孤圆。玉楼秋好，甚流照、关山可怜。佳期何许，依旧清辉，一碧如烟。

年年絮帽丝鞭，听遍离鸿，凄断哀蝉。沧海无波，青天有泪，此生投老谁边？晓风交叶，替魂诉、幽宫未眠。愁心拼化，青女飞霜，冷斗婵娟。

高阳台 吴子述同年春楼听雨图

疏点铿檐，繁音答漏，断肠春也如秋。冷沁雕栏，更无人替花愁。柳丝不罥孤眠泪，洒宫纱、滴滴心头。枉凝眸、碎佩谁摇，响屟谁留？

人天一觉优昙梦，怅红淹脂盝，香黦衣篝。依旧黄昏，凤箫凄断吴讴。凭君莫诉阿灰句，数三生、我亦浮沤。掩罗帱、双燕商晴，又傍帘钩。

最高楼 自上谷旋都有述

沧州酒，醉遍合欢觞。归去路茫茫。新弦容易鸾胶续，旧巢无复燕泥香。扇回初，灯灺后，怕思量。

且莫羡、河东门倚戟，更莫诉、湘中人鼓瑟。歌与哭，为谁忙？鬓丝不满吾妻镜，绿裙空叠女儿箱。听飞鸿，大外语，问斜阳。

鬲溪梅令　癸巳上元后三日

落灯风散六街尘，梦无痕。真个花开不见、去年人，断肠燕九春。

鸭心双暖博山云，若为熏。昔日罗衣化蝶、几斜曛，柳梢黄又匀。

解连环　日本女郎小华生画像，为江建霞前辈赋

海天春远，展冰绡一帧，倩魂如恋。甚画手、幽恨难传，叹时过，扫眉翠销蛾浅。小镜吾妻，照姗步、凤罗新剪。似高楼曲罢，奇字学成，拨灰吟倦。

神山绿波自换，话江郎赋别，精卫须管。抱怨轸、招手风帆，问梦里樱花，采采谁见。听雨关河，笑我亦、枯禅参惯。证兰因、玉箫在否，为伊泪满。“可惜丹青徒费手，不传幽恨只传神。十八年来成底事，匆匆已过画眉时。”女郎自题句也。拨灰学字，用本事。

百字令　哭蒋子相

竹山才调，记弹琴嗜酒，目空天壤。不是老兵莲幕客，三黜谁容疏放？廿载思君，紫台青冢，重理珠泉榜。鬓丝堆雪，彩毫依旧无恙。

几日送我旗亭，醉魂醒未，影事随春往。燕子楼空雏凤死，谁吊屯田仙掌？烟柳微词，霜花剩稿，都付秋坟唱。刺船归矣，

海涛终古哀响。君令甘肃敦煌，挂吏议。从军新疆十余载。晚随张勤果，重来济上。著有《明湖渔唱词》。以无子，身后俱佚去。

以上卷二《海岳云声》下

长相思 雨出西直门，至畏吾村展李西涯墓 乙未

雨丝丝，柳丝丝。路转祇林西复西，墓门芳草齐。

鹧鸪啼，子规啼。万里沅湘人未归，断肠怀麓诗。“万里沅湘，日夜情怀。”麓集中句也。

三姝媚 送文芸阁学士同年出都，次王幼霞侍御韵

骄骢催客苦，遍高林，昏鸦欲栖仍舞。素泪江山，忍俊游轻换，怨春词句。漫剪云衣，愁入手、搓成风絮。拜表通天，输与铜驼，阅人终古。

应记花砖迟步，唱杏雨，江南软红霏路。典尽朝衫，倩老渔归觅，酒家眠处。怕望长安，悲海蜃、重楼吹雾。袖取霜天，铁笛危栏细谱。

莺啼序 用梦窗韵

残蟾渐窥嫩柳，放琼钩挂户。绛河悄、斜界南檐，便隔千里云暮。倚冰枕、蘋风自荡，疏萤闪闪穿邻树。甚杨花，吹作

浮萍，又催芦絮。

少日明湖，画舸载酒，看香鬟弹雾。折荷蕊、扶过西廊，湿云轻点纨素。问红襟、交飞贴水，倩谁系、同心丝缕。到而今，箫鼓生寒，负他拳鹭。

萧晨揽镜，独夜登楼，庾郎况倦旅。话影事、小姑祠畔，织女星底，步屧埋烟，唾绒飘雨。空山立马，王孙归未，瑶钗敲断沉檀冷，黯平芜、不见秋娘渡。宾鸿说向，休凭别后珠栏，近泪定少干土。

蕉窗梦晓，似诉兰情，劝故园种苎。抚短榻、茶烟孤扬，带孔双移，料得蛾眉，也羞鸾舞。江关去也，天涯挥袂，丛铃碎佩消息杳，任回波、冰透蓝桥柱。相思谱入筝弦，化蝶谁家，再生记否？

又

移家上谷，问渡潞河，予以事未同行。走送复归，意殊惘惘。适幼遐用梦窗长调寄示，泚笔和答。乙未五月中浣八日也。

长堤塔铃自语，送风幡飐水。棹讴歇、野柝催宵，烛檠低结凉蕊。甚枕藉、孤篷梦短，山城笛晓绳河坠。看啼鸦，分掠蘋洲，也诉离思。

京洛春衣，苎衫又换，叹经年客子。障愁眼、一发燕山，捷烽何日北至？绕沙塘、笼鞭信马，漫云外、欃星频指。袅垂杨，万缕搓金，那知人意。

归来听雨，独理渔蓑，倩湿萤照寐。惊秀句、壮披剑胆，怨沁花骨，似卷鲸波，织绡成泪。旧游甚处，红尘拂面，元都燕麦和苔绿，感衰桃、久替刘郎悴。逢君恨晚，何堪酒肆光阴，更消蜀鹃声里。

登高纵目，万叶迷烟，况乱峰锁翠。念楚客、哀时有赋，坐老无家，待叩东皇，刺天蜂起。吴笺闷写，肠随帆转，慈帏白发梳未满，料船唇、亲为思儿倚。愁心剩托飞鸿，皓月关河，镜空片纸。

清平乐

闲阶鹊噪，过雨尘如扫。睡起看云成独笑，不信眼中人老。

未秋梧叶催凉，添衣心事谁商？又向天涯惆怅，一般昨日斜阳。

南乡子　为范玉宾太史量珠贺

珠佩结罗缨，珍重相逢赋定情。肯学东风浑不管，盈盈，花底移居掌上擎。

星悄月微明，才卸云翘已四更。今夜背人裙带解，轻轻，消受檀奴第一生。

莺啼序

出宣武门西南三里许有楚南义庄，亡室陈宜人权厝于此。乙未夏五，予将出都，独来展别。野冢累累，杂以荆蔓。苔碣欲卧，纸灰不温。距清明携经儿、霞女同来，又三月矣。尘海流光，劳过负蝂，未及长眠人久旅忘归也。徘徊凄断，返寓挑灯，以梦窗长句写之，兼呈王幼遐侍御、况夔笙舍人、张子宓明府、王伯唐驾部。

颓垣不霜坠粉，黯残阳扣户。隔西弄、惊起花龙，错认中酒归暮。野棠傍、枯碑笑客，伤心不是相思树。剩穿林，孤燕犹衔，谢庭飞絮。

贱日齐眉，茹苦自慰，似娥晖掩雾。几回祝、春宴鸣珂，怨词凄断鱼素。倚宫袍、潜珠涴袖，忍重叠、空箱金缕。旧钗盟，输与明湖，渚边双鹭。

飘蓬渐老，折柳还催，百年信过旅。念故里、返魂无路，玉骨轻裹，十笏栖苔，九秋霾雨。当时密语，他生同穴，紫兰香径依苏小，踏云波、絮月西泠渡。今朝满眼，罗裙纸蝶争飞，泪蜡也化灰土。

天涯独客，梦冷稠桑，况访萝觅苎。便乞取、坤灵回扇，证到韦箫，顾影先惭，少年歌舞。徘徊驻马，椒浆重奠，青鸾追跨知有日，料杨稊、都已抽成柱。凭风谁问灵旗，入抱三雏，夜台聚否？

新雁过妆楼　寄漪若夫人保阳，用梦窗韵

斗帐轻容，吟魂冷、和烟隔断楼东。古苔黏雨，犹印去日莲踪。燕子衔春春不管，绿阴遍染柳丝浓。怕斜阳，惜花怨曲，诉与征鸿。

江淹经年赋别，又博炉夕掩，洛佩晨空。五湖归约，弹指落叶秋蛩。霞天楚江倚棹，莫轻负、缄情绡帕红。山眉浅，看

翠翘双舞，新妆镜中。

三姝媚　叠韵答丁叔蘅前辈

江潭凄采苦，任恒沙，茫茫白题胡舞。匝地边尘，漫酒酣轻唱，大风歌句。汉柳千门，今日向、谁家飞絮。燕子无情，对语空垣，替人怀古。

多少邯郸工步，也拟学鸳踪，怕迷鸥路。故国新愁，梦碧桃花发，问津何处？结个瓜庐，凭醉看、三山青雾。羖羱牂羊，曲在冰弦再谱。君镇江人。

绕佛阁　用梦窗韵

玉阶过雨，新翠染屐，天净鸿杳。茶乳瓯小。井华试冷、单衣看斜照。嫩蝉弄巧，清响曳缕，相劝归早。酒垆人少。百年万感，无言膝空抱。

萍迹楚江客，怕理孤桐思远道。吟苦为谁、秋衾惊梦悄。叹碧海波干，诗泪同老。片帆烟渺。任典尽宫袍，还恋衰帽。语西风、此情应晓。

生查子　忆实甫厦门

仙蝠掠虚檐，清簟风如水。独卧赋怀人，月白云千里。

相见柳丝黄，相送藤花紫。海涸好归来，莫遣蛟龙喜。

踏莎行　赴保阳，出西便门作

带郭川平，侵沙路细，离离野黍萦征袂。青山无恙赚人愁，西风不管铜仙泪。

酒尽天空，歌阑月坠，高阳俦侣今余几？依然官柳去年枝，明年柳绿归来未？

西河　涿州道中寄幼遐、子宓，用美成韵

歌舞地，昆仑影事谁记？珠温玉软大千春，塞笳暗起。凿天倒看绛河霞，莺花飘泪无际。

酒楼月，休醉倚，九州索朽难系。冤禽砌海几曾干，况他燕垒。梦中错认汉旌旗，将军亲度辽水。

故园雪蕻又上市。似多情、窥宋东里。睡醒怅然身世，问山鸪劝客何年归，对斑竹黄陵荒祠里。吾乡蕻菜，味极美。何子贞先辈携种入都，今处处有之，呼为子贞菜。白仙谓敏为唐李文山后身，末三韵意本此。

临江仙　定兴道中

日脚收虹西入崦，雷声趱雨东归。柳丝含翠豆苗肥。客心销短辔，古怨冷尘徽。

满目江山仍上国，梦回蝶思依依。意行休惜泪沾衣。不堪新鸭涨，又没旧鱼矶。

西江月

煮药朝烟静袅，抛书午梦谁留？新鸿又报隔年秋，不道朱颜非旧。

杭酒衫痕在否？楚江帆影归休。断无人处一登楼，落日栖鸦疏柳。

摸鱼儿　意园图，陈伯平前辈嘱题，时知保定府事

扫西风、冷红堆壑，层峦飞阁无数。修篁径曲琴书润，认取辋川门户。鹓凤翥，费几载、长安索米人辛苦。一麾又去。甚故国渔樵，空江忆远，也解唱来暮。

班春暇，染出生绡烟雨。琅然招隐新句。有自题《摸鱼儿》词。清音到耳皆丝竹，讵损东山欢趣？君好住，抵多少、金张甲第城南墅。悲秋倦旅。但枨触归心，仙源玉洞，千里梦游处。

沁园春　又题枫菱倦隐图，即和原韵枫菱，港名

问讯吴兴，底恋汀蘋，归心勃焉。记上清簪笔，宫莲耀彩；西京持节，灞柳摇烟。琴鹤新盟，花骢旧队，笠屐湖山大有缘。书生志，笑赋情偏系，一笛湘天。

当年卜筑三间，惯卧看帆飞老屋颠。况菱娃棹晚，清分藕唱；枫人醉晓，艳比樱然。宫阁披图，故园入梦，解绶谁如五

柳贤？苍生在，怅东山片席，何日能专？

梦芙蓉 答幼遐见忆之作

江亭诗梦悄，共裁笺曲槛，晚风荷闹。百年骚泪，弹入怨琴调。玉关游未了，行秋真被秋恼。自隔西台，羡冰心月朗，威风九天啸。

还又三中句好。招手凉云，有信宾鸿到。万林凋绿，双鬓若为老。短歌君莫笑，呼龙蹴破烟晓。烂醉高楼，怕承平追忆，当日两年少。

徵招 乙未中秋

琼妃醉舞晶奁敞，山空白云如晓。露脚沁衣凉，有离离花笑。碧箫声未了。定今夕、谁家秋好？桂罦孤斟，画屏无睡，暗萤还照。

草草凤城归，问辽鹤、何心旧巢新扫？便拟玉京游。怕枯蟾催老。天高银汉悄，甚轻负、楚江兰棹。泛冰轸、水调歌才，奈酒醒怀抱。

浣溪纱 雨夜（二首）

雨湿惊魂敛不飞，蕙炉烟烬佩声微，豆棚花底冻蜂归。

有约携壶重九近，相思把袂故人稀，夜寒呵手试征衣。

雁引秋声到凤城，雨余霜月射窗明，梦回幽枕可怜生。
卧病文园今渐老，渡江桃叶若为迎，赚人哀柝又三更。

新雁过妆楼　送子宓之官怀远

万叶霜肥，边笳急、笼鞭带得秋归。酒香尘涴，还检昔日征衣。梦醒长风吹海立，故关匹马看斜晖。黯吟魂，黑河问渡，何处芳菲？

三中风流未邈，趁放衙永日，鬓影琴徽。紫台吊古，谁惜远嫁明妃？西乌夜寒睡足，再休忆、长安华屋飞。杯须把，怅际天烽火，同心又违。

沁园春　偕子宓话别，时将之怀远，先赴苏州

头白灯明，款语未终，花烬自繁。算今宵犹是，酒楼燕月；来朝便换，匹马秦关。天地风尘，文章涕泪，博得功名边地寒。君应笑，遍铜驼荆棘，底恋朝官。

苏台杨柳堪攀，计小住匆匆秋又阑。有笔床茶灶，浮家正好；江枫渔火，当画频看。我亦思归，五湖虚约，人海劳劳负钓竿。从君后，誓椎牛报国，快斩呼韩。

解连环　石帚体

查荫皆阁读索题《绿天草庵瀹茗图》。草庵在任城太白楼侧，项蔚如河政宅也。计予不见蔚如亦三年矣，赋此以寄予怀。

一灯雨细，听松风绕座，井华新试。趁晚窗、净几无尘，话槐火，因缘冷云垂地。苦恋头纲，问鹿梦、年来醒未？忆春风小啜，握手故人，此景还是。

相思独山湖水。对三间卜筑，桑苎高致。费几度、纱帽笼头，掐花底红心，酒星犹记。乞染新缣，合置我、绿天雪里。又禅榻鬓丝，点素甚时再至？

烛影摇红　游陶然亭

愁外山青，出林高阁登临好。清游不信隔飞红，还约诗情到。万户寒鸦冷照，倩西风、和烟净扫。拨苔眠石，倚杖听泉，而今怀抱。

哀筑燕歌，廿年人共僧雏老。错将霜鬓比芦花，翻被闲鸥笑。归路沙塘细绕，唤秋坟、文禽梦觉。轻衫快马，醉拢吟鞭，天街蟾小。

长相思　（二首）

怕分携，到分携。睡觉门前征马嘶，背人珠蜡啼。
晓星高，晓星低。明日郎西妾更西，梦魂归也迷。

郎心痴，妾心痴。抵死浮萍附兔丝，缠绵当诉谁？
车遥遥，去迟迟。泪溢春潮双桨枝，休忘迎接时。

浣溪纱　（八首）

绿惨红愁不自持，秋河月落汝南鸡，梳妆草草出门时。
孔雀东南飞宛转，高楼西北隔迷离，断肠心事晓灯知。

掠削鸦鬟淡薄衣，来时锦瑟与眉齐，一弦一柱惜芳菲。
忍记春风邀醉舞，不堪雨雪背郎归，游骢会意也依依。

薄诉泥中那易论，兰香入梦已当门，刈葵宁复惜葵根。
空谷牵萝原妾分，秋风捐扇亦君恩，鸭炉香烬自温存。

缺月无情下短檐，病容离思苦相兼，绿衣和里泪都淹。
剪取瓶花临水照，剔将灯蕊背人占，睡乡今夜为谁甜。

河上人家郭外村，平沙蕃马一群群，千林枣熟不开门。
圣水三篙小青宅，丰台一角阿钱坟，落花无主又逢君。

一叶青蝇计太深，可怜风雨病侵寻，女儿节过到穿针。
莲子含苞成苦薏，仓庚入药是冤禽，更无人识解环心。

睡起清歌断玉簪，杨枝骆马费沉吟，旧巢新扫一孤禽。
薄命几曾星替月，有情争肯目怜心，百年多事长卿琴。

小帧熏香信手分，崔徽旧是画中人，留仙惆怅郁金裙。

浪说黄姑携始影，多惭浊水侍清尘，瑜珈座上问兰因。

烛影摇红

风急盘雕，九门踏叶谁家去？倦游原不拟行秋，多了悲秋赋。阑夜焚香自语，甚桐阴、凄蛩调苦。也应相忆，旧日题诗，湖亭深处。

花外青骢，板桥二十年前路。乘鸾画扇已成尘，还梦吹箫女。邀月珠泉在否？怕流红、荒沟未许。玉阑愁倚，早雁清霜，遥峰无数。

夜飞鹊

钟声促窗晓，凉月如圭，惊起斗帐双栖。匆匆掩袂竟谁语，临歧罗袖重携。三年谢娘恨，但调羹荼苦，掠鬓蓬低。伤心病叶，问漂流、底恋回溪？

茸唾镜脂犹在，争忍背斜阳，来扣空闺。依旧愁边灯火，凄蛩警砌，巢燕争泥。定应梦我，怕城高、有梦都迷。待何时倚幌、相思一寸，证取灵犀。

绮寮怨

小雨才收危照，晚晴吹更阴。卧老柳、一带溪流，疏钟响、透出空林。霜风还欺素发，茶烟外、败榻愁病侵。问雁飞、好去谁家，秦楼远、锦札和梦沉。

影事十年倦寻。鸾空镜杳，何人为访青琴？旧帕新纴，别时泪、故人心。殷勤凤城重九，菊吐艳、渐宜簪。清尊独吟。来朝策马去，秋又深。

长相思

雾霏霏，雨微微。昔日同行今独归，际天霜草肥。
夜眠迟，梦偏稀。月冷千山雁不飞，无人知去时。

摸鱼儿

王幼遐侍御得况夔生舍人金陵书，有江总持残碑拓本之寄，因绘《秋窗忆远图》索题，为赋此解。丙申。

几何时、琼枝璧月，青山六代同老。雁飞不管兴亡恨，还带秣陵书到。金薤倒，认滴滴、南朝泪墨中心绕。怀人梦晓。甚咏药期门，剜苔萧寺，不是旧时抱。

西台笔，避客工焚谏草，愁添霜鬓多了。而今仆射人才众，那得擘笺同调。吟望悄，是一幅、前身杜牧悲秋稿。苍烟古峤。待共检行縢，碑寻处士，披笠看残照。摄山旧有明徵士僧绍碑。

桂枝香

幼遐自崇效寺买春归，赋《夜飞鹊》词属和。枨触前尘，为填此解。

秋林枣熟，又啅雀坠枝，穿过茅屋。帘外茶烟散未，一僧归独。来时错认看花约，遍香台、冷红凄绿。照人差幸，西山雨霁，晚霞新沐。

自故侣、飘蓬转烛。问已老春蚕，孤绪谁续？还见芳郊细马，倚阑吹竹。乡心宦味无人晓，任经幢铃语风触。断魂输与，百年松杏，旧题盈幅。

扫花游　永定门外作

晓风飐笠，趁树隔桥横，袖鞭归去。乱烟似雨，悄无人唤客，一蝉独语。泪罥游丝，结作垂杨万缕。望中路，问着意网春，谁绾春住？

江水无恙否？负打桨潮生，袜尘随步。笛心太苦，尽汀洲绿遍，那逢鱼素。见说新愁，又到湔裙饷黍。海榴吐，忍重寻、旧年钗虎。

减兰　（十五首）

江亭夜雨，春在断无人见处。立马桥栏，双阙连云一剑寒。
番风策策，薄宦经年仍是客。乡梦渔樵，泪尽鹃魂甚处招？

泰坛春晓，万绿莺啼烟四绕。朱火芳薪，想见甘泉卤薄陈。
带经倪穸，误识女星成皓首。采药归欤，补入桐君肘后书。
天坛生益母草。

烟僝雨愁，旧日元都花在否？花冷于秋，争忍看花不白头。
清波夹路，风定幡垂铃不语。一样嬉春，才过邻园蝶趁人。
极乐寺海棠旧盛，今衰矣。寺前隔水为三贝子园。

东郊雨霁，心似颓云扶不起。多事鸢风，暗引香轮辗碎红。
浮生过鸟，高卧瞿昙何日觉？一例销沉，夕照楼台万柳阴。
东城卧佛寺、夕照寺、万柳堂，游屐均鲜，境殊荒凉。

蓬壶别馆，龙护璇题天语焕。左右金仙，若个芝龛号九莲？
霜松老瘦，梦月新词吟望久。不及池荷，意外犹分太液波。
万寿寺白皮松，金梁《梦月词》曾咏及。

诗人老去，十载朋笺疑梦语。宣室朝天，便问苍生已可怜。
明妃绝域，当日苦为倾国惜。真个而今，亲送青娥紫塞行。

清灯读画，坐久绳床香篆在。侧帽风流，减字偷声又几秋。
安生已矣，安晓峰同年。今日尚留真御史。细雨杉湖，莫为西风赋遂初。杉湖，王幼遐侍御读书处。

吾宗潦倒，身世拼随兵牒老。欢鬼谁寻，怒奋麟鬐万马瘖。
偶然笔渴，嚼墨狂呼如酒泼。醉尔高楼，送雁长风江上秋。
王伯唐戎部赋《天马行》甚奇。欢鬼，用诗社中语。近集任城太白酒楼楹联：“青天骑白龙，我欲因之梦吴越；长风送秋雁，对此可以酣高楼。”索伯唐书之。

吾师宋玉，故国招魂哀不足。泪尽輶轩，何止天人策万言。

令威愤世，同是一麾江海逝。西蜀东齐，起舞雄心冷曙鸡。宋芸子前辈，前使泰西，著有《采风集》，近以办商务归蜀。丁叔蘅前辈，新授沂守。

县蒲节近，送客离情孤雁引。风味江南，藕眼玲珑蔗尾甘。
清觞急管，高会西园风雨散。负汝雄文，手版晨趋谒戟门。杨喆甫同年，由戎部改外试，令江左。

钟山月白，卜筑好寻高士宅。问讯圆蛛，泪洒新亭有客无？
江流万古，浪打金焦淘不去。野哭夷歌，六代豪华奈尔何。

清光澄澈，今古多情谁似月？万里飙轮，隔宿依然觌面真。
故人相送，酒赋琴歌都是梦。盈手将离，说与姮娥恐未知。

皇姑寺畔，驿路飞红迷客眼。新涨迢迢，风急杨花泪不销。
宫墙翠削，旧是元时飞放泊。海户谁家，十里游骢喷玉沙。

花时相见，春远回头人更远。手把杨枝，浮世浮生几别离。
王孙玉勒，挟弹城南浑似织。流水孤村，不到斜阳已怆魂。

长安伏雨，结习惟耽搜冷句。清梵微闻，刻烛传笺又一新。
青衫载酒，来日天涯蓬转又。憔悴遗山，亲见明昌大定年。

西平乐

游保阳古莲花池。元张德刚馆郝伯常于此，雍乾时为行宫。

池后有山公琴，贵筑黄中丞瘗猿所。

老柳横桥，瘦藤欹沼，孤蝶弄影晖晖。亭指临漪，节过悬艾，重来暗绿侵衣。看一亩蘋鱼漾尾，双碣云龙隐额，风铃竞语，朝天剑佩依稀。还剩摩诃旧瓦，人静夜、梦雨带鸳飞。

买春前度，朋欢电谢，策马关河，心事多违。休问取、金源降将，辽海累臣，昔日书堂在否，换了斜阳，城郭千家故国非。闻说古台，啼猿有泪，闲拭苔丝，细译碑铭，越女谁寻，铜街月上烟霏。

八声甘州 和幼遐九日有怀之作

但年涯草草付吟笺，他乡若为秋。数题襟旧侣，霜凄榆塞，子宓之怀远。云冷昭丘。芸阁之萍乡。欲采黄花寄远，花肯为人留？满地江湖梦，剩几闲鸥。

十载长安席帽，向玉河窥影，尘面先羞。甚骚人多感，分与隔年愁。看横飞、刺天鸾鹄，算归鸿、无翼接双眸。琴心碎、托关山月，流照西楼。

又 子宓自怀远寄示新词，赋此答之

又金飙带雨洗长天，凄然四山秋。甚平沙莽莽，经年雁到，还诉边愁。一障功名未老，奇气压兜鍪。不是和戎使，休吊神州。

回首西园飞盖，负穿苔引鹤，选石盟鸥。勒燕铭无分，彩笔若为留？渐斜阳、孤城吹角，吼颓云、如幕月如钩。须沉醉、

唱黄河远，倒喝西流。

南乡子　卫河道中

雨重衣生菌，霜凄烛不华。低篷倦枕去天涯，今夜，莲湖月好落谁家？

采绿吟　用蘋洲韵

此草窗自度曲也，词律失载。拾遗于换头次句丝字注韵，鹜翁讥其无文理，谓宜于脆字叶仄韵，论甚精当。细按之前段依依句，应亦叶韵。舟过天津，谱此以质鹜翁。丁酉立冬后一日。

梦堕丁沽水，睡起淡月沉西。高林柳瘦，野花蘋老，愁不关诗。雁风还瑟瑟，双枝橹、带烟碎剪琉璃。扣舷看，山眉翠，依依招隐待谁？

年少倚疏狂，江天晓、中流哀笛霜脆，叫破楚台云，任酒涴罗衣。甚而今、孤咏租船，吟毫冷、桥柱怕重题。炉灰拨，人语一篷，心字篆微。

瑞鹤仙

朱古微前辈移居上斜街，为查查浦先生故宅，手植藤犹存。词以贺之。

古香飘砌满。甚鹤去巢留，翠阴如恋。幽栖百年换，快凭栏、一例玉堂吟伴。冰嬉岁晚，绕云湾、凤城在眼。料年时、洗象人归，添了竹坨诗案。

休羡，软红风味，初白声华，旧家池馆。琴书静展，春已透，鬓丝畔。约看山拄笏，朋笺重擘，莫负文禽晓唤。唤乡心忽到，梅花雪溪梦远。

摸鱼儿

酒楼联句，偕程子大通守颂万、洪味聃比部汝沖、王伯唐戎部铁珊。

卷湘钩，烛明花酽，一丝春影如水。湘。楼阴总是销魂树，何况添他鹃泪。大。愁梦里，黯七载京华，踏遍红尘碎。味。青衫况味。怅不似旗亭，那回人在，兜恨曲阑底。唐。

寻诗路，帘外鹦哥犹记，东风双鬓如此。湘。酒徒寥落花枝健，青眼高歌吾子。味。拼醉死，算不葬花阴，那有埋魂地。唐。哀笳唤起。休更倚危楼，西山月冷，不照旧时翠。湘。

寿楼春　联句，偕子大、味聃

招飞红留春，湘。向回廊那角，邀个春人。大。况是看云同伴，采兰芳晨。味。酥雨洗、天街尘。问踏花谁家雕轮？湘。有巷口斜阳，楼前燕子，来替客销魂。大。

江云黯，江花新。记船唇醉月，湖口搴莼。因甚关河蓬转，坠欢轻分。湘。愁万里，君之门。怕负他、湘累荃荪。味。且沉醉花前，留欢未嚑题练裙。大。

以上卷三《燕山钟梵》上

好事近　探梅，用宋韩仲止韵

正月初三日，集张次珊给谏前辈宅，偕裴韵珊给谏，华再云、黄白香侍御三前辈同赋。未至者，王幼遐侍御也。戊戌。

梦醒水边篱，轻把竹肌粉刻。昨夜孤山春到，有冷香霏月。

相看除鹤更无人，缟袂若为忆。羌笛莫教吹彻，付胆瓶将息。

烛影摇红　同赋，用周待制韵

虚阁垂灯，六街雪霁梅英浅。骄骢催客快传笺，纤月高楼转。燕子衔春去惯，话归期、花阴细盼。去年天气，旧日亭台，销魂谁见。

廿载燕歌，酒杯入手霜镡短。天涯芳草甚时青，人比东风远。休诉琴声易散。指西山、烟螺在眼。俊游应续，一角凫潭，斜阳僧院。

双双燕　本意，用梦窗韵。集幼遐四印斋同赋

逐春去了，甚春到，同寻旧家门户。依然社日，可忆探芳前度。金屋才营未稳，似商酌、栖香何处。辛勤乱啄芹泥，怕被游蜂阑住。

翩举，花间俊羽。尽晒遍斜阳，又穿丝雨。差池两剪，一样翠翻红舞。相约调雏唤侣，话归梦、乌衣谁诉。黄昏莫恋重帘，留听月明私语。

汉宫春　同赋立春，用稼轩韵

无恙东风，问为谁重到，翠盖朱幡。梅花笑我，隔岁犹怕宵寒。游春梦好，记当年、载酒东园。空自惜、才消量减，而今负了辛盘。

见说隋宫剪彩，又唐宫击羯，不放花闲。花残有时更发，谁驻芳颜？飞飞燕子，避南鸿、往复如环。愁故里、仙源绿涨，输他渔父知还。

宴清都　同赋闺情，用草窗韵

睡鸭熏香懒。阑干外、游丝春梦同乱。清明节近，流莺自语，小桃开半。天涯不恨归迟，恨眉样、无人解换。甚絮飞、化作浮萍，还教流水句管。

当时赠芍搴兰，旧情空在，人比天远。新衫试镜，新裙约带，楚腰惊减。江波不寄鱼素，漫唾碧、啼红在眼。诉离愁、甚处鸾箫，落梅唱晚。

垂杨 本意，用日湖韵，集韵珊、复斋、次珊、幼遐、朱古微前辈同赋

春愁唤觉。恨乳莺不管，楚宫腰小。有思无情，隔堤低蘸鸥波悄。销魂旧识江南道。掩珠阁、翠深云窈。问东风、系马谁家，叹近来诗少。

因甚牵丝未了。尽肠断玉关，笛声还袅。一例韶华，托根休恋龙池晓。花飞一任流萍扫。剩烟雨、空江缥缈。待归来、手种成阴，人共老。

疏影 同赋梅影，用石帚韵

霏烟浸玉，趁缟衣梦醒，邀月同宿。一种离魂，欲近偏遥，相思谁撅霜竹。江妃醉试回风舞，悄不辨、罗浮南北。又怎知、昨夜吟春，有个背灯人独。

犹忆孤山跨鹤，隔溪一笑里，轻踏苔绿。不信虬枝，化作流云，叠叠飞香盈屋。黄昏莫厌窗纱黑，更绕遍、槛边篱曲。待雪晴、水墨玲珑，衬入帐罗双幅。

醉落魄 同赋，用薛叔载韵

老梅花着，故园谁赋探梅作。帝城不信春萧索。一角西山，千古夕阳落。

闭门矮纸笺僮约，长檠何意霏红萼？梁间客燕休栖泊。欲

诉春寒，愁被晚风觉。

瑞鹤仙 春雪，答次珊

冻壶铿碎响，讶竹外、晴晖烂盈绡帐。琼妃倚仙仗，捧冰瓯唤月，万花催放。瑶阶净敞，任浣尽、红情翠想。只愁他拥断，关河误了，湿魂低扬。

湖上分珠瀹茗，擘絮摊笺，旧停乌榜。雕栏再访，谁印取，锦鸳样。剩山明沙软，搴芳甚处，不信归鸿也忘。待东风碎剪，银云夜潮又长。

夜飞鹊 “双星渡鹊砚”，限“星”韵，为次珊前辈赋。集次珊、瞻园、韵珊、幼遐、再云、古微、庞臞庵给谏前辈同赋

银潢一端绮，飞下青冥。和墨点出秋星。填桥旧泪几今古，流传断石犹馨。玲珑玉蟾背，幻微云疏雨，刷尾梳翎。烟华四滃，漾灵风、甚处鸾軿。

曾伴镜屏妆巧，随意扫双蛾，羞乞娉婷。应念支机人远，清波注眼，竟日荧荧。乌丝漫染，便衔笺、喜报谁听。愿摩挲蕉叶，年年坐对，眉月中庭。

锁窗寒 同赋春寒，用碧山韵

划地风尖，堆墙雪老，野鸦飞尽。茶烟一榻，看惯烛花红

烬。拥冰衾、丝魂细飘，断肠梦远天涯近。待横琴素几，背人呵手，冻弦先凝。

芳景，徘徊省。但倚醉薰炉，泥愁偎枕。花朝过也，又误故园鸿信。甚汀洲、新绿涨迟，大堤隔断挑菜影。唤凉蟾、泪眼烘晴，说与年时恨。

南浦　春水，用碧山韵。集檗坞、次珊、韵珊、古微、幼遐同赋

冰泮御沟晴，问柳塘，隔宵新绿谁染。天影四围低，风梭织、云蓝一痕拖遍。旧时花月，望江如梦情深浅。最怜送别南浦路，误了几人帆片。

湔裙胜约依然，看漾漾文鳞，差差舞燕。微雨镜如揩，鸥波净、休遣画桡轻点。汀蘋日暮，断魂何限潇湘怨。临流拼浣红芳尽，又听采菱歌远。

眉妩　同赋新月，用碧山韵

看疏星窥户，淡霭笼窗，灯火逗微暝。不是宵三五，纤纤曲，相逢谁唱花径。大千梦稳，甚广寒、偏抱幽恨。最无赖、掐破青天缝，泪弹指尖冷。

休试蛾妆低问。便十眉检样，何补圆镜？渐下湘帘额，钩双控、弯环添个秋景。水天路永，照雁飞、江上斜正。好冲断云罗，修合半瓯缺影。

临江仙　同赋，用小山韵

欲检心香重爇，蕉窗雨意垂垂。镜中看镜晚妆时。烛枝花解语，筝柱雁能飞。

记得画楼相送，几回掠鬓牵衣。今年刚道不寻思。不堪当日燕，独向杏梁归。

玲珑四犯　用草窗韵

丝雨缫愁，但冷醉孤吟，门掩芳昼。昨夜东风，还晕砌苔如绣。莺语苦唤春浓，总不似、少年呼酒。甚玉河、浅碧鳞鳞，依旧小桃开候。

宝帘垂押湘纹绉。篆香微、鸭心灰勾。闲情赋懒钿车约，谁话清明后。休倚二十四阑，花定笑今年人瘦。望楚兰千里，云暮合，空翘首。

角　招

禁城野望，九门双阙，烟树凄迷，萧然其为春也。用石帚自度曲写之，为同社诸子问。

盼春到，依然屋角，西山一点螺小。凤城宫树绕。听遍远钟，长乐春晓。金仙未老，肯唤醒、东门清啸。睡起看云独笑。挽千万缕垂杨，问谁家春好。

闻道，绣漪断础，丹棱废沜，多半埋荒草。隔邻春事早，嫁杏偷桃，翻嫌花少。胡蜂性巧，甚惯引、旁枝春闹。昨夜尖风又峭。待分付、护花铃，春先恼。

长亭怨慢 铁路。集古微宅，次珊、韵珊、白香、高理臣给谏前辈同赋

看千里、庚庚环带。一瞥飙轮，电驰星迈。铸错无端，凿空有力，竟谁悔，乱蚊交织，忽驶入、清凉界。漫侈化人游，怕到眼、卢龙先卖。

两戒，隔潇湘碣石，甚处玉虹双挂。青天划破，讶意外、鹢飞都退。费几度、堑谷堙山，问连锁、横江安在。付万古销沉，清泪铜仙如海。

鹧鸪天 同赋烛，禁泪字

忆昨催诗破彩笺，一枝擎出比灯妍。未妨宿燕惊光冷，欲拜牵牛怯影单。

窥匣镜，隔炉烟，晓星庭院悄无眠。不辞卷尽蕉心绿，双照金尊若个边。

浣溪纱 （二首）

落拓心情酒不知，水沉烟断卷帘迟，石阑闲煞旧题诗。

九陌尘香车似水，斑骓谁系绿杨枝，梦回虚忆醉花时。

北郭春流漾浅沙，西山暖翠丽飞霞，去年归燕隔天涯。

闲倚晚风听画角，屏山脉脉夕阳斜，病余春事到梨花。

念奴娇　赠易由甫

楚天一笛，唱新词井水，廿年心醉。谁信九门风雪换，相见碧桃花底。瓦巷停鞭，铜街侧帽，别具伤春泪。连昌曲在，莫应愁绝才子。

最忆玉局风流，云龙追逐，弹指悲欢异。今日洞庭舟上月，何似酒人燕市。湘社琴荒，秦源棹远，莫问人间世。高歌青眼，西山终古横翠。

踏莎行

树小疑篸，波平似鉴，寻芳甚处移春槛。东风争怪两般吹，梨花不比桃花艳。

寄远脂香，缄书泪点，旧情都被新愁染。不如不梦不思量，五更坐看金釭暗。

减兰　（二首）

愁添酒减，欲换征裘风似剑。闷倚孤桐，听惯筝弦响半空。

闲门春老，旧雨何人书札到。多谢残阳，犹照苔花冷处香。

番风吹紧，啼宇催残三月闰。若个伤春，自剪芳兰吊楚臣。

九衢车闹，百计无如归去好。梦冷吴舠，细雨轻衫皂荚桥。

三姝媚 闰重三，限四字韵。集再云宅，次珊、韵珊、幼遐、白香同赋

番风吹第几。试罗衫，依然水边多丽。独客长安，唤老莺重话，永和天气。万古今朝，除补禊、销春何计。暗忆东园，扑蝶湔裙，此情还是。

应念韶华如驶。便细柳频圈，去晖谁系。闷卜油花，费两番弓月，照人无寐。荔浦清游，凭证取、来朝初四。只恐将离再折，离愁又起。东坡以三月四日游白水岩，晚休荔支浦，见集中和陶诗序。

探春慢 同赋春草，用白石韵（二首）

经雨苏春，接波染碧，风催芳讯盈野。旧梦西堂，新烟南陌，偏恋王孙去马。不是繁华种，更休羡、瀛洲诗写。烧痕多事青回，隔年添了樵话。

犹记江皋寄远，拚采采一襜，纤不堪把。荏苒流光，萋迷生意，错认绣裙闲冶。肠断宫斜路，又蝶乱、花翻交下。剪取红心，窗前留伴修夜。

天外斜阳，望中远水，迢迢春遍芳野。极目疑烟，无心成碧，不碍新晴引马。曾伴骚人赋，共纫佩、兰荪笺写。几年金粉南朝，又听江燕愁话。

长忆佳晨拾翠，铺一色锦茵，袂袂同把。斗惹衣香，兜余鞋软，何限绣窗姚冶。怀梦谁家好，倩似剪、东风吹下。幻作流萤，相思犹照阑夜。

念奴娇　酬由甫叠韵

古台金冷，自荆高去后，更无人醉。闲煞湖光澄裂帛，红湿夕阳波底。大道青楼，春城紫禁，中有铜驼泪。断肠风絮，杯行谁唱梅子。

且复吹笛宫墙，霓裳偷按，未信人天异。劫火翻新烟月旧，莫问周朝秦市。聂夷中诗：“扰扰大块土，周朝与秦市。”北胜评花，东京选梦，一样承平世。重三闰好，拼寻陌上遗翠。

好事近

丝雨镂尘香，陌上游骢如织。独念东阑花冷，访招提春色。

纸钱风定忽笙箫，哀重酒无力。今古人歌人哭，有塔铃知得。

玲珑四犯

次珊前辈宅有小桃一株，甫花，为风吹谢，词以悼之。余亦继声，再用草窗韵。

幡静风香，记一簇嫣红，霞影烘昼。几日吹帘，愁见宝栏堆绣。莺嘴不恨衔残，恨负了、晕脂酣酒。扬鬓丝、点点茶烟，刚是绿阴生候。

楚江春暖云波皱。棹乌篷、鳜鱼肥勾。仙源甚处寻芳晚，拼落啼鹃后。肠断带雨倩魂，都不管题门人瘦。把旧情分付，花共老，休回首。

庆春宫

黄小松司马官任城时，写“西城一角，渔庄蟹舍，不减江乡”，刘子秀孝廉索题，枨触前尘，为赋此解。

萧寺僧归，远汀渔散，夕阳渐下林樾。征雁翩翩，将栖更去，望中沙路一发。那年归棹，枕秋郭、霜天迟月。披图还见，塔杪南湖，过帆明灭。

石矶西畔谁家，细径穿莎，雨苔清绝。知有幽人，扶疏绕屋，几度看山支笏。旧游应在，觅楼上、诗仙共说。相思何许，千里芦花，乱潮扑雪。

扫花游　用待制韵，幼遐、由甫同赋

楝风换绿，正露井鸦啼，暗穿林楚。断霞散缕，衬秋千一架，柳丝交舞。刻意留春，不分梅天酿雨。酒楼去，倚醉试寻，红泪深处。

花信余几许？记赠远攀枝，采香迷路。曼歌侑俎，怅江州已老，乍逢蛮素。欲托鹃心，怕比鹍弦调苦。漫愁伫，听山城、粥鱼茶鼓。

又　再叠

草堂倦客，奈酒梦催残，紫箫凄楚。系情燕缕，话栖香俊约，看人还舞。绕遍珠阑，点点苔茸唾雨。忍轻去，旧夜月明，同瘗花处。

心事空暗许。负絮别针楼，送归沙路。鳜香荐俎，觅鳞书不见，况传缣素。食蓼怜虫，不分中边尽苦。独延伫，淡云罗、一星河鼓。

又　三叠

饯春饯别，怅独客南冠，几曾归楚。碎愁作缕，被剪风吹散，柳花同舞。故国前生，看惯湘篁泪雨。刺船去，倚瑟数峰，江上青处。

林卧天未许。但梦语销年，意行忘路。乱英坠俎，倩何人整带，自量腰素。一枕流霜，昨夜娥晖照苦。黯迟伫，又池塘、五更蛙鼓。

还京乐　用待制韵，幼遐、叔问同赋

为吟瘦，镇日眠琴旧曲都倦理。怪暖风飘荡，沉钱谢絮，春光何费。念楚兰天际，湘娥玉骨萝衣委。自别久，斑竹也化，啼鹃红泪。

又风尘底。结哀时词客，燕歌未了，依然中酒气味。孟郊下第诗："气味如中酒。"朋欢放手无多，况登台、昔日高李。到明朝、拼越秀看山，曹溪酌水。时将作粤游。合叩维摩室，拈花教说荣悴。前"倦"字，后"日"字，原词作"料"字；"看"字平仄未晰，方、杨、陈、吴词各不同，今择从之。

木兰花慢 崇效寺，限"崇"字韵。幼遐招集江右万文敏尚书咫村，次珊、古微、叔问、由甫、子蕃同赋

纸坊西去路，送鞭影，枣花风。趁细路穿蛇，高林引鹤，铃语烟空。支公，几年卓锡，水禽飞犹识法堂钟。携手新城长水，断肠红杏青松。

琳宫，小驻游骢。谈捉麈，立支筇。看斜阳射阁，三唐碑矗，五髻山崇。春浓，绣幡拥艳，又鬘天散雨醉胡蜂。袖得鞓红归去，柳村凉月如弓。

翠楼吟 同赋咫村藤花

冷翠交枝，纷红络架，新蟾一钩低控。芳园通渌水，接池上幽禽微哢。灵根谁种？傍剡曲清溪，平泉仙洞。招青凤，绣窠栖稳，莫教春空。

旧梦，凉月吹箫，展绿阴歌席，酒香浮瓮。玉纤亲摘好，衬归路朱樱丝笼。吟笺迟讽。负说饼殷勤，看花珍重。珠幡动，再来还约，隔墙风送。

还京乐　再用待制韵，答幼遐、叔问

楚江碧，甚日湘神盼得归棹理。叹燕眠莺懒，好春渐换，嘶蝉声费。望九门霞际，钿车夹道珠尘委。问夕照，谁更记取，金台残泪。国朝张亨甫孝廉际亮著有《金台残泪记》。

过蓬池底。倚青蛇长剑，高谭斫脍，飘零犹赏隽味。君看莽莽神州，扫烽烟、若个程李。酒人心、空北伐占诗，西江濯水。一笑乾坤老，恒河丝鬓先悴。

珍珠帘　咏帘，用草窗韵。集古微宅，次珊、幼遐、叔问、由甫、夏润芝编修同赋

一重春影和烟翳。钩双控，静对西山霞霁。花外悄无人，浸冷波横地。为怯新妆慵不卷，倩掩映犀梳云翠。谁比，纤斑筠，中有湘娥珠泪。

应记，暮色房栊，隔清灯细雨，红楼十二。垂了又还开，正燕归天气。昨夜空阶罗袜湿，怕望月玲珑如水。心醉，话春风、豆蔻扬州梦里。

沁园春　同赋，咏笑

若有人兮，含睇嫣然，与予目成。正春山入画，翠眉都展；秋波送媚，皓齿微呈。天际灵妃，云中玉女，纵隔三清不隔情。销魂处，记低鬟掩袖，别样轻盈。

工愁善病怜卿，喜破涕才闻吃吃声。甚重来依旧，去年今日，一番空误，下蔡阳城。买合酬金，索还窥镜，莫遣当筵蜡泪横。拈花旨，向华严悟否，证取来生。

西河　燕都怀古，再用待制韵。集次珊宅，幼遐、古微、润之、叔问、由甫同赋

形胜地，乌头旧誓谁记。荆高一去酒徒空，霸才蔚起。古台日暮大旗横，蚩尤腥雾无际。

角山月，和梦倚，九关一发遥系。饶他逐燕解高飞，尚营故垒。野磷偷上十三陵，玉河依旧烟水。

贾胡碧眼又满市。问楼桑、今日何里。把酒漫悲身世，唤燕姬翠袖筝琶宵对，翎雀哀弹明灯里。二叠尾句原词“伤心东望淮水”，一作“赏心”，注引钟山赏心亭为证。此处应平，即“赏”字亦以上作平也。

一萼红　同赋金台夕照，限“台”字韵

古城隈。剩惊飙卷叶，山寺瞑钟催。废馆云埋，平芜日冷，谁念残霸荒台。遍沙碛、明驼晒雪，渺骏足、千古几时回。拥彗风流，挥金心事，都付蒿莱。

还问望诸枯冢，甚西乌不管，劫外残灰。故国烟空，遗书泪尽，遮莫栖鸟犹猜。看天末、斜红界柳，送萧萧、易水筑声哀。叫出长桥月明，拂袖归来。

望海潮

立夏后十日，偕赵芝珊、王聘三、谢味余三编修，同年余芷庵中翰赴昌平州，观明长陵、思陵，至居庸关，取道汤山，浴温泉，四日始归，赋此纪游。

鸥乡吟侣，狨鞯游队，嬉晴偶踏飞红。初日射林，惊沙振幔，芳郊织遍青葱。天寿问幽宫。听白沟乱水，呜咽流东。银海依然，孝陵多事泣江枫。

当年剑扫群雄。渐龙潜寺圮，燕寂巢空。金掌露盘，冬青麦饭，何人为念遗弓。鞭影去匆匆。又故关马首，烟翠迷蒙。休话兴亡北溟，睎发四山风。

水龙吟 白芍药，限“寄”字韵。集润之宅，次珊、幼遐、古微、叔问、由甫同赋

一枝烟月扬州，琼花老去春如睡。铅华净扫，悄无人见，天然自媚。已分将离，不堪持赠，冷清清地。记丰台生小，轻妆淡抹，娉婷影，分明是。

昨夜杯巡梦尾，伴梨雾、梦遥谁寄。晓窗雨过，粉奁销酒，玉盘凝泪。不是金围，素腰都减，旧情空系。把翻阶绮语，和红忏尽，向东风里。

侧 犯

偕叔问、幼遐访次珊夜话，时叔问将南返，予亦将有广州之行。叔问赋《侧犯》和美成韵留别，予拈得此调，即再和白石韵答之，真实甫所谓“春去寻春，客中送客”者也。四月初六日。

马嘶欲去，一尊苦被莺留住。梅雨，又唱入方回断肠句。飞红趁冷照，落到无人处。谁语？问海上孤云、肯回顾？

疏狂十载，偷按霓裳舞。今老矣，剩相逢，骚恨满离俎。梦里吴山，碧无层数。甚日重游，共修箫谱。

惜余春慢 新绿，限“荫”字韵。集咫村，次珊、幼遐、韵珊、古微、润之、叔问、子蕃、由甫同赋

燕外烟丝，鸥边云影，一桁帘波低浸。愔愔曲径，冉冉芳晖，不碍鱼油铺锦。几日相携采蓝，倚扇摊笺，就琴支枕。怅春红又换，蕉窗静锁，茜纱都沁。

曾记得、梦里家山，吾庐亦爱，桑竹扶疏交荫。东园蚁酒，西塞渔蓑，丝鬓不堪重审。凭问花天旧莺，香叶暗巢，买邻因甚？但碧萝阴底，茶枪细煮，石泉同品。

绮寮怨 同赋，咫村夜集，偕叔问话别，用待制韵

倦夜回栏孤凭，醉魂鸦唤醒。漾曲沼、一镜云波，谁推出、素影亭亭。依然平泉胜地，垂檐柳、旧种今更青。甚酒人、也似星稀，明朝恨、别泪襟袖盈。

昨梦海山万程。髯仙未老，扁舟径访儋琼。鹤语三清，渺沙界、几人听。浮生百年多感，怪短发、苦牵情。飞红禁城，归期漫屈指，愁岁零。

玲珑四犯 用待制韵答由甫，时予两人先后均拟出都矣

南浦新波，又赋别销魂，轻负江艳。忆踏春阳，看足绛唇丹脸。弹指九陌莺花，落絮舞、□丝同乱。尽梦中、绿鬓催换，人柳液池谁见。

菊英秋展寒泉荐。醉娥祠、渚云娇蒨。期君共载燕山酒，归放登高眼。来日海水镜清，浸万古波心月点。漫扣舷唤起，精卫魄，随鸥散。

以上卷四《燕山钟梵》中

水龙吟 小除夕立春，和半唐韵

海天万里孤鸿，未应带得春归早。故人握手，相看还是，

尊前一笑。剪彩翻新，烧灯话旧，几回颠倒。怪青山不语，好花长在，空自惜，欢情少。

晓梦幽禽唤觉，恣天街、钿车声闹。寻常巷陌，俊游谁共，一枝扶老。倦客京华，朝衫又换，鬓丝添了。向五湖深处，东风扫榻，看茶烟袅。

东风第一枝　赋得人日题诗寄草堂，社题同赋。己亥

腊鼓销年，饧箫破梦，新晴催换吟社。试灯佳约依然，浣花俊游好在。东风未醒，甚暗送、羁愁如海。算别来、一例龙钟，莫话吹台高会。

春到否？故园烟霭。人健否？鬓丝霜悴。寄声梅萼宜簪，断肠柳条定解。花前雁后，问归思、而今谁贷？怕恁时、书盼天涯，早又落红飞碎。

庆春宫　水仙，用碧山韵

罗带疏香，铢衣凉梦，素瓯稳卧晴雪。绰约先春，娉婷出水，袜尘羞遣红捻。绣屏灯影，记曾照、陈王赋别。通词何许，缟夜姗来，为谁寒彻。

蕊珠宫里横波，故着黄绝，世缘都绝。点泪妆成，移根心苦，因甚相思犹结。恼花一笑，劝诗老、吟笺漫折。冰奁催近，伴取瑶簪，个人如月。

瑶华　再咏水仙，社题同赋

哥瓷翠滑，一簇琼蕤，称南窗晴豁。铜盘仙掌，千古泪、种向冰天犹活。缟衣奇绝，漫轻比、凌波罗袜。只西湖、烟雨丛祠，合荐菊泉盈钵。

凉宵娟月如眉，看照影亭亭，愁沁花骨。王孙故国，今老矣、水墨几番浓抹。写生纵好，谁解貌、素心高洁。还问讯、楚畹滋兰，因甚幽香难掇。

东风第一枝　春雪，用梅溪韵，幼遐、次珊同赋

晓色通帘，繁音折竹，熏篝昨夜忘暖。未妨绣陌泥添，定知笋鞋印浅。天公作意，点缀出、山明沙软。问倚阑、望远谁家，湿了玉楼钗燕。

茶欲煮、水香沸眼。笺欲展、墨池冻面。试灯几换番风，看花又孤禁苑。怪他梅蕊，解勾引、春心一线。待晚晴、再觅琼瑶，怕是岁阑才见。

探春慢　再咏春雪，用玉田韵，幼遐同赋

九陌销尘，千林拥玉，春比幽州日淡。扑帽风尖，冲泥径滑，况带年时残霰。未了探梅兴，怕鬓影、吴霜添半。剧怜白战诗情，也随盐絮飞散。

旧梦高寒阆苑。倚十二琼楼，散花亲见。碧落无情，青山

自老，郢曲漫赓清怨。灯事谁家早，又弹指、檐声催暖。滴入红心，蕉香拼种吟院。

东风第一枝　元夕雨，用梅溪韵

火树珠黏，星房锁合，催晴枉报钟鼓。枕鸳好梦都沉，闹蛾踏歌甚处。明湖旧约，敞花市、鬓钗云聚。笑凤城、放夜何曾，换了绿窗寒雾。

箫管歇、语香漫度。裙屐杳、俊游谁侣。已乖剪烛吟情，况翻落梅丽句。销愁唤酒，怕一样、灯期无据。盼隔宵、罢听潇潇，看走月明桥去。《帝京景物略》：“妇女以正月十六日结队宵行，名曰‘走桥’。”

凤池吟　春冰，社题同赋

唤起东风，碧阑干外，带雨碎剪流澌。记宵阑袖手，檐垂看月，石滑寻诗。镜晕谁揩，一痕细碾露华滋。飞琼过也，分明留影，欲去还迟。

天街几伴鸿雪，怪忍寒入骨，却逐冬归。叹年来忆远，绛绡空贮，红泪都非。鸟啄鱼猜，寸心销尽玉壶知。晴窗好，和古梅、嚼取珠蕤。

解连环　秋千，同上

步虚风作。看红梢翠顶，一绳斜络。带广袖、舞蝶齐翻，问天半语香，为谁吹落。蓦现全身，又还被、花枝遮却。笑晴丝卷燕，也妒彩云，飞度朱阁。

江乡早春俊约。趁兰闺绣倦，扶上珠索。定应惜、小谪瑶宫，忍一搦弓腰，画板轻托。未隔东墙，怕意外、有人窥着。唤双成、曳裙径去，鬟蝉暗掠。

满江红　乘轮舶渡海之烟台

浪迹江湖，又招手、海东长啸。问今古、尘生水浅，几番天老。不信华夷门阈限，居然琛赆梯航闹。看寻常、蛟鳄向人骄，腥风绕。

山色晚，潮声早。鲛客泣，鸥群笑。觅神仙甚处，方壶员峤。九死空填精卫石，千春谁哭田横岛。斫扶桑、骑鹤入青冥，归来了。

法驾导引　（四首）

乘槎去，乘槎去，波路杳难分。独倚舵楼东北望，虾夷岛上起红云，天醉日曛曛。

旌竿直，旌竿直，一发界遥天。海水无风波自绿，乱星青闪夕阳边，圣火若为传。

新月没，新月没，何处觅风帆。终古石矶流不去，祖龙鞭罢怨禽衔，依旧碧巉巉。

三山杳，三山杳，小别甚时还。风外似闻湘女瑟，楼台金碧有无间，声尽只空烟。

花心动　花朝

波暖横塘，荡新晴、天光镜菱低照。鸭鼎试香，鹅管吹愁，一枕宿酲催觉。卷帘双燕归来未，但窥户、露桃如笑。绮疏静，秋千院落，断无人到。

屈指莺花上日，刚三五、蟾圆二分春早。待检夹衣，试撤珠幡，还怕晚风寒峭。踏青南陌怀依旧，问谁见、旧时年少。黯愁伫、荼烟柳丝共袅。

瑶台聚八仙

题金冬心画梅。原跋云："玉楼人口脂与画眉螺黛，作此小幅，但觉春光拂拂在几案间，老子兴复不浅也。"古微前辈侍讲属题。

花若人娇，妆阁悄、和影染入烟绡。冷香自媚，蜂蝶未许轻撩。萼绿江妃相倚笑，浅红淡碧两魂销。梦迢迢，旧时月色，青凤谁招。

维扬处士老矣，甚绮怀未减，着手春饶。黛点脂痕，留伴雪夜霞朝。只愁空谷绝代，蓦吹起东风天外飘。真真唤，向镜屏纸帐，腊酒齐浇。此词照玉田生填，惟"未"字、"天"字与互异，未知当否？识者辨之。

采桑子　（二首）

一春心事瞢腾过，梦醒谁期。燕子来迟，商略营巢又别飞。
桃花似雪开无主，风定还吹。不及游丝，犹伴炉烟驻少时。

黄昏雨过闲阶立，月转廊腰。脉脉迢迢，海上天涯共此宵。
雁飞不到燕山北，目断层霄。何处吹箫，只隔东墙烛一条。

一萼红　来燕，和韵珊韵

玳梁高。认珠帘十二，寻梦已魂销。辽海无家，星霜有约，相见谁信无聊。渐身世、钗分镜冷。甚携雏、还补客中巢。几度盟心，避人低语，绿顶红梢。

秋去春来因怎，笑人间艳说，杏幕兰宵。旅食依然，东风自换，肠断芳草裙腰。枉商略、今年社事，怕明年、泥絮话今朝。嘱与楼边夕阳，莫再吹箫。

凤凰台上忆吹箫　箫，社题同赋

茶担风香，杏饧烟暖，远音凄入窗纱。正唤春天气，品玉年华。曾为多情乞谥，挥彩笔、诵遍宫娃。而今换，吴山越水，流恨天涯。

莺花，俊游梦里，肯轻负当时，紫曲红牙。甚倚歌难和，修谱先差。休话秦楼身世，人不见、凤吹谁家。扁舟去，横江月明，一枕听他。

玉蝴蝶 咏蝶，同上

看惯六朝金粉，午窗梦醒，依旧今生。栩栩翩翩，春色底事关卿？住仙乡、合称幺凤，捎曲槛、翻避流莺。恣将迎、绿波芳草，红雨飞英。

多情。天教付与，未妨翼薄，爱赌身轻。忽上钗梁，镜中添媚掌中擎。旧罗裙、彩云描就，新舞袖、宫绣堆成。漫心惊，晚花留伴，人瘦秋清。

蝶恋花 （二首）

醉里笙歌愁里度。九陌飞红，信马忘归路。蝶子驮香心恁苦，花开一梦成今古。

春自多情人自去。不恨斜阳，恨被星星误。一寸杨枝千点絮，飘零料有相逢处。

几日风香莺语闹。刻意看春，春被愁分了。不分关河吹笛早，素娥那识伊凉调。

检点征衫尘未扫。消瘦崔郎，惯得桃花笑。梦醒天风吹海棹，琼田遍种红心草。

兰陵王　白桃花，十二叠待制韵

昔偕苹珊同年踏春斜街，苹珊购白桃花数株，归种庭槛，瞬三岁矣。己亥三月，敏以乞外将出都，苹珊为置酒花下，见夫霏霙吐雪，高过画檐，中有离魂，背人欲出。敏向花诵美成词，叠韵赋此。以清尊酹之，花亦依依，作离别可怜色，此真刘阮初去天台时也。

雨丝直，花外啼痕沁碧。无人见，娟影自怜，肯藉脂香涴春色。倾城比虢国。初识，居然笑客。元都观，霜鬓再来，应俯雕阑又高尺。

仙蓬话萍迹。趁艳雪移灯，嫠月铺席。飞英还侑离亭食。嗟背锦心事，洗红词笔，空抛根叶送远驿，羡流水归北。

思恻，乱愁积。怕洞口云漫，津渡船寂。空山缟袂情何极。忆倚扇窥酒，隔墙邀笛。尘心销尽，付露井，露共滴。

浪淘沙慢　将之豫章，用待制韵，为同社诸子问

画屏静，东风劝酒，北斗横堞。愁思灯花竞发，歌声漏点共阕。看一树丁香千万结，素弦冷、欲鼓先折。算九陌车尘沸如雨，从今俊游绝。

怀切，海天去去寥阔。但目断烟帆沙禽影，向晚潮暗咽。谁更念兰宵，江赋伤别。擘笺易竭，将楚魂、分付关河斜月。

丹凤城高鳞云叠，重帘悄、篆香未歇。一鞭指、遥峰青处缺。怕梁燕、细问归期，石榻稳，余生任老匡庐雪。

少年游

敏于客春三月初十日，以保送御史引见。今年乞外，亦以是日去都。计自庚午应京兆试，弹指已三十年，婚宦两乖，妻孥俱丧，道出唐沽，感而赋此。

去年今日，五云楼阁，珂马共朝天。憔悴今朝，青衫素发，独上九江船。

沤波旧社，棠梨新冢，生死两茫然。三十年间华胥梦，冷清泪，落谁边！

以上卷五《燕山钟梵》下

洞仙歌 峒峿题壁

飞鸿印爪，忽停鞭淮北。二月山城好春色。被东风、无赖桑柳熏桃，瞒过了，马上年年寒食。

俊游欢一霎，萧寺寻碑，断句犹留乱苔壁。挥手泰山云，冷醉孤吟，问燕子、旧家谁识。漫欹枕宵阑梦归艎，算打桨莲湖，又成虚忆。

芳草渡

帆初挂，酒初酣。来江北，望江南，江云漠漠柳毵毵。莺解笑，花欲语，好春三。

盼春到，春易老，江水流春去了。招江月，醉江潭。江上住，春定许，结茅庵。

玉烛新

寒食微雨，舟过秦邮，云波可怜，潇碧无际。水窗谱此，不待言愁，始欲愁矣。

吹箫兰梦醒。又画桨双摇，鲎鱼风劲。空烟荡暝，垂杨外、掠水沙禽无定。江天路迥，唱旧曲桃根谁赠？珠箔卷、暮雨潇潇，金猊试香都冷。

佳晨禁火依然，负醉月筹花，品泉温茗。衫尘鬓影。窥人老、十里沤波如镜，留春未肯。忍乱絮飞红流并。吴酒薄、愁叠霞笺，坠欢漫省。

满江红　瓜洲守风

白浪掀空，似万马、脱缰而逸。甚咫尺、中分南北，断流无术。海若天吴相对舞，问谁解泛湘灵瑟。剩十年、戎幕老青衫，来摇笔。

鸥泛远，花飞疾。春有几，三之一。望金焦但见，乱帆斜日。如此江山经八代，降幡降表纵横出。笑新亭、洒涕尔何人，忧王室。

汉宫春

白下买春，浃旬愁雨，韶景易逝，萧晨不愉，赋此为城北故人问，时将有维扬之行矣。

倦旅孤笻，漫兰桡唤玉，杏陌停骖。依然怅花吊酒，璧月初三。清淮照影，际天涯、烟草揉蓝。丝雨细、东风卷絮，板桥新柳毵毵。

看取六朝山色，折愁红镜里，短发慵篸。殷勤渭城唱晚，旧侣何堪。琼箫梦冷，被鹃声、啼醒江南。肠断处、潮生潮落，催人一棹春酣。

浣溪沙 秦淮泛月

依旧秦淮玉笛吹，春灯燕子唱迷离，晚妆月上曲阑知。

花片片如新褪粉，柳青青是倒垂丝，江南三月断肠时。

踏莎行 绍由饯予于城南刘氏别业，即席口占

虚阁凭桥，清波卷絮，绿芜一剪城南路。乱山遮断夕阳晴，雨花台上花如雨。

上客相邀，当杯漫诉，催人戍垒冬冬鼓。明朝江北望江南，杜鹃啼到销魂处。

月中行

燕钗敲断楚云空，呼酒定谁同。蛛丝多事罥飞红，无力绾东风。

当时娥月窥双笑，剩今宵短蜡低篷。一春花事雨冥蒙，梦

断櫓声中。

西江月　扬州口占

销夏茱萸湾口，买春豆蔻梢头。轻帆载酒广陵游，二十四桥依旧。

璧月谁家子夜，玉箫甚处秦楼？鬓丝禅榻梦悠悠，泪涴秋娘红袖。

高阳台

金带霏香，琼箫暖梦，淮南祓禊佳晨。廿四番风，销魂廿四桥春。迷楼换了前朝柳，但飞花、冷扑船唇。又黄昏、十里珠帘，灯火城闉。

竹西歌吹谁家去，笑青梅赌酒，白夹题巾。短榻茶烟，禁他燕夕莺晨。红心草遍钩斜路，怕鸾弦、愁损筝人。唤司勋、跨鹤霞天，同话兰因。

蝶恋花

十日扬州风又雨。小杜寻春，却被春人误。钗辫花明何处去，迢迢兰夜秋娘渡。

一曲离鸾尊畔诉。侬是游丝，卿是沾泥絮。输与浮梁买茶贾，秋潮一舸归来路。

昭君怨　戏咏电报

天上投壶谁笑，地上传书人到。两字说平安，诉愁难。
眼底庚庚横理，铸错九州如此。安得铁丝飞，绾郎归。

无闷　留别张子苐

落日阊门，人立小楼，春与鬓丝同短。话梦雨江南，卖花声换。幕府狂名未减，漫瘦损、风尘张孤雁。题襟忆否？青山白社，故人心眼。

莺啭。又吴苑，甚殢酒，关河薄游先懒。问谱笛蘋洲，采香谁眷？旧曲真娘墓冷，算一例、人天金钗贱。但回首、虎阜停桡，数点吴峰清远。

霓裳中序第一

不见子苐六年矣，相遇吴门，出亡嫂曾季硕夫人未完《春梦图》索题，盖偕游石湖所作画稿，粉墨犹未竟也。仆本恨人，思归不得，时复有杭州之役，倚装塞责，并志别恍，落日孤篷，益难为抱矣。

冰绡展剩墨，望极吴山栖黯碧。弹指红鸳梦隔，换夕照冷波，镜奁秋色。秦箫凤寂，话旧盟青女知得。江天晓，袜尘甚处，两岸树如织。

词客，石湖仙宅，几攧遍梅边玉笛。铢衣双影暗惜，但洛佩留香，潘鬓愁白。远林飘病叶，化点点泉台泪迹。三生恨，藕花深处，忍再挂帆席。

祝英台近

凤钗斜，蝉鬓瘦，星语夜情逗。笑浅愁深，痴梦隔年又。半生立马关河，蒲龛挥手，才看到、苏台新柳。

展吟袖，还问词侣尊前，娇莺待人否？忍负欢场，天气摘樱候。剧怜点点蛾灯，背花窥牖。也学种、东风红豆。

梦芙蓉

四月十二日，招金兰云校书偕游天平山。归饮舟中，絮梦飘烟，兰情堕水，谱此话别，扣舷歌之，真欲唤奈何不置也。

云波流媚影。倚歌桡唤玉，笑桃妆靓。惜别山眉，杯底斗蛾晕。倩魂扶乍定，萝香花气交引。拍手天风，送琴台佩响，人在碧峰顶。

未了钗丛旧兴。密网千丝，又结江南恨。石栏题帕，空负脸霞印。凤箫吹梦冷，三生钿约谁证。后夜潮回，有金阊白月，分照五湖艇。

三姝媚　兰舟纪别，用叔问韵

横塘呼酒地。检罗衣，都消旧时鹃泪。绿里苏台，甚柳丝如梦，去帆难系。忆否初逢，双桨荡、唾裙风细。笑浅杯深，一串珠喉，蕙烟扶起。

影事圆蟾休记。负印袜尘香，堕钗兰气。已蜕吴蚕，织愁红先觉，恋花无味。暗惜年芳，算人比、春归还易。漫听江天渔唱，琴心碎矣。

高阳台　舟泊垂虹桥，感叶舍人事

乱水流虹，荒城带月，望中灯火长桥。旧梦韦娘，倩魂化玉谁招？江楼不闭葳蕤锁，又凄然、子夜闻箫。恨迢迢、碧海青天，精卫难销。

苎萝一舸看山去，觅金笼鹦语，我亦无聊。泪眼东风，禁他满镜春娇。青陵莫问三生冢，剪幽香、替酹回潮。酒帘飘、珍重雕阑，休长红蕉。

珍珠帘　舟过平望，入嘉兴界，计日可抵杭州，赋此寄意

一篙采绿鸳鸯浦。云波外、画舫莼丝争路。村远不逢，人唤素鸥同语。槜李夫椒成底事，笑霸国、扁舟来去。谁与，岸纶巾，独醉江楼烟雨。

迟暮。梦里西湖，料朝来、劝客清尊且住。无命逐鸱夷，但青衫吟苦。万柳篷窗生晚照，是渡口、桃根归处。休诉，听由拳北郭，山堂粥鼓。

角招　泊石门，赋此寓归意，和姜韵

爱吟瘦，当初倚醉寻烟，遍折堤柳。柳梢横远岫。也似怨人，寒食分手。东皇去久。又藕叶、田田盈亩。昔日雕梁燕子，剧怜一笑逢君，是来年春首。

知有，送钩绛蜡，题裙翠墨，争识江东秀。眼波随意溜。自惜灵和，三眠时候。愁新泪旧。待尽浣、衫痕尘酒。陌上花开漫奏。数归梦、落银河，星期后。

绕佛阁　孤舟夜雨，触绪悲凉，以片玉涩韵写之

素娥镜敛，珠泪织暝，抛下津馆。诗鬓搔短，怕欹倦枕潇潇袭风幔。

蠡湖涨满，流梦湿也，人比天远。渔唱凄婉。隔江欸乃烟中去无岸。

水阁听箫夕，绣被偎香寒一线。憔悴浪游昏灯欺酒面，便注海添愁，谁激宫箭。锦鳞空见。搅寸碧靴纹，书尺同乱。问青霄、甚时云展。此双拽头体也，宜分三叠，向选片玉、梦窗词，多未明晰。梦湘识。

醉吟商小品　和姜韵

渐向晚江天，晒网霁霞千缕，远帆明处。

浪打青山去，万种愁心谁诉，樯乌共语。

寿楼春 抵杭州，次韵寄叔问吴中

招枫桥诗魂。但烟钟破晓，雨舶摇昏。几日幽花台榭，剑池寻春。歌酒散，莺留人。泛碧槎、迢迢天孙。剩帘底琴心，江干笛唱，珠泪满衫尘。

壶园竹，追凉曛。料钗香不隔，缟夜清尊。可忆青鞋布袜，若耶云门。潮怒吼，声如军。打越峰、飞来无根。尚梦汝银塘，风荷飐痕斜葛巾。

应天长 独游西湖漫赋

鸥分半社，虹展六桥，柔波西下如剪。省识风亭香塔，依依望中眼。乌篷小，游未倦。爱绝代、苎萝妆浅。最无赖，兜扇荷风，春色先换。

湖天行酒处，旧梦苏台，诗好定谁伴。唤取逋仙老鹤，孤山帻重岸。垂杨外，珠箔卷。又一杵、南屏钟晚。酒痕认，襟上杭州，归去休浣。

解连环 清真体，苏小墓

露桥星槛，锁春影亭亭，一抔凄艳。知那个、曾结同心，早翠柏阴浓，紫兰香掩。燕子窗纱，再休觅、梦中裙茜。但南齐山色，犹似学人，蛾黛双点。

相思绿波如鉴。想夜深摇佩，罗袜尘蘸。应自笑、玉局风流，问堤傍谁家，姓也偷占。未了钗盟，驻油壁、人间何暂。剩西泠、落花惹草，冷萤暗闪。

探春慢　小青墓

远笛烟空，清灯花瘦，春闺除影谁语。玉镜新潮，琼箫旧梦，若个慈云能护。生死孤山路，漫赢得、画图凄苦。最怜断句流馨，千春犹被名误。小青词不假修饰，自成馨逸，非他手能伪撰也。有疑小青隐一“情”字，乃支小白寓言者。或对曰：“正恐西湖上无此替人。”此语予深爱之。

处士风流在否？遍幽冢梅开，鹃血如许。裙带双拈，杨枝一滴，无觅返魂香处。可奈西湖月，惯窥见、愁边眉妩。甚日莲台，三生重证鸳簿。

鹧鸪天

信有西湖旧约存，来多钓石为谁温。山如螺髻春簪影，水是鸦头浅袜痕。

花外桨，竹边尊，冷吟间醉又黄昏。凌波一塔亭亭立，莫是当年苏小魂？

长相思　将去，西湖独游志别

苏公堤，白公堤。日日清游未拟归，断桥西复西。

雨微微，梦依依。明发潮生是去时，此情双塔知。

恋绣衾　甬东雨夕

江城哀柝带雨闻。鸭心寒、罗帐罢熏。剪珠蜡、寻双影，看桦烟、都化断纹。

酒香红被谁家院，拥桃笙、依旧夜分。雁过也、无人晓，倚残箫、吹裂梦云。

绮寮怨

申江夜雨，吴观润孝廉饯予于谢素瑛女史歌榭。榜人催发，冒雨乘肩舆抵舟，赋此寄意。

乱雨长天如织，列江微见灯。正折柳、擫遍凉箫，新愁满、玉手香凝。丝魂才扶更重，仙蓬影、湿了云万层。问酒醒、甚处关河，冬冬唤、剩有孤雁膺。

独夜舵楼怯凭。疏狂自笑，清歌几醉吴绫。俊约何曾。惯游倦、惹花憎。邮签水程偏急，祝短梦、晓风乘。秋潮暗腾。鲛珠漫拾取、都化冰。

西江月

楚塞看云招鹤，吴宫吊月愁乌。一篷诗梦堕江湖，听水听风听雨。

客子琴书倦矣，天孙瓜果归欤？藕丝妨棹醉休扶，凉沁碧筒秋露。

减兰　游莫愁湖

山眉破暝，槛外茶香花外艇。雨淡烟秋，不信湖名是莫愁。

风荷叶叶，爱此蘋红娇欲泣。海燕飞双，何处卢家白玉堂？

望仙楼

乱蛩啼夜悄无人，碧晕秋衫愁唾。记得闹红单舸，笛外渔讴和。

隔灯丝雨飘烟，归约星期偏左。解佩汉皋谁个？梦冷葳蕤锁。

忆王孙

隔江远翠入秋颦，小簟招凉愁午醺，梦里先疑归未真。思逡巡，知了一声天又昏。

杏花天影　用姜韵

紫箫吹月沉烟浦。似牛女、秋河待渡。别时佯醉不堪扶，欲去。又歌云、意外驻。

长亭路，千丝柳舞。算肠比、江流更苦。无言拚独倚兰桡，薄暮。送归鸿、泪尽处。

霜花腴 安庆舟中

乱山暮霭，送塔铃，西风独语高冈。凄绿枫林，疏红渔火，和烟点破秋光。断鸿自翔。隔几丝、衰草斜阳。料篷窗、昨夜潮添，浪花无际似清湘。

弹指镜蛾双笑，换江楼惜别，目断归艎。鲛帕珠零，鸾箫尘涩，辛勤锦字谁将。戍笳唤霜。拥翠衾、温梦犹香。又朝来、一剪吴帆，素波流恨长。

雨霖铃 用柳韵

雁风刀切，断离肠寸，九转无歇。生憎水国红豆，先春已种，经秋还发。乱雨关河迸万响，都是愁咽。况笛外、人倚高楼，一发江帆暮云阔。

多情乍见天然别，记藕衫、出浴新凉节。销魂额发低拢，仍惯见、扫蛾修月。有限星盟，问取、黄姑碧汉谁设？但旅枕、听遍鼍更，梦醒和灯说。

惜黄花慢

自清淮舍舟而陆，南朝旧梦，北客新装，归旌摇摇，秋绪如茧，以梦窗自度曲写之。

小队西风。袖楚云万叶，扶上花骢。望江不见，涉淮渐远，青山梦里，细草愁中。水荭低佩摇霜讯，罥鞭影、不是春红。

客路重，钿车俊约，眉语谁通。

长河北去如弓。看系情病柳，尚恋吴篷。采菱烟桨，落梅雨笛，秋眸两剪，人在楼东。素衣无着鲛珠处，索弹与、天末离鸿。野店空，夕阳呼渡匆匆。

生查子①

秋气逼天高，远树交枝亚。思梦楚台云，没个东风借。

新月旧关河，有雁无人夜。枕手背灯眠，独看双鸳帕。

南柯子

秋宇净烟霏，林鸟无声拍更飞。再见琅邪官道柳，依依，似诉蛮腰渐减围。

寒绿万山肥，清露宵零晓未晞。袖得天香灵鹫月，东归，分付明湖莫浣衣。

以上卷六《江上拏音》

大酺　出都作

听玉骢嘶，宫鸦唤，柔柳千条西掠。泥人吴酿熟，倚冰奁薄醉，别怀谁托？彩笔花新，青衫泪旧，自检行秋芒屩。依然江乡笛，唱翻荷骤雨，水香生阁。忽变作边声，瓦亭云暗，陇

① 原题“卜算子”，据词律改。

梅都落。

长桥弓势拓。燕山近、冷翠横眉萼。最难遣、凤箫携玉，鸾瑟联胶，催妆秀句年时约。未了飞鸿迹，问谁念、沈郎腰削。更愁外、风摇铎。小叠冰简，欲赋闲情忘却，梦回怕吟杜若。

卜算子　东山云岫

为陈笠塘农部赋东山草堂图，十二阕。

何处访幽居，隔水樵夫唤。不信山光不改青，岚翠朝昏变。
飞雨瀑流悬，扑石苔花乱。道是青山有变时，横侧从君看。

西江月　五华耸翠

照影烟疏雨媚，卓空玉滴琼敷。谪仙仙去老禅枯，万古山容如故。

九子江干在否？三峰天外同无。他年鹤背一筇扶，袖摘灵苗归去。

清平乐　鲤林听禽

故园春早，唤起纱窗晓。露湿宫衣花欲笑，不怕雕笼鹦恼。
双柑斗酒听莺，江南旧梦关情。招手龙池万柳，箫韶谱入鸾笙。

如梦令　紫岚夕照

漠漠风林栖鸟，隐隐烟江横棹。浮世几黄昏，断送封侯人老。归好归好，何限天涯芳草。

忆王孙　黄仑环带

昆墟云气接西羌，万里河源秋色长，挂向君家白玉堂。晓苍苍，会泛星槎穷八荒。

踏莎行　桐山卓笔

细草针悬，危岩骨瘦，隔江有此凌云秀。更将寸管卓青天，扫眉依旧簪花手。

江梦萦帘，颠书罢酒，一丸螺黛窥窗又。莫嫌飞白太匆匆，霜枫万叶鸿归后。

调笑令　黄鹂春晓

娇鸟，娇鸟，何处藏春深岛。卷帘微雨花香，人倚江楼笛长。长笛，长笛，吹裂乱山云碧。

减兰　戴工野烧

绛妃夜猎，电闪龙旗光万叠。热透芳心，怕有空山爨尾琴。

春风赋就，今日长安居易否？诗冷吴枫，忆得霞天载酒篷。

好事近　新林屏玉

珠箔卷斜阳，九叠嵌空如拭。好是飞烟流翠，染天然猩色。

一峰缺处石梁横，圆镜补山额。欲写新诗岩上，怕归云知得。

采桑子　团山霜钟

一灯梦醒还寻梦，秋思如冰。响觉金绳，不信人天唤不譍。

江枫渔火愁中路，客舫听曾。倦枕瞢腾，归卧蒲龛叩老僧。

琴调相思引　莲花石嶂

华岳云开玉井秋，谁携片雪落江头。虚堂伴取，人影淡于鸥。

定有高僧来咒钵，试呼太乙共乘舟。铢衣凉否，醉月下沧洲。

南歌子 西溪琴韵

竹笕流蘋滑，松厨瀹茗香。睡余谁为谱清商，怪底幽禽窃听又惊翔。

尘梦龙湫洗，诗心鹤涧凉。移情安用海天航，忆否鸣泉三峡下潇湘。

玉京秋 古驿秋风，黯然羁思，以草窗夹钟羽调写之

秋雨歇，阴崖荡虚籁，暗泉凄咽。怯试罗衣，未抛翠扇，穿针时节。风定垂杨自碧，乱蝉声、都是愁结。倩谁说，晚汀鸥外，藕丝飘雪。

客梦灯花同热。盼天涯、蟾圆又缺。楚竹横吹，吴盐低度，年年催别。马背关河，被燕子、瞒过谁家宫阙。玉鞭掣，心断凉云万叶。

蝶恋花 咸阳不寐作

近郭青山横古渡。一枕秋声，四壁虫机絮。落叶敲窗风似雨，窥帘月在高梧树。

虚幌垂灯鸡促曙。不见秦楼，何况吹箫女。被底分明吟杜赋，二川流过宫墙去。

好事近 途次杂书所见（四首）

野店矮于僧，风起茅龙衣碎。日射篱根水晕，有雨余蛙吠。

一枝横笛牧童归，秋色在牛背。金柿垂垂自老，酿新醪笤末。

秋思结前溪，界道飞流成堑。一线攀萝径曲，属浮云休占。

牧羊神女定谁家，岩底白如点。惆怅黏天芳草，染裙腰尘黯。

隔水一丛香，塞上秋华何贱。不是东风红紫，也蝶飞如恋。

夜来霜柝报层城，罗带又宽眼。梦入楚蘋江冷，荡轻桡谁见。

雨扑垫巾斜，风急不成秋梦。行过六盘山北，束青天如瓮。

云端日影隔山流，巉壁忽飞动。欲觅千年钟乳，叩仙扃无缝。

蝶恋花 皋兰作

塞上秋高蛩语歇。乱树长城，杳杳盘霜鹘。东望秦川天一发，帝京更在青天末。

旧榻新苔盈手滑。唤作重阳，不见黄花发。客散独延松际月，相思冷透苍山骨。

渡江云　六盘山望雪

飞云空外净，千岩绿洗，人立玉峰颠。回看坡下路，沙草穹庐，风劲野雕盘。冰溪咽晓，响碎佩、流到人间。最凄凉、枯枝坠涧，危磴绝樵烟。

频年，支筇问渡，背锦行秋，又西乌翔倦，谁念我、萧关拥袖，筝峡停鞭。诗心冷入空滩月，招素女、醉舞银鸾。春信早、吹梅一笛霜天。“最凄凉”句，照草窗《蘋洲词》填。

蝶恋花　始平苏若兰女士故里

冰绮交回珠互串。思泪如梭，绣作螺纹旋。欲识侬心丝宛转，中央四角从君看。

故宅秦川迷望眼。彤管千春，犹动金轮羡。织锦机空人不见，天涯芳草年年换。

八声甘州

渐青山万马去迢迢，乱笳送萧晨。任陇头分水，秋风渡渭，都是愁津。数尽茶烟禅鬓，归梦苦难真。分付明湖月，休照征轮。

唤起高楼絮别，误几回背面，烛灭眉嚬。尽心香灰烬，争忍寄书频。遍邮亭、病黄衰柳，问鸦雏、可似旧时春。空凝伫，展冰绡看，泪已成尘。

菩萨蛮 灞桥

延秋门外瞢腾酒，南山笑客如鸥瘦。争忍不魂消，晓霜过灞桥。

来时攀柳立，归日寒烟织。驴背梦梅花，小园风雪赊。

风流子 骊山怀古，用金仆散汝弼韵

温泉无恙在，沙禽浴、菜圃绿波环。忆炼石女娲，灵姿电发；裂绘褒姒，笑靥春寒。千秋后、羽衣来月底，玉笛彻云端。七夕两星，此情无那；连枝比翼，何事相关。

开天弹指换，落霞凭吊处，隔缥缈仙山。一种长生钗合，寄与谁看。但绣袜委尘，佳期梦里；野棠飘玉，流水人间。输与银鹦度陇，解问平安。

齐天乐 蒲东普救寺

塔铃夜雨惊栖鸽，西厢网苔堆遍。曲谱烧香，诗笺杂忆，甚处崔娘庭院。愁深笑浅。记门掩花时，绣窗吟倦。镜约匆匆，玉钗扶起月斜半。

相思旧情在眼。怪因郎瘦损，羞被郎见。骨化香桃，斑萦苦竹，一纸今犹肠断。人天恨满。是燕疾劳迟，臂盟先变。回首蒲津，晓钟秋梦远。

戚 氏

樊桥听雨，万绪纷来，以长调写之，《秋声赋》不足喻其悲也。

客程遥，雪飞偏杂雨萧骚。败榻栖尘，古墙黏粉，可怜宵。林梢，乱鸦号，碎红一把隔窗抛。分明帝女秋怨，湘波万里泻天瓢。梦冷无际，漏长谁语，兽镮疑有人敲。误披衣悄听，智井瓶坠，虚阁铃摇。

何处，百八蒲牢。云外湿也，还带杵音飘。愁难寐、孤衾自拥，鬓发从凋。雁声高，背水转过山椒。似诉倦旅无聊。侵星岁月，苦雾关河，知他魂为谁销。

弹指三生约，荷衣烟浦，箬笠湖桥。篷背新霜酒醒，泛筝船清响润吴绡。几年胆镜摧鸾，心香换鸭，两桨催人老，采蘋花不满春风笑，又金城、枯柳攀条。漫相思、玉轸双调。问多情月姊可能招。但重檐下，弦诗洗砚，有泪如潮。

念奴娇　灵石英雄奇遇坊

军符夜急，脱貂裘、灯底钗光笼月。怪尔侯门姝绝代，识得风尘英杰。越国尸居，扶余霸气，到眼妍媸别。两番奇遇，汾河飞雁能说。

最忆立马妆成，客来不速，杯酒肝肠热。不为关河逢一妹，肯授从龙兵诀？画阁勋名，推枰心事，已矣风流歇。太原东下，茫茫沙草堆雪。

浪淘沙

烟桨绿粼粼，花月前因。江湖谁话别来津？倚醉无端吟六忆，怕忆青春。

镜破掩孤嚬，抱影犹亲。眼前归路梦中人。欲寄清铅天不管，荡作沤尘。

虞美人

残星煜煜天狼影，欲射威弧冷。朔风不管鹧鸪啼，只解朝朝催送雁南飞。

九门宫阙三关树，信马谁家去。明昌桥上月如霜，目送桑干东注暗思量。

以上卷七《陇笛余音》

绕佛阁

戊戌夏，始南行将发，幼遐、古微、由甫三君子以叠清真韵联句词飞骑传示。晚待潮海上，吟讽凄断，依调赓此。维时海山杳冥，刺船径去，先生殆真移我情矣。

四山翠敛，哀角荡晓，催去燕馆。腰扇挥短，庾尘蔽日惊飙动车幔。蜀笺袖满，吟侣甚处，回首天远。骊唱清婉。料应倦夜纶巾醉同岸。

独客思如积，泪接沧波流一线。终古蜃楼金仙谁识面？念枉渚归期，秋在兰箭。故园新见。更到也无家，休诉离乱，羡培风、北溟鹏展。

点绛唇　唐沽迟海舶作

断汉纵横，际天楼阁生腥雾。夷歌蜑舞，甚处迷津渡。
草草杯盘，三日鸿泥聚。留人住，帘间燕语，帘外沧波路。

还京乐　三叠清真韵

玉徽寂，更向移情绝岛寻妙理。甚一泓杯泻，翠蓬不见，鲛珠空费。舞乱涛天际，高云也逐流花委。莫望远，西日不管，思亲红泪。

坐孤篷底。话长安棋局，沙鸥定笑，而今人海宦味。堪悲倦枕归艎，证前因、又隔仙李。故人心、劳赠比瑶华，居询澧水。幼遐以唐澧州李文山诗集赠行。纵有三生石，支天争免愁悴。

齐天乐　烟台夜泊

断矶不洗秦鞭血，千春藓花犹赭。浴日涛腥，黏天树迥，杯底一泓低泻。山围浪打。甚三岛无灵，赤鲸难跨。东望辽阳，沧桑弹指泪盈把。

劳生飘泊漫惜，便冤禽解语，和石都化。倦数鼍更，愁支雁枕，泪接孤城不夜。危樯似马。又飐水风灯，片云南下。回首之罘，晓星明翠瓦。

夜行船　申江偕漪若夫人话别，时将归宁芜湖

暗雨连江分袂。骤照淞波，黛眉添瘦。陌上钿车，花间水阁，忍记昨宵携手。

多病文园拼载酒。泛江湖、断魂今又。远梦随帆，归心问雁，记取曝衣时候。

齐天乐　自申江赴广州

电轮飞渡稽山尾，温风荔支香近。一抹空青，千重缥绿，月彩珠光交晕。危楼倦凭。听铁拨鹍弦，乱涛声迸。远水无灯，暗魂穿过海云冷。

蒲觞佳日又换，负芳园贳酒，花雨吹鬓。更逐孤鸿，来穷百粤，天路沧波无尽。星槎望迥。有跋浪长鱼，翼船争进。化蝶罗浮，探梅清梦稳。

浪淘沙

江雨晚绵绵，江水澄鲜。六朝如梦梦如烟。两点金焦流不去，秋在吴天。

别思苦相牵，缺月仍弦。断肠新瑟旧华年。昨夜霜鸿归有信，书寄谁边？

望海潮　登越秀山

炎洲风物，朱明天气，登高暮鼓频催。仙峤二樵，名藩百粤，胥江带水城限。残霸已飞灰。问只今魑结，谁出群才？破碎河山，一抔朝汉尚名台。

呼鸾道上徘徊。叹南强北胜，妖梦醒才。香界雨花，雄图蔓草，红羊劫换堪哀。西日射崔巍。又海珠潮涌，鱼藻门开。欲访浮丘肠断，山鹧唤归来。

忆王孙　海幢寺

鹧鸪声里客天涯，七月火云飞赤砂，闲踏祇园揽物华。夕阳斜，一树过墙鹰爪花。

洞仙歌

六榕寺（梁名宝庄严寺）建塔，东坡颜曰“六榕”，王阮亭有《登浮图》诗。

珠林秋爽，响铃音天半。万绿浓遮望乡眼。觅榕阴、甚处花雨空翻，天水碧，一例萧梁劫换。

到门人迹绝，石额苔封，谁见坡仙此飞翰。更忆阮亭游，野寺寻碑，倾椰酒、曲阑题遍。怅几许登高古今情，怕浴日扶桑，蜃楼千变。

烛影摇红

光孝寺，旧名虞苑，本南粤王建德故宅，后为虞翻宅。寺有滩歌石砚，唐僧所藏。有菩提树叶，俗名菩提纱。

甘露门开，一花高揭菩提雨。杖藜随意访僧雏，虞苑丹青古。人在诸天静处，证禅心、风幡自举。海沉烟烬，坛外幽禽，啄苔还去。

佳日招寻，岭南万里沧洲路。粤宫唐石两成尘，休续悲秋赋。知己青蝇解否？怪功曹、鸟名。声声唤苦。小池寒绿，闲瀹蝉纱，怅然归暮。

浣溪纱　花埭

秋水鹅潭浸晚霞，携朋带月泛云槎，酒醒幽梦落谁家。

鱼市网堆江雨霁，蝶裙灰冷殡宫斜，野风十里素馨花。

金盏子　荔枝湾，梦窗体

泛酒西园，恨暖风吹换，一林江绿。飞阁俯晴波，兰桡转、携筇自穿修竹。旧时宴客依然，敞红云盈掬。今剩有，闲鸥背人沙上，日斜眠足。

幽筑，问谁卜。尘梦远，临流网碧玉。宫斜倩魂何许，昌华苑，鹃花泪粉簌簌。晚潮暗打渔舟，送珠娘哀曲。拚沉醉、归去肯负双门，眉月新沐。

霜叶飞

游白云山，遍历蒲涧寺、能仁寺、安期祠，遂登绝顶摩星崖。遇雨，小憩龙王堂而归。梦窗体。

玉虹飞涧。羊城北，千峰浓翠迎面。镜中鞭影踏烟行，秋共孤鸿远。绕笏竹、溪横磴转，清钟何处长生观。快振袖天风，一笛看阴晴，万壑絮云堆满。

携酒更上青冥，潜蛟蹴起，坠叶吹雨如箭。冷泉和醉瀹甘蕉，海气蒸螺盏。笑素发、还丹服晚。栽桑谁救蓬莱浅？肯负他、登高约，捉蝶浮来，垫巾重岸。

齐天乐

游罗浮五龙潭观瀑，有何仙姑题诗壁，半毁，宿白鹤观。

黍珠庵畔青羊石，千春雪花齐喷。赤日高崖，悲风暗谷，直下悬流千仞。晶帘隐隐。映瑶草幽花，古潭烟润。小啜冰芽，一瓯捧出玉龙吻。

行云神女甚处，有簪花妙墨，樵客争问。更叩松关，闲听水碓，天际泉源无尽。丹梯接眇。又丝雨笼晴，溷虹金晕。凤子谁家，抱香秋梦稳。

丑奴儿慢

自黄龙洞经抱珠桥，雨中观瀑，晚抵华首台，复至合掌崖观瀑。

哀猿引臂，穿过苍岩无影。雨花散、银河高泻，匹练烟横。石掌平开，古苔深绀吐珠腥。悄攀萝磴，白云滃起，鹤背天青。

几日露台，群真载酒，响答鸾笙。剩孤屿、芝房锁翠，秋老枯枰。醉跨乖龙，擘天飞去摘繁星。回看尘世，海波自绿，西日无情。

渡江云　自分水岙两山分界处至酥醪观，草窗体

双峰离合处，飞岩万仞，危磴渺秋毫。午醒犹未醒，鹤语天风，催客上青霄。泉香酒洌，诗梦冷、又堕溪桥。扑罗衣、琪花被谷，仙蝶也相撩。

迢遥，丹崖鼎在，碧海人归，问鸾骖重到，应待我、瓜庐缚稳，共泛天瓢。黄昏月散千林影，空翠合、石气如潮。拚沉醉、朝来更逐云飙。

蝶恋花　登飞云顶，罗山最高处

十日山行游未艾。招手仙娥，共续元丘会。小坐昆仑香色界，万峰脚底铺云海。

铁缅桥荒金塔改。见说飞来，何似归飞再。更驾飙轮看两戒，笛声吹过三山背。

木兰花慢　登采石矶太白楼，遂登绝顶眺江

大江流日夜，送万里，雁风秋。问六代三唐，茫茫逝水，若个英流。高楼，谪仙在否？对青山白纻望中收。千二百年此乐，醉魂分付沙鸥。

勾留，挈侣呼俦，攀鸟道，俯龙湫。看天际双眉，烟波日丽，紫翠星稠。糟丘，尽堪玩世，算声名冠盖总浮沤。依旧租船归去，一竿散发沧洲。

淡黄柳　磯矶孙夫人祠

苔扉枕岸，风外灵旗掣。蜀道青天鹃语切。万古江涛不尽，家国伤心共呜咽。

霸图歇，荆州几灰劫。问恩怨、为谁结。帐明珠、步障成虚设。月夜魂归，佩环何处？千点枫林绛雪。

洞仙歌　抵金陵，有怀蒋绍由同年安庆

钟山过客，望长淮如带，旧日朋欢竟谁在？记碑寻碧照，巷认乌衣，怀古泪，都付奚囊驴背。

皖公游几载，薄宦匆匆，未了佣书半生债。故宅子文家，水竹平分，青溪上、结邻三妹。定寒雨连江梦归来，怕梦里台城，柳丝先改。

点绛唇

积雨长天，湿云拥树飞相趁。青山隐隐，雁过无人问。

多病文园，未了归田兴。黄昏近，露梧飘井，说与西风恨。

绮寮怨 再用待制韵

暗鼠偷翻窗网，夜长人惯醒。倚倦枕、射角斜河，扁舟梦、又落邮亭。江干吴山一发，惊重见、渐改衫鬓青。剩海门、九派茫茫，灵胥恨、万古和泪盈。

独客怕询去程。乘槎路杳，瑶台况隔飞琼。水调歌清。掩珠帕、若为听。花天酒怀依旧，总不似、少年情。归欤凤城。秋英淡可采、霜漫零。

应天长

天涯望断南飞雁，雁外无天人更远。月当头，花照眼，不信别离经岁惯。

旧巢移，新髻换，秋老玉楼谁见。今夜短篷欹岸，冷衾和露卷。

浣溪纱 自金陵渡江之维扬口占

宿酒微醒上板桥，梦回谁唱雨潇潇，泥人青眼到金焦。

千古销魂石城曲，渔洋句。三生如梦广陵潮，珂雪句。江南江北几停桡。

定风波［慢］

恨渔舠、不网斜阳，千帆过尽无影。楚火沿流，吴波带雨，岸蓼参差映。断霞明，晚江净，独鹤冲烟碧峰顶。天迥，敞娥晖万里，前身谁证。

客游暗省。叹年来、渐减登临兴。甚霜凄岁晏，蛾眉画老，误了归期订。缉荷裳，泛烟艇，欲采蘋花那堪赠。愁听，橹声和雁，羁魂催醒。

千秋岁

一帆京口，梦远新凉透。沙嘴晕，山眉逗。尖风吹五两，细雨催重九。霜讯早，菊花自媚谁携手。

昔泛江湖酒，再到人逾瘦。邗上月，隋家柳。临流怊怅极，对影周旋久。天不管，断肠秋色今年又。

蝶恋花

叔蘅前辈自沂守谢病，僦居邗上，与敏班荆道故，以左腕书示新词，依韵成此。

淮海秋阴山欲睡。四野悲笳，寒色生鸦背。何处传笺天外至，低徊瘦鹤干霄气。

几载西清疑梦寐。薄宦匆匆，负了循良最。第五泉香参水味，羡君早遂莼鲈思。

扬州慢

空馆蛩啼，废塘萤冷，竹西旧地重经。卷珠帘十里，觅甚处娉婷。悔多事、秦楼载酒，杜郎渐老，痴梦都醒。最销魂，凉夜清箫，吹雨冥冥。

蜀冈一角，问佳晨、谁泛诗舲。任看遍琼花，歌残璧月，何补飘零。记访玉钩斜路，无人到、草自青青。剩惊鸦、不管兴亡，飞过前汀。

秋思耗 申江，用梦窗韵

秋馆金釭侧。扫淡蛾、偏带苎萝真色。帘押卷花，漏壶催箭，屏角天窄。响筝柱瑶空、艳歌都被楚调抑。剪袖罗、分唾碧。料别后孤颦，眼中双笑，定有绿窗鹦鹉，替人追忆。

芳夕，珠槽碎滴。怕酒悲、未醉先饰。乱鸦啼晓，霜凄鸳瓦，六街一白。趁败叶吴江怨红，飞棹如过翼。问倦客、谁旧识。任冷透鹃心，闲情销也未得，梦逐沧波共北。

以上卷八《天南小海唱》

浣溪纱

帖帖轻寒压枕眠，鸭心灰尽不成烟，钿箫吹恨满湘天。

千叶碧云愁晓蝶，一丝红泪染春鹃，断肠诗句断肠笺。

忆王孙

移春槛畔醉流霞，系马宣南箫史家，憔悴而今双鬓华。更禁他，日暮东风吹柳花。

花发沁园春

流水前尘，东风昨梦，可怜燕子都老。歌莺巷陌，睡鸭帘栊，何处踏莎曾到。花嫣镜笑。知不负、凤城春好。记酩酊乘月归迟，鬓丝争羡年少。

软绣天街一道。问雕轮，消他翠雨多少。呼灯染帕，倚石眠琴，肯让紫微同调。天涯客抱。凭嘱与、啼鹃休恼。只清泪、未别先零，悠悠此恨谁晓。

满江红　芙蓉，为张郎苓仙赋

秋水年年，憔悴损、冷红疏艳。记涉江、那回曾采，月明烟淡。画舫悄移香沁骨，纤裳自媚霞生脸。尽秾华、绝代怕人怜，愁空忏。

碧云合，惊风飐。相忆久，相逢暂。问锦温珠醉，好春谁占。绮梦偶从初日结，素心肯被纤尘染。化朱幡、四面护花城，天应感。

暗香 兰，为朱郎霞芬赋

楚天一角，自左徒佩解，同心谁托？独抱国香，世外无人任开落。长记相逢画里，花欲吐、春魂依约。便不采、竟体犹芬，移种况珠阁。

清酌，好梦觉。费几度目成，凤尾亲擢。露酣雨濯，吹气依然那堪学。休话瑶琴旧谱，萧艾满、孤生先错。艺九畹、拚老去，伴伊淡泊。

解连环 菊，为孟郎如秋赋，照玉田吊西麓墓词填

珍丛消后，挺一枝老圃，石封苔绣。茹幽香、扫尽游蜂，独约取贞松，抱秋同宿。淡不胜簪，花更比、卷帘人瘦。笑春华阅遍，梦断采芳，坐对今又。

禁他乱红舞骤。任古霜满径，秀色依旧。剩两开、清泪难消，问桃李春城，若个参透？苦寄东篱，耐晚节、雁来厮勾。记佳日、露英细啜，断肠送酒。右三阕久削去。迨己亥春，予将出都，司马青衫，梨园白发，香桃一把，瘦骨何存；玉树三株，灵根尽化。打群莺于枝上，都是凄凉；溯雏凤于生前，谁怜文采？聊复存之，用志槿艳。若嗤为少年绮语，所不辞焉。梦湘识。

念奴娇

东风无赖，把韶光吹散，又吹侬去。指点蘅皋烟柳色，绿

遍当时来路。璧月三更，墙花一角，剩有伤心句。飘零湖海，华年廿载虚度。

忍记卷幔征歌，移灯唤醉，弹指斑骓去。最恨重城银汉迥，不放春魂一缕。好梦留人，晓星送客，清泪凝尘土。凄凉舆铎，惊沙催落如雨。

摸鱼儿　丙子下第出都，题任丘壁

满天涯、乱丝飞絮，飘零春色如许。年年远水流香梦，长是好春虚度。春太苦，问归去何如，便绝归来路？殷勤嘱与。愿皓月长埋，名花长谢，应少断肠处。

思往昔，阅遍珠歌翠舞，而今都付尘土。临风一掬青衫泪，只见万重烟树。君信否？算绿叶浓阴，毕竟都无据。流光迅羽。待禅榻茶烟，鬓丝掩冉，又是几朝暮。

齐天乐

蟏蛸不网天涯路，丝丝暗萦尘壁。破牖支风，虚床听雨，惯得浓愁如织。飘零漫惜。有枯竹寒丛，伴人萧瑟。望断青禽，旧游何处觅消息。

锦笺盈箧在否？和泪痕细检，空负吟席。染麝衣香，怨琴歌苦，幻作蝉吟蜗迹。魂喧梦寂。甚银浦高寒，蝶飞无力。肠断凭阑，暮云千里碧。

天　香

碧槛调鹦，红丝罥蝶，天街重踏芳草。似梦兰因，从头絮语，还是相逢浅笑。春娇满镜，奈倦客、而今怀抱。淡月三更酒醒，东风十年人老。

应愁玉軿归早，忍匆匆负却，燕昏莺晓。一缕凤箫声里，断魂多少，分付蜡烟漫袅。怕照彻、眉心恨难扫。回首湘屏，飞花雾杳。

八声甘州

记香尘十里走钿车，纹窗按红牙。又短衣孤剑，乱山危骑，独去天涯。落絮卷春无影，梦断碧云斜。昔日华堂燕，今日谁家?

吟遍宫沟冷叶，望重城不见，但见飞沙。尽悲凉心事，分付晚啼鸦。把东风、当时错怨，算人间、无地种琼花。千秋恨、满青衫泪，不为琵琶。

一叶落

月半吐，云低冱，乱山野水驿亭路。一灯照雨凉，京华知何处。知何处，梦转车铃语。

玲珑四犯　石帚体

贮泪帕寒，兜尘衫重，东风芳思盈箧。旧欢心篆灭，新恨眉峰压。生憎画堂绛蜡，照天涯、断云成叶。芳草三生，斜阳一梦，锦字倩谁答。

当时玉箫低擫，有清歌媚凤，妙舞欺蝶。絮花催影散，泥雪何年踏。雁程尽处空烟合，但回首、乱山颓堞。笳吹接，定今夕、梦归也怯。

念奴娇　蒙阴道中

天中近也，甚五丝不续，春人梦短。回首燕山青一发，芳草斜阳如恋。乱石攒牙，群峰拥髻，并作羊肠坂。悠悠汶水，东流何日西返？

记得眉月初三，钿车曾约，小队霓裳按。雾露芙蓉知不隔，可奈孤鸿飞远。败壁灯昏，破床尘凝，珍重加餐饭。弃捐休恨，绿阴千里都满。

探春慢　癸未抵都，用石帚韵

诗与秋寒，骨经鹤瘦，黄金拼铸东野。未死桐心，无多槐梦，还向春明策马。椽笔今存否？料无分、三都传写。剧怜鸥侣飘零，剪灯都是愁话。

休惜年华老尽，同照影玉河，杯酒须把。淡月斜街，香风重幕，又见舞衣娴冶。人海藏身久，剩几辈、相逢车下。醉凭危阑，宾鸿飞度中夜。

洞仙歌

立夏日，偕文道羲孝廉廷式、汪莘伯孝廉兆铨、易实甫郎中顺鼎游陶然亭，归饮钱郎秋菱宅，即席联句。

红酣绿闹，是春归天气。道。此际东风怨芳思。莘。喜词翻延露，车走轻雷，香界敞，共饱伊蒲新味。湘。

软尘飞十丈，不信宣南，有此斜阳断魂地。实。薄醉倚青衫，无限关河，空望彻、迷蒙烟里。道。倩璧月今宵替人圆，待照泪干时，更筹花事。湘。实甫亦夺笔联云："愿此后黄金铸东皇，莫尽把光阴，铸成鹃泪。"酒酣以往，落纸如飞，旗鼓相当，各不少下，诚一时佳话也。

菩萨蛮　饮孙郎梅云宅，偕曾重伯孝廉广钧、余伯遴孝廉佑铨联句（四首）

绿阴门巷莺声碎，湘。俊游人似残春在。小院月溶溶，重。卷帘花影重。

酒衫香未减，遴。擘纸霞分艳。醉眼看青霄，湘。九层天不遥。重。

镜屏灯影花无寐，重。暖风双燕知花意。桦烛酿红云，湘。撩人兰气熏。

含樱娇欲语，遴。欢意全输与。微月上钩帘，重。酒香和漏添。湘。

玉骢犹迟寻芳侣，遴。时候道羲、莘伯、伯岩、实甫，久不至。缃桃雪遍门前路。檀板促春回，湘。趁他人未归。

闲愁如梦里，漾作晴云紫。重。金缕唱缠绵，遴。秦箫何处仙。湘。并待陈郎秦云。

三年一醉荆高市，湘。此中郁郁干霄气。无计报温存，重。短歌天又昏。

西园冠盖满，爱此金尊暖。元白旧仙曹，会鸣云路镳。湘。

浣溪纱　道羲、莘伯至，再联（二首）

一片娇云恋晚阴，道。饯春情绪惜花心，重。隔帘残漏送沉沉。莘。

风外珂声闻笑语，遴。酒边绮梦怕追寻，樱红蕉绿又而今。湘。

白夹春寒倦客情，重。幸将芳信报蓉城，道。云軿飞下步虚声。遴。

何处吹箫眉子月，湘。有人贴镜靥边星，几丝残梦不分明。莘。

金缕曲 同上（二首）

梦影和云淡。莘。趁今宵、乌巾白帢，笔花霏艳。湘。片月三星谁省识，十万蛮笺书遍。道。问愁与、春潮深浅。遴。醉看海棠花似雪，倚华灯有个人同倩。湘。停玉笛，障歌扇。道。

十年贳酒听鹂馆。湘。忆当时、金迷纸醉，翠翘微颤。莘。憔悴青衫人渐老，赖有种桃吟伴。湘。但搔首、天河较远。道。仙咏霓裳吾辈事，莫吹箫愁损参差眼。拼共醉，曲江宴。湘。

落月西山淡。遴。敞屏风、紫云深处，几枝明艳。莘。不用榆钱买离别，一日千花看遍。湘。试回首、黎涡笑浅。我已江湖飘蓬久，梦魂飞不到梨云倩。道。谁更唱，白团扇。湘。

游仙共醉鸥波馆。遴。但省识、金杯劝酒，宫花低颤。道。击缽高吟神鬼动，呼取长庚为伴。湘。肯轻负、御沟流远。莘。他日相思抛红豆，定垂杨不隔天涯眼。灯灺久，记欢宴。道。

浣溪纱

纵横联句，星斗阑矣，众宾告归，余亦倦甚。莘伯复倚此调见示，伸纸立和，投笔而去。时浴佛前三日丑刻。

马上徘徊玉笛声，天街月落有微星，看花载酒又今生。
闻说莺啼添晓忆，休教蝶梦搅春情，一龛归忏佛前灯。

玲珑四犯　白石体，题富庄驿店壁

楚竹拨云，吴鞋冲雨，依然梅熟天气。马嘶人意懒，独客悲身世。征途夹衣漫试。料难销、风城红泪。梦短天长，思沉波远，此恨倩谁替。

当时绿鹦窥醉，记朋笺竞擘，人镜双倚。数声风笛晚，一夕琼花碎。江湖中酒成何事，枉吟遍、吹池春水。书到未，归来羡、明年燕子。

高阳台

济上晤歌郎桂霞，和徐受之孝廉寿兹原韵，张采南孝廉颉辅同作。

邀笛停云，回衫舞雪，惊心意外横波。说着兰因，鹊山也蹙修蛾。东风不锁梨花梦，递谁家、子夜新歌。晚霞拖、欲蹑无梯，欲织无梭。

幽坊踏月当年侣，记莺呼酒进，燕拂帘过。荡子天涯，教人错恨鞶婆。枯蒲忏绮浮生惯，任衫痕、泪浅尘多。思如何、一样残阳，万种蹉跎。

又

晓窗送春，古怨如海，叠韵为受之、采南问。丁亥三月晦日。

将水量愁，和烟杵梦，峭寒偏殢帘波。荡出春魂，抱花点点痴蛾。湖桥一角停鞭路，又江南、子野闻歌。柳丝拖、心上云璈，眼底风梭。

相逢还赌旗亭唱，负关河载酒，绮岁愁过。燕冷巢空，新声漫谱杨婆。渭城朝雨年时恨，望京华、树叠峰多。奈君何、泪湿江州，不为蹉跎。

又　三叠

禅榻茶烟，春衫杏雨，新诗谁寄连波。月替人愁，柳梢蹙损弯蛾。霞天万古伤心碧，又湘弦、凄入菱歌。鬓丝拖、风影萦幡，星影飞梭。

西园倚醉筹花事，但蝶翻絮乱，鱼唼萍过。一掬千红，输他浣女渔婆。相思待撅蘋洲笛，怕银缸、照泪偏多。夜如何、鹦母惊寒，也怨蹉跎。

又　四叠

鹅管吹愁，鸾笺写怨，怪他风皱池波。底事关卿，挑灯惯救飞蛾。莺花弹指瑶天冷，换兰舟、一笛渔歌。篆烟拖、清泪如铅，乱梦如梭。

笙囊倦倚无人地，盼屏山镜里，青鸟频过。阿母千春，双成也合称婆。幽阶夜筑埋香冢，问鹃心、红泪谁多？奈天何、醉任瞢腾，醒任蹉跎。

又　湖曲闻歌，重赠桂郎，五叠

挥手鬘天，销魂眉月，照来古井清波。也忒缠绵，枯蚕又幻新蛾。江湖惯冷游仙梦，看依然、甲舞丁歌。紫钗拖、燕为窥帘，鱼为跳梭。

千丝柳带同心结，笑绾情无极，乘兴还过。花外幽禽，饼焦且莫呼婆。佛山烟髻尊前堕，浸莎亭、绿比春多。醉如何、梨颊潮双，差慰蹉跎。

甘草子　后四月望夕赠月，调受之

良夜，问夜何其，夜已三更也。不为见时难，肯立秋千下。

天上琼楼知无价，但桂老、霞荒生怕。见说姮娥也愁寡，况客中春夏。

又　代月答

人悄，下拜谁家，对面盈盈笑。万古一宵圆，那不青天老。

尘海莺花何时了，算此泪、方诸知道。愿托流光入君抱，奈绛河催晓。

浣溪纱　寄伯遴都门（八首）

困顿春愁不自持，落花微雨燕飞时，凤城廿载故人期。

远梦经年成独笑，此生无分了相思，剩书花叶寄微之。

隔座藏钩已目成，回身含睇酒微赪，鸦青双鬓杏衫轻。
社日逢君如旧识，孤山有客定前生，几时携手鄂舟行。

箫史乘鸾路不迷，海棠天遣作梅妻，镜中看镜四眉齐。
香国檀栾花并笑，春巢安稳燕双栖，星辰昨夜画楼西。

一曲霓裳色欲飞，凤箫遥听隔花微，黄昏车过唤依稀。
旧泪千丝班女扇，新寒半臂子京衣，可能重梦到瑶扉？

崔九堂前日易曛，江南花落又逢君，海天霞唱旧时闻。
湘瑟调弦愁半破，秋兰纫佩久逾芬，愿随幽梦逐闲云。

灯影衣香镜一函，泥他夜饮笑相搀，别来谁共酒杯衔？
绝代有人寒倚竹，清歌触我泪凝衫，妙鬘花底诵楞严。

攀柳灵和事已非，可怜张绪旧腰支，聪明似我尔原痴。
花信催成婪尾宴，月明看到下弦时，泪抛红豆一灯知。

鸡犬云中笑客眠，胡麻撒手大游仙，好春如梦梦如烟。
搓絮成团空缱绻，拗莲作寸苦缠绵，剩笺幽恨叩瑶天。

点绛唇

云和主人朱霞芬，色艺标格，推光绪初年第一。性高洁，不乐亲朝贵，体复清羸，坐是日困。予知之垂二十稔，今冬多病，一再访之。祀灶前二日，握手榻前，宛转竟绝。昙花不春，嫠纬在室，乳燕嘤嘤，哀可知已！既脱骖助之营葬，并成此解。壬辰。

冷月吹霞，断肠千里红心草。相逢恨早，倚醉双年少。

玉骨萝衣，山鬼灯前笑。江南好，更无诗到，一夜梅花老。霞郎本吴人。

洞仙歌 癸巳清明，偕黄桐士孝廉出永定门，因至霞郎墓

芳塍浅碧，晕轻阴如幂。依旧城南踏青约。叹苔须蚁啮，松鬣龙吟，浑不似，昔日华堂行乐。

云和今好在，弹泪空山，遗响清泉赴哀壑。杯酒酹东风，纸蝶翾飞，邀深夜、薜衣同着。被细雨梨花促归来，问宫烛分烟，那家池阁。

瑞鹤仙 余子澄刺史以云和感旧诗寄示，倚此答之

楚天瑶瑟杳。谱哀霞旧曲，雁翎书到。客冬，予成《点绛唇》

词，同社诸子名为《哀霞词》，兼命题同赋。苔笺怕重扫。奈江亭惜别，故人怀抱。莺昏笛晓，怪相逢、兰心慧早。惯垂灯、醉浅愁深，不羡锦屏春闹。

残照。朱阑在否，湿藓犹留，露桃如笑。看花暗恼，谁絮与燕知道。料铢衣、修夜舞鸾收影，定比人间梦好。漫魂归、拥月西山，泪蟾自老。

以上卷九《坠鞭剩谱》

齐天乐

东风吹绿城南路，依稀柳魂惊醒。玉勒踪疏，琼箫响寂，多事频年烟景。天涯路迥。甚空里柔丝，荡愁成阵。匝地春尘，旧游已负暗香领。

青禽传语定肯。记画廊西角，曲槛曾凭。镜小回身，帷低锁梦，脉脉此情谁省。禅灯照鬓。向老衲蒲龛，细参花影。落日重闉，乱鸦啼露井。

十六字令

猜，难道今宵约不谐。风摇竹，凉月浸空阶。

拜星月慢

水叶翻蒲，风绵吹柳，驿路春光如许。细草斜阳，碾双轮何处。甚湖上、四望花桥烟浦，依旧惯逐，天涯鸿旅。破帽疲驴，此时情最苦。

念秦楼、月底吹箫侣。双眉黛、枉被遥峰妒。今夜艾纳香寒，掩圆冰谁语。乱榆钱、买断愁边路。相思隔、万褶红绡雨。任沉醉、莫听鹃啼，放丝魂归去。

人月圆

西楼酒罢兰钗坠，淡月警栖鸦。醉中信马，红墙乌桕，吹笛谁家。

凤城前梦，烛明珠箔，丝罥香车。冷红怨句，空随流水，何处天涯。

惜分飞

六幅湘裙双翠袖，怯冷暗偎香兽。酒罢金钗溜，玉梅花外新蟾瘦。

脉脉云軿催去骤，不语琴心先逗。兰约何时又，相思蜡泪生红豆。

琐窗寒

油壁双扉，春波一角，谢娘庭院。落灯风急，笑撚梅花曾见。拨龙弦、脂香细飘，曲屏不锁歌云暖。到翠翘低弹，凤钉斜背，此情难展。

休怨，夙缘浅。早载酒寻春，司勋游倦。雕梁稳否？多了隔年归燕。怎禁他、双脸断红，再回头似天样远。满芳皋、烟草笼晴，都是愁痕染。

喝火令

夜月甄妃枕，春风卓女琴。湘帘斜卷半湖阴。宝鸭香残记曾，踏雪梦中寻。

鹦盏和眉递，鸾巾信手纴。低鬟浅笑几沉吟。不道相逢，不道两情深。不道玉梅花下，分袂到而今。

菩萨蛮　（二首）

绿芜烟压铢衣重，避人倒插金钗凤。脉脉又斜阳，暖风吹鬓香。

殷勤罗袖纳，密字红封蜡。曲槛立多时，此情鹦鹉知。

冷莎覆砌双鸳静，帘波浸绿桃花影。睡起整罗裳，强熏心字香。

蛮江江上路，梦断清明雨。郎意自天涯，酒醒闻暮笳。

渡江云

空林明霁雪，静中一点，和月坠栖鸦。雕轮轻碾玉，石笋街西，记访泰娘家。瓯香手细，凭曲几、含笑分茶。晚妆卸、低撩额发，故故点梅花。

天涯，驿楼呼酒，絮帽冲烟，又去年今夜，应笑我、素腰带减，青鬓霜加。云笺漫托回环意，耐寒人、梦隔窗纱。愁望远、断鸿千里平沙。

秋霁　晏城有怀

驿馆初逢，记晓岫凝嚬，秋水横睐。拉杂凉弦，凄迷子夜，名花道旁谁采。当时心碎，断肠不信而今再。愁一概，千古汉妃，也怨嫁遥塞。

风雨四壁，萍絮三生，旧家秋娘，声价安在。烛花摇、凤笺细展，年来虚负汉皋佩。刻意伤春春恁快。此恨休诉，君看载酒樊川，泪痕无恙，鬓丝都改。

南楼令

玉娘弹词，济中翘楚也。好风送歌，近在西院，赋此调李俊臣舍人。

花月隐帘栊，莺啼流水中。隔蓬山、十二楼红。湘女弦高谁记豆，丝一缕、扬晴空。

春梦晚云重，灵犀何处通？最销魂、宋玉墙东。醉也无聊眠未稳，呼乳燕、递吟筒。

绮寮怨

断尾鱼霞天际，晚山晴更青。泛渌水、十里圆荷，兰舟悄、笛语新停。雕阑依前未改，凭谁唤、紫燕痴梦醒。剩薜丝、晕满蜗涎，侵阶藓、也怨秋雨零。

昨夜记窥玉扃。桃边柳外，仙龙尚吠花铃。醉问双星，羽衣曲、可同听？愁心惯偎烟草，化一点、暗飞萤。归途雾冥。幽兰被远渚、何处馨。

三字令

湖上望，月如弦，早鸿天。云漠漠，雨涓涓。梦醒才，人去远，又今年。

何处笛，一声蝉，暗情牵。歌白纻，采红莲。木兰舟，桃叶渡，阿谁边。

浣溪纱　（六首）

檐溜如绳珠泉，枯坐偶有枨触，连缀书之，时丁亥五月。

窈窕云窗舞柘枝，东风晓梦太迷离，万荷香里一篷欹。
斗草衫轻仙犬吠，分茶瓯细绿鹦窥，七桥山色夕阳时。

洛浦惊鸿迹已陈，自笺香草叩灵均，湖云溪树若为春。
绝代蛮腰猜柳样，再生箫指证兰因，当时错认浣纱人。

西郭垂杨尽日斜，轻衫细雨走钿车，一堆香雾湿梨花。
欲托微波情脉脉，漫回娇靥笑些些，绿窗理鬓是谁家。

不学吹箫已得仙，红襟飞去甚时还？坤灵扇也为秋捐。
内史祠前花似绣，女郎山外月如弦，些儿闲事莫相关。

露槛星廊取次行，竟床冰簟药烟清，无因教放掌中擎。
误我良宵成独梦，祝卿来世莫多情，妙鬘花底学无生。

不许湖波咽不流，一天苦雨下蘋洲，白鸥不语替人愁。
江上桃花犹有庙，人间竹叶已无舟，禅床客鬓又惊秋。

长相思

画帘垂，断肠时。花落空园蝶晒衣，去年芳草肥。
雨微微，思依依。夜短途长梦太迟，旅魂休再飞。

点绛唇　饮筱鲁宅

一角湖亭，当时醉月停歌扇。金尊酒满，今日无人劝。
鸥影蘋香，春共斜阳远。桥东畔，高楼天半，系马谁家院？

寿楼春

搴芙蓉中洲。趁莎香迟蝶，波远寻鸥。笑指朱阑天半，夕阳当楼。谁拥袖、扬清讴。袅一丝、晴空夷犹。渐花雨兜鞋，蘋风掠鬓，云影隔帘钩。

明湖曲，华山秋。甚青衫叶冷，还为诗留。问取官桥眉月，解窥人不。金凿落，钿箜篌。定几时、桃根同舟。又蝉语冲烟，声声磬幽如话愁。

鹧鸪天

油壁车轻佩响微，湾头重见小怜归。花枝出手红生肉，珠唾凝香碧上衣。

歌缓缓，梦依依，曲廊西去几斜晖。自嗟不及庐江吏，博得同心孔雀飞。

思越人

小桥西，深巷北，绿杨低锁窗纱。笑倚晶帘亲瀹茗，香云两翅堆鸦。

濒行约我听歌去，竹鸡啼日刚午。一曲哀弦天又暮，玉娘湖上归路。

江城子　即席赠杜玉莲校书

清歌一曲断人肠，是韦娘，是秋娘？争似瑶池，新谪杜兰香。十二金钗拼饷与，添阿杜，醉时妆。

菩萨蛮　同上

北城杜与南城杜，儿家两杜中央住。双桨泛横塘，门前杜若香。

杜鹃花似雪，杜宇声愁绝。休唱惜春词，魂销杜牧之。

氐州第一　凤城薄游有述

油壁寻秋，芜径一剪，宫鸦引过城北。槛曲藏花，屏低斗叶，新扫蛾峰淡碧。薄袖轻容，看浣尽、人间芳泽。玉翚横飞，冰弦独语，此情谁识。

少日闲愁浑似织。甚老去、研笺重擘。绀唾裙留，红潮枕印，有镜奁知得。恨啼鹃、催去早，相思又、高楼雨隔。梦远谁家，但银潢、双星夜寂。

应天长　津沽晚泊

烟帆万叶，星火一林，推窗月上篷背。省识镜中双桨，清波点罗带。西山翠，回首在。早隔断、画楼天外。绿鹦唤，绣幕茶香，何处仙佩？

春酒醉莲湖，记否相逢，倾国两眉黛。笑煞凤城归梦，金风剪刀快。黄花好，秋似海。怕负了、卷帘人待。倚冰枕，细数邮签，灯影红碎。

生查子　咏黛

烟草碧于丝，瑟瑟云波渡。远翠入秋颦，人在峰横处。

昨夜月初三，添个新眉妩。合化石州螺，玉笋殷勤注。

点绛唇

背锦行秋，风城子夜谁家曲？宾鸿水宿，梦冷楼东玉。

老柳官河，波底斜阳绿。孤帆矗，鲤鱼风熟，归种湘娥竹。

忆秦娥

春游续，春城有个人如玉。人如玉，旧家庭院，内家妆束。

新弦学唱相思曲，背人自爱眉峰蹙。眉峰蹙，甚时晓镜，看伊蛾绿。

祝英台近　赠泰山龙泉禅院尼琴听

梦依微，花淡泊，天半磬声落。一笑抬身，人在蕊珠阁。耐他意可香熏，藕洲词唱，抵多少、人间钿约。

一枰拓，玉子纤笋同清，才拈又推却。道是无情，春已两眉觉。便应结取莺邻，经鱼敲罢，还伴我、秋山行药。

鹧鸪天

偶蹑飞泉上碧峰，谁家莺语隔帘栊。分明丈室拈花笑，现出瑶池踏月踪。

琴意悄，酒香浓，浮生有几得相逢。明年今日还相忆，人在孤篷冷雾中。

以上卷十《碧纱烟语》

菩萨蛮

游丝罥梦春无力，珠帘一桁香烟直。金碧隔波飞，楼台生夕晖。

微风双语燕，人面桃花岸。醉墨不堪题，紫骝门外嘶。

雨霖铃

越罗衣试，穿针节过，荷雨新霁。茶烟静袅琼閟，乍相逢在，碧梧阴里。额发低缅，正一十三四年纪。颤金缕、花外潜来，竹影横捎两眉翠。

几回怕绣鸳鸯翅，便无愁、莫也愁人意。初三下九如梦，难忘是、簸钱同戏。归去兰宵，半剪、蝉云和月飞坠。扫残黛、蜡蒂摇红，裙衩香风起。

六州歌头

双双粉蝶，飞入海棠枝。沉水静，屏山掩，绣帘垂，午妆时。记坐冰奁侧，轻抬腕，低撩发，徐安髻，重匀面，细修眉。含笑罗裳，背整瑶阶下，欲步还迟。把花枝凝睇，霞晕上丰肌，不语支颐，费寻思。

最销魂处，教拈笔，催猜谜，倩敲棋。春三月，宵三五，是良期，问游丝。底放香轮去，空遮梦，不教随。秋千院，弓鞋印，尚参差。一树嫣红何处，东风恶、到晚频吹。料回阑倚遍，和泪涴燕脂，恨只花知。

生查子

妆卸展纹衾，欲入频羞影。方便杀明灯，月在高梧顶。

云暖一窝香，藕覆双弯静。芗泽梦回闻，只隔红蕤枕。

极相思

仙裙百褶行迟，叶叶风吹。芭蕉暗卷，丁香愁结，也忒相思。

眉意眼波何处递，捧冰瓯、曲几闲欹。销魂并坐，重帘下后，双燕归时。

减　兰

绿波芳草，咫尺钿车催去早。花外罗裙，风递余香隔院闻。

新蟾窥柳，照见相思今夕又。何必银桥，一角阑干万里遥。

玲珑四犯　用石帚韵

薜荔馆空，蘼芜山远，东风芳讯何许。绿波流冷月，淼淼成终古。陈王袜尘漫赋。又黄昏、断烟沉浦。万里鹃啼，一番花谢，谁识别离苦。

前溪玉、軿归路。尚脂香袭槛，钗响惊户。梦回鸳帐悄，事逐孤鸿去。春墙只隔银湾水，最凄断、关山行旅。凭寄与，新笺问、琼楼凤侣。

水龙吟

愁霖一枕吹凉，瞢腾晓梦和天远。深苔郁紫，嫩荷舒翠，芳华又换。旧约江南，湔裙时节，意钱庭院。怅悠悠春水，依依柳色，人空老，归何晚。

陌上草心红遍，结相思、游丝休罥。茶烟自荡，落花无语，东风不管。镜槛添衣，灯筵送酒，甚时重劝。尽青山万叠，凭高不见，况登楼懒。

探春令

一番风雨，芙蓉卸后，水荭开了。甚凉宵、偏爱孤眠好。被罗帐、秋蚊笑。

针楼学乞天孙巧，渐春情知晓。绣弓鞋、并蒂花枝袅。莫添个、蜂儿抱。

蝶恋花

睡起愁蛾低远岫。翠袂风凄，沉水销金兽。肠断相思君信否，女儿棠底栽红豆。

一曲新词吟未就。闷抚雕阑，花好人先瘦。更被养娘催压绣，数声归雁黄昏后。

祝英台近

月如霜，风似雨，欹枕甚情绪。罗幕宵寒，梦断彩云暮。相思几叶疏红，怨词谁诉？空染遍、绣鸳来路。

菊新吐，回首擘蟹分笺，欢期怕重数。慢唤真真，图画料无据。羡他绛蜡双枝，霏烟袅雾，偏长照、镜中眉妩。

望湘人

听廊前屧响，窗外佩声，暖香先透帘幕。掩笑绡轻，障羞扇薄。冉冉惊鸿飞落。款语吹兰，嫩寒偎竹，相逢如昨。最昵人、玉腕教扶，小字簪花亲作。

早是星桥驾鹊。有金尊翠斝，劝君深酌。渐双颊潮添，半晌鬓云低掠。芝房蝶梦，蕙帏鸳约。不信微波难托。况解事、一穗秋釭，也晕珊瑚红萼。

清平乐

生香真色，不借铅华力。偶厌酒潮侵颊赤，镜里玉纤双拍。

明窗坐绣罗囊，五纹弱线挑长。贪看新荷翠叶，醉中忘却鸳鸯。

风入松　（二首）

相逢偏比别离难，尊酒若为欢。秋纨几日藏珠箧，簪花字、颠倒重看。脂印犹香帘幕，尘丝渐网阑干。

瑶琴三弄夜深弹，孤负翠衾寒。纱灯不照关山路，女床远、何处栖鸾？好梦虚闻带解，舞腰应是衣宽。

西飞青雀几时还，人去月都闲。银屏咫尺和天远，相思况、镜里眉山。短楫拼迎江上，仙裙莫别人间。

淮南桂好记同攀，岁晚怨秋颜。空阶划袜青苔地，都应化、泪点斓斑。肠断一声河满，梦随千里阳关。

醉太平　（二首）

花阴柳阴，星临月临。分明照见鸳衾，甚孤眠到今。

君心我心，鱼沉雁沉，不经秋也难禁，况西风远砧。

山程水程，铃声雨声。泪珠拭了还盈，隔纱窗对倾。

心盟臂盟，他生此生。几时再梦瑶京，草虫儿又鸣。

菩萨蛮　（十二首）

小屏风上蓬山路，客心三载梨花雨。雨过水明霞，踏青何处车。

游丝牵落絮，个是缠绵处。春梦太关情，醒来晨鹊声。

南湖春早波生缬，杏花一夜霏香雪。蝴蝶镜中飞，隔帘新试衣。

鸾风何太急，玉手扶钗立。立久意谁知，月明灯上迟。

轻容斗帐垂黎押，暖云香拥春深蝶。低箔月笼明，谁闻钗堕声。

晓来妆镜侧，宿粉殷勤拭。含笑整双眉，梦啼君未知。

斜风细雨清明又，海棠偏与人争瘦。不为惜春愁，说来花也羞。

双桥冰镜跨，后约湔裙且。谁貌捧心容，丹青惭未工。

微云荡月花无影，双钩凤蹴冰苔冷。悄地揭重帘，隔林莺语尖。

银荷香细炷，门外冬冬鼓。流水板桥斜，断肠归去车。

环榴台畔花如火，妆楼深闭葳蕤锁。生小碧纱幮，愁他鹦鹉呼。

鸾绫宽尺二，幅幅真珠字。洛水艳惊鸿，况今明镜中。

藕丝风急秋江冷，绣床坐看金虫烬。随意唾绒拈，未妨春笋纤。

东西沟畔水，谁道相逢易。清泪滴琼卮，画屏星晓时。

鹅笙夜炙芙蓉帐，萧萧班马成惆怅。蝶思冷清秋，关山无限愁。

天长魂梦短，玉佩姗何晚。月落海中心，思君深不深。

归来话别梧桐院，众中暗掷回波眼。依旧杏黄衫，断霞双脸添。

中庭闲拜月，莫是愁时节。邂逅此难忘，好风裙带香。

晚梳新髻南朝样，柳丝烟外晶屏敞。三里雾旋迷，笑声莲叶西。

臂砂红一点，指甲花同染。争忍不相怜，碧城凉月天。

青梅白打当年戏，初三下九依稀记。忆否碧桃枝，好春三月时。

金瓶沉古井，影事休重省。睡起一灯明，小楼闻雁声。

空廊曲罢云旗卷，飞花警梦如流电。岸柳为谁春，纤腰愁杀人。

栽莲红豆底，苦恋相思味。多谢燕呢喃，好寻江上帆。

减字木兰花　（二首）

雨丝断续，苔向无人行处绿。多事灵龙，惊散红鸳水上双。

油灯照泪，软语片时真隔世。鬓冷茶温，不遇春归也怆魂。

千丝障密，众里偏难藏艳质。手挽雕鞍，强笑回身泪已澜。

去时蚕月，几日荷香清到骨。愁对花开，旧是萧娘亲种来。

青玉案　用宋贺方回韵

草心红遍芳皋路，竟碾过、双轮去。月誓星盟知几度。暖香帘幕，冷纱窗户，旧是销魂处。

绿蕉暗掩湘屏暮，拥袖难寻梦中句。泪眼留春春不许。凄凉燕子，隔花低絮，还怨宵来雨。

一叶落

暗柳路，凌波步，绣余闷把曲阑数。落花满地红，斜阳烘丝雨。烘丝雨，春老莺啼处。

醉春风　（二首）

风静茶香牖，雨晴苔满甃。春归还剩几多愁，够，够，够。千顷鸥波，四山霜月，万丝烟柳。

雁瑟调难就，鹅盏寒谁侑。背灯枕手梦佳期，又，又，又。紫燕梁空，碧桃花谢，去年时候。

涕掩湘妃袂，怀空江女佩。晓莺时节忆相逢，快，快，快。急电穿林，飞星过汉，怒涛归海。

脂盏香犹在，丫髻妆都改。粉垣三尺小桃红，悔，悔，悔。

花底迷藏，当初误捉，画罗鸳带。

苏幕遮

露床欹，天宇豁。似水凉云，荡得蟾辉活。隔岸柳阴嘶叱拨。今夕相逢，不信银河阔。

紫蕉衫，红锦袜。茉莉香浓，争似衣香辣。向晚甘瓜纤手割。漫乞琼浆，笑煞相如渴。

画堂春

湾头分手记重阳，再来冰合寒塘。低鬟敛笑道胜常，别样梅妆。

座上红酥手暖，暗中软玉钩香。酒醒凉月破昏黄，何限思量。

昭君怨

一别梅花三九，闻道纤腰逾瘦。支枕漏迢迢，奈何宵。

旧梦绕屏无力，旧泪凝衫无迹。月自转西楼，不关愁。

探春令

一尊酒罢，征轮竟去，绣扃犹闭。便同居、相见原无几。况此后、人千里。

梦醒错把芙蓉袂，但月明如水。悄凝眸、城郭依稀是。第一夜、思君泪。

千秋岁　用秦七韵

乱峰愁外，雨过纤埃退。鞭影重，铃声碎。春花红锦缬，春水青罗带。人独去，燕雏多事飞成对。

扑蝶当年会，洛浦停珠盖。重扣户，仙龙在。香随鞋梦散，泪与衫尘改。今古恨，怨禽无力填东海。

沁园春

多病文园，未嫁罗敷，相逢甚因？记玉梅三九，分明良夜；凉蟾二八，畅好芳春。似燕身材，吹兰语笑，心许何须鸳帐陈。千秋恨，是拗莲作寸，捣麝成尘。

蓬山咫尺难亲，况水远山长愁煞人。奈罗裙芳草，天涯一色；宫眉细柳，别样同新。镜小收嚬，帕香贮泪，背地思侬休当真。邮亭酒，问醉来谁管，醒更伤神。

鹧鸪天　（四首）

别样琴心绝世尘，谁从洛浦见全身。情痴惯讶天无语，眉瘦翻愁月解嚬。

吹笛夜，踏青辰，断肠心事奈何春。怜他生小雕梁燕，认得乌衣是解人。

宝鸭香残烛泪灰，背人花底自兜鞋。文茵暖藉狸奴坐，绣帐寒禁鹦母猜。

风掠鬓，月盈杯，凤箫佳约几时谐？纱灯一点催归去，祝梦深宵独掩斋。

十斛明珠未易酬，崔郊福是几生修？愿为粉拂匀娇面，莫遣钱刀怨白头。

莲薏苦，柳丝柔，红墙星汉路悠悠。藏钩斗草寻常事，一曲离鸾万古愁。

黯淡春情已化烟，错教人唤海棠颠。比红自检新题句，惨绿谁寻旧少年？

生死恨，笑啼缘，西归羲驭漫停鞭。人间剩有闲鸥乐，长日沙汀自在眠。

诉衷情　飞卿体（二首）

秋晓，花悄，双影笑，镜屏中。云袖碧，谁拭，粉香融。鹦语隔房栊，匆匆。断肠窗外风，闪惊鸿。

相送，如梦，油壁拥，过溪桥。桥下水，和泪，去迢迢。何处语香飘，魂销。一灯归路摇，又今宵。

换巢鸾凤

棠睡春浓。记鞋兜半褪，钏压微松。梦啼星靨蹙，唤起晓妆慵。销魂都在两眉峰，怎知此情而今不逢。雕阑好，负几度、玉肩凭共。

香重，罗袖拥。弹指碧箫，吹作离鸾弄。听雨偎衾，惜花分帕，颠倒为谁心捧。虚把星期怨秋河，乞来针巧知何用。悲临歧，看云鬟、背烛轻拢。

忆真妃　立秋日（二首）

西风吹老菱花，碧云斜。料得荒城今夜，有寒鸦。
鸦啼苦，天欲曙，梦休差。只在桂堂东畔，那人家。

宾鸿又度南楼，思悠悠。不信关山风雨，不关愁。
心上月，鬓边雪，眼中秋。拚把微躯化泪，付东流。

踏莎行　用石帚金陵感梦韵

掩扇嚬轻，凌波步软，分明栀子堂前见。罗襟香唾几曾留，觉来却是红冰染。

筝雁摧弦，风鸢隔线，银屏路近蓬山远。月偏无恨满天涯，一灯别院闻箫管。

风蝶令 （二首）

爱极翻成怨，颦多别样娇。琴心荡入楚江潮，踠地垂杨也学旧时腰。

翠鬓轻蝉拢，弓鞋彩凤描。春寒绣被夜迢迢，不到酒醒时候已魂销。

柳是同心结，花看并蒂妍。渡头芳草绿芊芊，惆怅别离滋味又今年。

帕点凝宵唾，钗香殢午眠。当初谁信有啼鹃，肠断半身红雨画阑边。

解连环 用石帚韵

曲屏孤倚，看轻波荡日，几弯愁思。认笑桃、前度门庭，但花气埋烟，藓痕吹水。短札谁传，尽题帕、旧红都洗。甚梨云梦醒，嫩约采香，冷蝶犹记。

凄凉晚阴晓霁，叹羸箫枉擪，班扇终弃。惹春鹃、啼叶销魂，问何苦东风，屡瞒侬至。泪化方诸，倩聚影、曲池月底。未应让、有情绛蜡，照人独睡。

青衫湿遍

国朝纳兰容若自度曲，《梦月词》所谓“虽非宋贤遗谱，音节有可述者也”。

瑶钗拆燕，仙裙散蝶，此恨谁胜。愁看蚊蛹双枕，记兰宵、颓发低承。尽斓斑、珠唾晕吴绫。带香绒、误认春云热，别经时、总化春冰。望断灯花喜鹊，禁他贝锦青蝇。

又是湘梅放也，雕阑西角，玉腕扶曾。一样天寒袖薄，枉寻思、罗袜波凌。祝萧斋、中酒困瞢腾。梦相逢讵抵真逢好，况新来、梦也无凭。多事惊霜鹦母，隔窗尚唤人膺。

洞仙歌　甲申五日

澡兰天气，检罗衣新着。续命谁牵五丝弱。又青菰粽小，碧艾花繁，只座上，斗草藏钩非昨。

去年人好在，教绾钗符，几费犀梳鬓云掠。一叶冷萸湾，短梦飘零，悔铸镜、江心成错。问蒲酒争如彩灰浓，醉软障真真，夜深飞落。

南乡子

春梦冷银钩，消息凭谁问紫骝。飞絮已随流水远，难收，何必攀条慰旅愁。

燕语自绸缪，肠断东风十二楼。旧赠中衣双素绢，存不？空染啼痕叶叶秋。

又 即事

屧响听依稀，旧日裙腰渐减围。众里分明双拜起，搴衣，坐近冰肌觉暑微。

新梦指罗帏，弄玉骑羊事已非。款语未终西日短，催归，心逐钗头紫燕飞。

最高楼

司勋梦，一觉竟何因。湘浦泣、越溪颦。相思已断题红字，相逢犹忆踏青辰。月刚弦，花半萼，奈何春。

曾共看、塘西鸳羽戏，曾共听、窗西莺语脆，心上泪、眼中人。紫骝应识当时路，乌衣休恋别家邻。甚天涯，芳草绿，又成茵。

洞仙歌 丙戌下第出都，题平原店壁作

东郊霁日，照垂杨双岸。远绿层层障春眼。怅单车古道，旅食经年，轻负了，妆阁添香吟伴。

碧城何处梦，晓思瞢腾，风外时闻水鸦唤。满目旧山河，自隔人天，又三见、蓬莱清浅。问消息榴红定应知，便染作仙裙，也愁云散。

风蝶令

絮别尊中酒，催归陌上车。当时错恨晓啼鸦，未到晓鸦时节已天涯。

相忆棠如雪，才逢菊又花。一灯梦雨绛河斜，知是昨宵凉月落谁家。

临江仙

桃叶渡边携手地，回头野水荒湾。依然霜月满关山。可能今夕酒，重驻别时颜。

千古愁红流不尽，御沟原在人间。青禽飞去莫飞还。灵和春已老，垂柳向谁攀？

瑞鹤仙

苇烟迷断浦。唤雁背斜阳，片帆催去。星桥问前渡。记衣香蘸水，袜尘禁露，钗盟镜语。证芳心、红鹦定许。最难忘、玉腕扶花，珍重帽檐簪取。

辛苦。中秋近也，拜月帘栊，旧欢轻误。清波细橹，摇短梦七桥路。梦兰姨、琼姊双鸳倦绣，却掷金钱背觑。卜征途、甚处今宵，听风听雨。

好事近

抛髻出罗帏，锦瑟华年如梦。依旧双蛾淡扫，但春山愁重。

众中无分诉离情，飞盏目频送。今夜月明单枕，隔窗纱寒共。

长相思

盼相逢，怕相逢。对面蓬山千万重，几曾眉语通。

来匆匆，去匆匆。生死分离片刻中，断肠催晓钟。

以上卷十一《宜君馆琴忆》

水龙吟　白桃花

瑶池仙种依然，一枝春色浑无着。倚娇欲笑，含颦不语，嫩霜晴萼。双蝶飞飞，粉衣晒午，和花暗落。惹武陵渔父，仙源棹远，翻误认，芦洲泊。

几日雨梳烟濯，伴空庭、梨云寂寞。月明于素，风清似水，幽怀谁托？人面相逢，当年记得，淡妆慵掠。怅元都燕麦，刘郎皓首，悔重来错。

解语花

案头种水仙数本，晨沃温汤，夕藏重幕。而春寒勒花，岁晚未放。泚笔赋情，即代催妆，恍然空谷佳人，姗姗其来迟也。

冰壶濯魄，雾縠裁衣，曾记湘皋见。素心迟展。生何晚、脉脉袜罗痕浅。明妆在眼。先隔断、红尘纤软。空自怜、娟袂低垂，古泪和霜满。

应是纹纱静掩。被名花轻恼，一笑都懒。月明芝馆。春如线、夜夜此怀谁遣？相思梦远。愁洛浦、冷云吹散。横玉琴、弹彻疏香，催倩魂徐转。

暗香 绿萼梅，用珂雪集韵

隔溪月白，浸缟衣雪里，微皴蕉色。岁晚乍逢，万古诗心化寒碧。应是蛾妆睡懒，苔网啮、瑶钗交蚀。渐夜静、冷蜡无烟，肯放暗香息。

墙侧，漫倚笛。怕唤起翠禽，照影难觅。一尊迟客，同话春波去年迹。人正纱幮酒醒，拚看遍、湖天明瑟。又竹外、吹落也，绮琴解得。

多丽 秋草

黯斜阳，万里关山凄碧。问年来、烧痕几许，黏天依旧如壁。伴萧萧、败芦苦竹，积茫茫、短堠长驿。汉陌飞萤，秦廷走鹿，干卿底事，断肠一色。古原上下，牛羊未狼藉，倩谁惜。愁辜我、青袍十载，归梦都隔。

又南浦西风吹遍，王孙曾点游屐。甚前村、酒旗低飐，尺咫烟迷踏青迹。狐兔纵横，山丘寂寞，荣枯有尽恨无极。倚筇处、云寒霜重，诗冷漫寻觅。春来好，萦絮惹花，蒋径重辟。

宴清都　秋阴

谁擪江城笛？荒山晚、冷云和梦无迹。西风似水，惯捎病柳，暗催归翮。鸥边问讯渔帆，觅何处、斜阳信息。只隔溪、芦絮轻摇，一簪飞起晴白。

江乡采采丝莼，天涯客思，空负吟席。村烟远冱，禅扉近掩，凭高愁极。生憎古木寒鸦，绕沙岸、群喧暝色。渐做成、风雨重阳，黄花解得。

好事近　酒龟

陶属，下注尊，而上鼎足，以酒炙酒，客中便焉。旧名篕，为易今名。

端策卜新居，说与醴泉仙界。三足不须笺雅，任火攻钻背。

青莲贺监旧风流，换醉解金带。一息壶中千古，纳九江春大。

减兰　醋鳖

生东海，石质，菽形，底平，作螺旋，蠢蠢无口鼻。沃以醋，似能吸，兼蠕动焉。

桃花酿雪，倾入海天香沁骨。底用裙遮，风调由来爱石家。

开明世渺，吊古心酸悲蜀道。濡沫偏勤，酒瓮醯鸡合伴君。

绮罗香　西施舌

香胜鸡含，嫩逾雀煮，风味千秋犹羡。入市谁看，不信金钱难办。逐吴榜、昔日湖宽，佐鲁酿、今朝盘荐。最怜他、颦效东邻，甚时效得小唇粲。

河豚江舶上否，记取尊前酥乳，佳名呼遍。玉润云腴，况是春来还浅。怎无赖、越网千丝，剩有情、柔香一片。漫苏台、海燕重归，屧廊人去远。

又　秋雨，用宋陈君衡韵

黯黯愁云，骚骚败叶，趱做黄昏时候。轻打蕉心，凉沁碧幮纱绉。搀铎响、野寺长松，催棹叙、荒江衰柳。镇相思、谪宦天涯，幢幢灯照病元九。

高楼何处擪笛，应诉旅魂难稳，绳床宵漏。洒遍关河，天也和秋争瘦。金井外、络纬啼烟，怨苔钱、暗生阴甃。抵多少、瓮底泉声，故园亲灌韭。

南浦　春水，用宋张玉田韵

新绿涨遥天，曲尘香，不信鸭儿先晓。烟橹一枝柔，谁冲浪、吹镜浮萍如扫。横塘旧梦，酒船风细银鳞小。又值送君南浦去，惆怅黏天芳草。

几回飞絮飞花，浣泪丝易尽，浣愁难了。空翠泻帘阴，垂杨岸、见说诗情曾到。流波渺渺。画桥人去箫声悄。为问沙鸥今夜梦，江上月明多少？

扫花游　春雨

荡愁作水，渐柳靥青浓，杏钿红弹。湔裙未果，甚啼鸠唤起，种花幽课。短梦重帘，暗里炉烟四裹。玉扃锁，问古甃湿苔，新绿谁唾？

灯事看又过。遍陌上泥香，马蹄都涴。绣窗暝坐，怅春沽路断，嫩寒难挫。最忆江天，艇背青山细簸。晚潮大，看沿流、万星渔火。

霓裳中序第一

岁在己卯，予主琅邪讲席。院斋多树，群鸦所栖，朝散暮集，啼声恻恻。予感其体之微，而生之瘁，又幸其鲜失群之叹也，为谱斯解，以寄意焉。

空庭白日暮，万叶酸风缫暗雨。哑哑穿林底苦，绕三匝齐飞，欲栖难驻。低枝倦羽，怎赚他彩凤随汝？江湖晚，经年水宿，莫被墨涂误。

前度，点波容与，记浴罢娇黄对舞。余生投老甚处？有社鼓丛祠，野樯危渡。锦梭停织否？又郭外黄云满路。休相羡，归巢一一，我自惯羁旅。

琵琶仙

暑雨新霁，眉月徐生，独坐纳凉，渺然秋思。

湘簟迎风，倚铜笛、叫破蛩阶烟暝。烟外凭问姮娥，团栾甚时准。星汉悄、云波自荡，已轻逗、广寒秋信。豆荚篱香，茨菇叶小，何限吟兴。

几移坐、如水中庭，爱贴地、疏疏竹梧影。早是酒邀琴伫，总前身难证。花底拜、谁家睡晚，浸一钩、绣袜苔冷。漫想箫鼓春江，那回风景。

眉妩 新月

但眉心秋瘦，额角云轻，遥夜逗斜盼。碧汉横无影，关山悄，愁中归路微辨。缺环漫展，问甚时、郎意钩转。莫应照、别浦铜弦冷，半遮面犹觍。

佳约婵娟如恋。叹桂霞非旧，花露空泫。千古相思梦，人天隔、谁怜玉臂辉浅。踏莎步藓，试斗他、鞋凤纤软。待圆镜当头，楼上画帘四卷。

河传 闻雁

孤雁，天半。又南征，关月低横倍明。山遥水遥何限程。伤情，失群高下声。

布袜青鞋吾老矣。愁听尔，行路难如此。稻粱谋，须早筹，去休，洞庭千里秋。

渡江云 欲雪

疏钟沉远寺，酸风作意，卷入四山寒。冱烟成一色，意外冰牙，玉立簇檐端。庭荒石瘦，老苔蒸、落照都干。愁薄暝、柴门枯木，墨点冻鸦攒。

凭栏，吴笺试写，楚竹还吹，向梅边催遍。应唤起、梨花晨舞，柳絮宵抟。坠欢怅隔飞鸿翼，问灞桥、何处吟鞍。归钓也，湿云拚压渔竿。

梦芙蓉 红藕初花，为封姨所妒，以慢词悼之

秋烟迷玉井。渐蘋梢弄响，柳阴催暝。雪飞霞卷，零乱雨中影。采香歌漫省，鱼吹花气都凝。此际眠鸳，纵银塘梦好，应怯翠房冷。

谁念惊鸿舞镜，仙去裙留，负了凌波靓。闹红依旧，空泛涉江艇。锦机张不定，凄凉鸥涨千顷。待付鲛宫，织莲丝缕缕，穿得泪珠整。

水龙吟 白莲

天孙夜织冰绡，银潢一剪光垂地。袜尘谁浣，轻妆自媚，卷波无际。隔浦烟明，回舟梦悄，淡然秋思。尽风清月晓，鹭迎鸥送，相思苦，和心碎。

玉立方塘十里，盖倾时、彩鸳应避。亭亭瘦影，高情眷露，冷香吹水。飞入侬诗，怨红都忏，坠欢空记。记秦邮系缆，湖云堕处，景依稀是。

惜秋华　红蓼

秋老霞荒，醉西风、一笛芦花明外。蘸水自香，江湖谅无人采。相思玉簟凉初，甚昨夜莲房粉碎。无赖，荡诗心、万丛垂垂浅濑。

把钓几曾碍。但疏葩疑染，复锦鳞成队。微雨过、更瘦映，枫林堪爱。何年短棹冲霜，去饱看、月姿烟态。纫佩，当江蓠、故人应解。钱珝诗："难将垂岸蓼，盈把当江蓠。"梁鹤俦寄《白莲》《红蓼》七律索和，予因体物小品，不欲以诗笔写之，拈此二调奉答。塞责之作，殆不能工也。时癸未荷花生日前二日识。

醉太平　蛙

清波藕塘，微风薜墙。分明两部笙簧，吠空阶月黄。
文章古皇，功名子阳。官私究为谁忙，羡诸天梵凉。

暗香　菊花，用姜梅花韵，易名秋色

铸秋一色，饯夕阳畅好，金尊琼笛。伴我岁寒，肯信繁英不堪摘。天与持螯手在，悲九日、轻孤吟笔。趁压枕、月冷香清，诗梦满苔席。

南国，信寂寂。怅老圃尚存，石径霜积。乱红夜泣，花尽无花慢嗟忆。珍重簪余短发，凭傲取、天空云碧。使顾影、同瘦也，有谁识得。

疏影 前题，易名露英

霏金剪玉，敞东篱一角，蜂蝶休宿。石瘦霜寒，何处黄昏，相思暗倚筇竹。西风似怕秋容淡，织碎影、玲珑窗北。又怎知、帝女魂遥，负了卷帘人独。

开日休嫌细雨，笋鞋任踏破，三径苔绿。艳极偏清，笑煞夭桃，竞占东皇金屋。年来古意花应识，几扣遍、石阑干曲。最瓣香、漉酒餐英，合写画屏双幅。

长亭怨慢

自甲戌以来，五出都门，皆值春暮。每过赵北口，垂柳千丝，掠波卷雪，殆不胜情。客窗忆远，用石帚自度曲，兼借其韵谱之。此真所谓“树犹如此，人何以堪”也。

又堤上、高低飞絮。逐雨成尘，惹烟遮户。有思无情，误他莺燕，泪如许。旧时司马，空种遍、销魂树。万感不关秋，便树也、何曾堪此！

薄暮，听箫声甚处，雪影点波无数。春衫细马，悔当日、玉鞭轻付。费几度、嫩绿藏鸦，问南陌、西风谁主。算一样飘零，禅榻吴霜千缕。

小重山令　湘梅，用姜韵

残腊鱼霞散锦时。何人烧绛蜡、照寒漪。共春争色怕春知。东风晚、桃杏肯同归。

尘梦十年非。乡关还送远、思依依。一尊拼听翠禽啼。江天晓、邀月醉瑶枝。

念奴娇　忆明湖荷花，用姜韵

镜澜一角，照轻妆、玉立夜深谁侣。记得湘皋逢解佩，暗落舞衣无数。倚扇风回，隔舟霞拥，叶叶鱼吹雨。方塘坐晚，醉吟何限新句。

依旧湖柳摇烟，湖灯破暝，白鹭冲花去。六载浣纱人不见，寂寞秋蟾生浦。易老菱讴，相思蘋水，谁唤游骢住。冷香清梦，铁公祠畔归路。

清波引　梅，用姜韵

冻霙横浦，缟衣起、夜深自舞。目成谁许，藐姑旧眉妩。翠羽解留客，也劝筇鞭休去。最怜如水苍苔，暗铺遍、竹斜处。

新笺寄与，故山远、归梦几度。冷吟禁否，唤和靖同语。疏香自今古，一笑空江烟雨。醉倚铜笛吹开，月辉清苦。

侧犯　芍药，用姜韵

醉携屐去，倩莺且唤东皇住。酥雨，恰洗出翻阶、谢郎句。狂香与浩态，底是相逢处。愁语，便赠到将离、有谁顾。

晶瓶贮艳，多少游蜂舞。空引我，扬州梦，金带荐华俎。写入风诗，占春无数。笑煞时人，洛阳花谱。

齐天乐　蜜蜂，用姜蟋蟀韵

景纯彩笔当年赋，三清又传仙语。暖日声酣，晴风翅敛，课蜜莲窠深处。辛勤漫诉。似春早蚕筐，夜凉蛩杼。紫蝶相逢，几回花底话幽绪。

西园乱红飞雨。晚归知有恨，腰瘦如杵。吐饭踪奇，排衙候准，两股清香无数。新妆说与。笑涂额添黄，绿窗娇女。有日甘回，剩侬诗味苦。

念奴娇　竹榻，用姜韵

与秋同梦，抱苍云一片，不知烦暑。曾约梅花盟纸帐，博得此君心许。小枕松风，疏帘萝月，消受清凉趣。眠琴正好，莫弹湘泪凄苦。

伴我林卧翛然，世荣淡尽，肯羡槐安遇。不信元龙楼百尺，偏少渭川千亩。丹穴凰空，葛陂龙化，底是游仙处。坐吹横笛，幽篁簌簌飞雨。

清平乐 芦雀

雨香霞片，羡尔披绵暖。不是杏粱营垒燕，黄口莫教人见。

一枝瘦影低扶，芦窠辛苦将雏。衔得青虫归去，荒烟满地江湖。

浪淘沙 柳鹿

烟柳绿初匀，仙客何驯。斑衣濯濯养茸新。引得鹿娘兼鹿女，迟日江滨。

江暖不逢人，鱼鸟同亲。玉芝如盖草如茵。还逐苏耽琼岛去，樵梦千春。

忆王孙 蕉犬

霏霏绿蜡卷轻飔，趺趺金铃摇尾嬉，立傍花阴知待谁。暗寻思，黄耳书来春暮时。

踏莎行 崖虎

石气秋高，星精夜堕，荒山睡起腥风大。山中狐兔谅无多，闲来独自磨牙坐。

有力输君，捋须愧我，一声猛啸危崖破。食牛变鼠笑行藏，慎防飞将鸣髇过。

卜算子　瓜架、螳螂、蜻蜓

曾上玉搔头，又点池心去。偷眼分明避伯劳，却忘当车怒。

翳叶漫潜形，异雀须回顾。惊起秋林瓜蔓摇，一架黄昏雨。

蝶恋花　汉使孤忠

大漠穷秋风景异。沙草黏天，饮龁谁家地。错把衔珠夸上瑞，百年羝乳应难俟。

汉节旄头都落矣。叱叱声中，枕石聊酣睡。烂胃封侯公等事，绥山桃熟归来未？

虞美人　腥羽猎寒溪

鲛宫秋静鱼梭织，荇藻澄空碧。三三两两水禽飞，多少游鳞吹雨湿斜晖。

波心掠下才如点，衔出光磨闪。沙汀亦有信天翁，闲立柳阴深处一丝风。

南乡子　寒蝉带叶飘

秋醉嗛霜甜，万树西风晚更尖。冷透铢衣飞不去，纤纤，拼抱疏红度画檐。

堕地藓花黏，影入斜阳暝色兼。愿谱流弦题断句，愁拈，两鬓萧疏客思添。

齐天乐　题画，渔

鲨鱼吹雪春江暖，桃花水流无尽。故国仙源，游踪甫里，惯识往来鸥性。云波去永。听棹击空明，隔滩流韵。好是斜阳，乱抛网眼白如影。

生涯惟辨烂醉，但鲜鳞泼刺，尘事宁问。柳岸看霞，篷窗坐雨，披个蓑衣刚称。前山翠冷。望天入沧浪，一帆双鬓。未羡云台，舵楼星饭稳。

又　樵

看棋不信仙居乐，千秋一柯同尽。踏踏歌来，丁丁响遍，生就山林心性。扪萝径永。俯绝壑天风，乱泉争韵。旋斫松杉，月明惊闪睡猿影。

前溪云水接处，且铭成瘗鹤，隍鹿休问。野色双肩，秋华万叶，恰与披裘身称。茶香灶冷。羡苏桂薪兰，候门蝉鬓。珍重风期，送侬归唱稳。

又　耕

一犁未雨先芸耨，烧畲望中烟尽。杏暖霏红，蒲香展绿，应候偏谙禾性。东皋日永。看台笠蒸云，尽饶风韵。午馌贪凉，柳阴添个饭牛影。

田家鸡犬亦乐，喜先期毕税，村酒存问。女惯鸣机，男知纬耒，嫁娶朱陈门称。江湖砚冷。叹虚返陶庐，暗凋潘鬓。输与农人，土床鱼梦稳。

又 读

阿房劫后书城出，千编杀青难尽。照眼逾明，撑肠自笑，鼓吹真堪陶性。披吟漏永。渐瓯茗流香，井梧飘韵。思古援琴，四山月正皓无影。

朋来晨夕乐数，况停车载酒，奇字频问。雪案堆萤，芸窗走蠹，嘉号冬烘差称。然藜梦冷。再休忆儿时，绿灯窥鬓。归买扁舟，鹤琴同泛稳。

绮罗香 樱桃

蛮榼调浆，霞天载酒，万树繁星谁掇？崖蜜输甜，香荔漫夸瓯越。曾拜赐、蓉阙千官，况叨宴、笋厨三月。爱殷勤、擎满筠笼，衬来一色紫绡帕。

堆盘何物比似，暗忆当杯动处，脂唇轻抹。乐府歌成，漫惹春空云遏。肠断又、蕉绿今年，负相逢、玉窗花发。最恼人、珠颗衔残，隔帘莺语滑。

声声慢 听雨，偕实甫联句

深烟锁户，湿藓兜衣，湘。湘人正倚湘帘。望断天街，实。

甚处屐齿声添。西窗旧时茗话，湘。问归期、愁上眉尖。归未准，又梨云飘梦，实。吹入空檐。

尘海青衫小集，似寒鸦倦羽，湘。暝色初黏。春酌沉沉，实。清漏暗尽铜签。渔蓑未应笑客，湘。料故溪、桃涨红兼。芳约冷，实。倩花梢、捧出素蟾。湘。

柳梢青　题红白梅花帐额

一笛双吹，香融粉靥，玉沁唇脂。虢国朝天，江妃倚醉，别样风姿。

仙家眷属谁知，倩纸帐、重重护伊。绮梦孤山，凉霞散晓，霁雪春时。

摸鱼儿　题汪莘伯雁来红画册，和实甫韵

渺西风、数枝明艳，依依照水如雁。宫沟叶烂芙蓉老，一种秋红谁管。秋士感，莫也怕、年年花落同奔电。彩毫故染。拼洒向霜天，烘成霞地，一任世人贱。

浮生梦，欲竞春华已懒，啼鹃不用多怨。啮毡题帛丹心在，热血几时才淡。妆阁畔，愁忆汝、燕支塞冷归期晚。江空梦远。凭付与斜阳，蓼疏枫醉，共结岁寒伴。

曲游春　题红白牡丹画箑

祝汝花王寿，正锦霞飘幄，珠露凝槛。一样倾城，幻两般

丽质，更无些欠。虢国双蛾淡。映红玉、真妃双脸。笑睡棠、低拥梨云，逊此万枝秾艳。

应念，银屏朝掩。斗几许新妆，蜂蝶偷瞰。粉腻脂融，甚扶春不起，欲开还敛。醉里宫笺染。敞金屋、商量谁占。愿年年对舞东风，酒香共酽。

八声甘州　六忆词，和实甫韵，来

忆来时仙乐敞蓉城，飞下步虚声。带珊珊佩响，香风一路，早扑帘旌。省识今宵庭院，花悄月微明。照见凌波影，罗袜尘生。

记否迷藏私捉，把兜鞋掠鬓，瞒过双成。甚惊鸿踪迹，无计避银鹦。破工夫、桐阴立尽，怕相逢、还是梦中迎。销魂乍，佯羞敛袂，别样轻盈。

又　坐

忆坐时围着绣芙蓉，欲起意惺忪。但容成端正，支颐拥袖，懒话情悰。才把熏笼贴稳，还怕带围松。多事雏鬟报，帘外春浓。

那日丝桐横几，有知音人并，私语喁喁。甚双钩软玉，一捻也无从。插瓶花、鬟云低亸，愿添香、当作九莲供。妆台侧，狸奴偏黠，偎近眉峰。

又　立

忆立时楼上晚妆残，伫月思无端。正乱红堆径，柳丝一把，搭在阑干。鹦鹉那知人懒，侧足怨笼寒。寂寂花阴下，春去谁看。

多谢檀郎解意，悄相寻背地，拥住魂单。笑比肩心事，星姊未曾瞒。渐瑶阶、露深苔滑，窄莲钩、也学越梅酸。扶娇婢，绣裙斜䙓，画出应难。

又　食

忆食时樱颗动微微，生怕涴唇脂。任桃花粥软，汝哥瓯细，欲捧还迟。一色天然贝齿，除笑几曾窥。半晌衔犀箸，提起相思。

曾忝胡麻共饭，对远山蛾绿，先忘晨饥。算荠甘荼苦，滋味两心知。甚年来、较前餐减，莫楚宫、瘦损玉腰肢。槟榔唾，酒香茶半，暗度怜伊。

又　眠

忆眠时鸳枕界胭霞，香梦稳梨花。替轻除钗朵，低垂绡帐，暖护裙纱。知是含嗔含笑，星眼殢些些。睡起娇无那，慢拢鬟鸦。

又值海棠开也，惹春愁困顿，芳思交加。但回身错抱，默默惜年华。悔当初、不曾真个，算横陈、消受未全差。双飞燕，玳梁栖晓，输与卢家。

又　去

忆去时强笑道胜常，偷眼泪盈眶。只一声珍重，佩音渐远，脂语犹香。检点中衣素绢，独自怕开箱。侬是朝飞雉，卿是孤凰。

见说别来多病，剩宵弦怨思，晓镜啼妆。望绳河一水，路更比天长。枉空斋、祝他来梦，问离魂、何日度西厢。千秋恨，韩凭再世，粉蝶双翔。

锁窗寒　雨声在檐，愁立无影，赋此为受之问

做冷催秋，和云湿梦，晓帘休卷。空檐独语，搅碎客中心惯。唱潇潇、句犹未成，竹枝断泪如珠泫。最无聊几叶，蕉阴蜡绿，背人偷展。

津馆，愁何限。惹衣篝润逼，试香都懒。娇雷送响，误把五云车盼。记前宵、罗帐酒醒，扫晴灯下笺寸剪。倩啼鸠、唤取兰桡，采莲新涨满。

又　七夕雨甚，叠韵答子相

玉甃埋烟，金梭织暝，簟凉新卷。秋心碎了，不信女牛听惯。暗星桥、语香细飘，几丝碧唾蛛盘泫。甚仙娥也妒，团栾

不放，镜奁高展。

山馆，云无限。话穿针设果，旧情先懒。人天此夕，漫把隔年期盼。惹雕梁、归燕絮愁，甚时风日双晒剪。但檐声、梦里霖铃，绛河清泪满。

菩萨蛮　夜雨，和子相（二首）

灯花锁梦银床冷，似催病叶和烟醒。鹦母背人愁，谁知今夕秋？

蛮江山色远，剪烛悲吟伴。蓑笠五湖船，湿鸥应未眠。

竹根一点流萤黑，梦云袅入千花碧。单枕费寻思，此情惟雁知。

水西亭畔路，怕听风铃语。新藕叶田田，甚时逢小怜？

长相思　夹竹桃

睢园春，武陵春。叶叶花花总绝尘，粉香脂更新。

湘夫人，息夫人。一样东风两样身，无人知笑颦。

生查子　七夕雨

生怕别愁添，故遣佳期梗。古泪洒人天，此意谁能省？

独凭湿阑干，云缝秋河冷。隔水一萤飞，照见双星影。

四字令　新月

弯弯半钩，纤纤两头。是谁掐破新秋，挂天边古愁。

云波自流，银河未收。知他今夜高楼，画双蛾竟不?

蝶恋花　寒灯

一颗相思红豆似。薇帐风凄，谁剔钗虫坠。记得长檠花放蕊，玉堂半臂人修史。

炙研生涯孤客泪。暗惜儿时，照鬓吾衰矣。冷透冬心扶不起，香龛证取枯禅味。

减兰　寒衾

镂冰作茧，身是僵蚕春不管。孤负宵阑，绣枕堆云梦合欢。

炉香似雪，一榻青灯偎影热。纸帐飞霙，索共梅花絮到明。

踏莎行　寒柝

野寺钟停，宫壶漏冻，繁声搀入深宵空。十年老我抱关才，三更负汝游仙梦。

风急星摇，灯昏酒重，乡心敲碎无人懂。惊龙如豹是谁家，又随霜月过西弄。

忆王孙　寒砧

白狼河北羽书沉，丹凤城南秋梦深，天静谁传空外音。暗沉吟，双杵西风万里心。

风蝶令　寒钟

傍晚僧归寺，谁家客泊船。冻鸦掠野树无烟，愁绝蒲牢百八震江天。

山气空如答，禅心荡不圆。声声飞过白云巅，今夜萧斋灯火若为眠。

好事近　寒罾

急雪打孤篷，人裹一蓑苔绿。不怕锦鳞飞去，有拦江横竹。

松陵渔具旧曾谙，圆伞带冰漉。扳向五湖深处，趁饥蛟眠熟。

醉太平　寒笛

歌筵酒清，寥空雁横。消他玉笋珠樱，谱梅花落声。

江天雪晴，关山月明。倚楼何限乡情，问听时怎生。

画堂春　寒角

春风不信度龙沙，新声拦入甘瓜。呜呜吹散戍楼鸦，愁满天涯。

月色故乡看未，霜威今夜添些。迸他客泪落清笳，好梦谁家。

浪淘沙　寒砚

朝旭冷帘帷，炉火温迟。墨花凝作玉丝丝。中有泪蟾双活眼，冰透相思。

呵手怕题诗，笔渴谁医。生涯磨铁一灯知。盼取晴窗书快雪，春到方池。

春从天上来　取盒图，为子蕃赋

飞佩鸣空。影大地山河，长袖天风。雀台森北，漳水流东，匹练西走如虹。笑毡帷梦稳，渺魏博、一掬沙虫。蜡灯红，看庚申雌守，白发元戎。

神仙偶然游戏，甚胆落千军，儿女英雄。取盒因缘，炼丹身世，壮心早付冥鸿。倏霜笳月堕，舍洛女、乘雾谁同。画图工，誓从游负剑，碧海青铜。

蝶恋花　艾蛇图

一簇冰台含露白。清磬声中，交叶鳞如织。衔得隋珠人未识，采萧风雨三年忆。

午日灵香谁剪刻？弓影横杯，莫误当筵客。飒飒腥风生草泽，化龙飞去寻无迹。

暗香　题会稽王孝子发冢图后，以殉亲自沉月湖死

黝云一撮，共草心寸断，春晖难热。不为冲冠，万古悲风怒芽茁。长忆搜奇越岭，竞笑指、樊桃仙窟。又岂料、幻影星星，连理背人活。

凄绝，不可掇。任泪点雪衣，秀挺苔碣。虿钩易脱，搔首霜天月湖阔。今日泥封斗检，谁认取、蓬飞如结。怕入夜、鹃泣苦，满梳是血。“搜奇”二句系本事。

以上卷十二《镂冰碎语》

金缕曲

出济城，别诸父兄弟妹，题垫台壁，时乙亥秋八月。

热血心头揾。拼刬平、乱峰如掌，刬愁难尽。骨肉无端成隔世，瘦骨岩岩刚剩。便王粲、依人争忍。四野清霜催落叶，指平林断处寻村影。数声雁，助悲哽。

回头九点齐烟暝。怅秋江、萧萧行李，买舟难稳。共恨有家归未得，归也无家我更。策羸马、荒山驰骋。仰盼长空云四塞，问天乎厄我还因怎。天不语，晚风紧。

又　乙亥中秋

杯酒秋空沥。劝冰奁、殷勤为我，满遮秋色。缺日偏多圆日少，莫也姮娥岑寂。况岁岁、年年今夕。素魄流天千万里，供愁人怅望终何益。空染就，暮云碧。

人间艳说天香摘。笑吴刚、酣眠玉斧，依然羁客。七宝修成三万户，才得清辉如拭。问何似、补天无石。剩有痴儿兼呆女，祝婵娟糕饼闲庭设。愿长久，照欢席。

又

伯考旅榇南归，舟次任城，予自兖追往叩别。七叔赐和《垫台题壁》旧作，再叠前韵。

望眼惊还揾。怪禅关、触棺永诀，余哀重尽。检点尊前生骨肉，三两晨星仅剩。愁未诉、中肠先忍。楚相负薪君莫问，总茫茫后事纷如影。镇相对，暗悲哽。

荒江急雨催秋暝。累重闱、萧疏雪发，几曾心稳。尘世分离凄楚惯，怕只夜台人更。便鹤驾、云车空骋。不少清明供麦饭，迫饥驱游子他年怎。听远郭，柝声紧。

霜天晓角 九日，重登任城太白酒楼

无恙高楼，登临仍暮秋。海上骑鲸人去，空怅望、古风流。

孤云天际浮，还家何处舟。剩有两行清泪，遥洒向、楚江头。

秋霁 重抵任城感旧，照蘋洲渔笛谱填

风雨扁舟，是河梁携手，旧日游处。两岸湖光，一竿灯影，相看别筵凄楚。年华似羽。鹿樵悟彻愁边路。问前度，城上酒星，还照酒人否？

天涯自笑，倦旅频年，鸿迹都陈，鸥盟空误。怅平林、烟荒叶乱，蘸波难写断肠句。着意寻秋秋且住。来朝生怕，登高望断蒲帆，碧天无际，青山无数。

金缕曲 三叠前韵

旧泪从何揾。记依依、绿波南浦，魂销欲尽。己巳寓任城，曾送别胡子和姑丈。今日河山如梦里，都是当年游剩。叹霜月、照人真忍。几照金尊歌舞地，又波心分照离人影。残漏促，夜乌哽。

酒朋散作云烟暝。供摩挲、仅存孤塔，僧关镇稳。过铁塔寺。故宅凄凉虚燕垒，知入谁家飞更。过旧宅。嗟我尚、词坛吟骋。伊古读书忧患始，问儿曹识得之无怎。作文且，送穷紧。

又 舟中叩送七叔、虞叔、长兄，四、五、六叠前韵（三首）

偷把双眸揾。莽西风、催人容易，一年秋尽。自分相逢三两日，今日重逢已剩。本拟即日开舟，因幼弟有疾，稽留旬日。遮莫是、东皇不忍。念我关山长失路，缆孤舟小驻星萍影。剪灯话，一凄哽。

霜乌上下投林暝。便嗷嗷、纥干冻雀，尚谋栖稳。万物都寻生处乐，四顾无依我更。我愿挽、征帆休骋。长叹落花终逐水，守枯根郁郁终朝怎。挥手别，趱程紧。

枯泪何堪揾。数离踪、者番真个，水穷山尽。倒泻黄河千万里，觉我羁愁还剩。拼去去、掉头终忍。两岸斜阳飞鸟没，渐孤城遮断帆樯影。流水急，咽兼哽。

聚谈几日同朝暝。幸别来、鸠巢栖托，一枝犹稳。惆怅绕衣诸弟妹，问讯相逢应更。笑客子、健游仍骋。预说成名归故国，说成名未卜天心怎。有魂梦，追随紧。

血泪交颐揾。竟凝眸、河干伫望，孤帆去尽。旅雁几联同命鸟，生被罡风吹剩。劝小立、须臾且忍。衰草寒烟兼远树，满天涯不障愁中影。一杯酒，一声哽。

马嘶风急千山暝。甚鲁阳、雕戈不把，羲轮绊稳。去矣长亭南北路，后会我知难更。总蹙蹙、四方靡骋。牢落穷愁真我分，纵来鸿休讯游踪怎。各努力，加餐紧。

又 再叠前韵

涕泪无端揾。看依然、一湾济水，烟波无尽。不料当年欢聚处，只我飘零犹剩。夺伯氏、天心忒忍。秋草至今荒战垒，觉英灵来去旌旗影。一回首，独悲哽。

阴云低压千山暝。听乌篷、凄凄夜雨，欲眠难稳。已是愁多愁未够，生怕他时愁更。奈穷途、不容驰骋。家少石储供菽水，说当归归又将来怎。有谁念，饥寒紧。

又 慎儿病作，心益焦愁，三叠前韵

泪任青袍揾。听谯楼、一声声鼓，五更将尽。伏枕呻吟怜稚子，气息奄奄惟剩。叹弱质、那能禁忍。第一抱孙人最苦，惨凄凄坐守寒灯影。不成寐，益悲哽。

停舟容易朝还暝。却无端、行行止止，未教意稳。多少愁怀无诉处，岂料而今愁更。让邻舟、风帆径骋。前路茫茫何处岸，问天公到底安排怎。越令我，双眉紧。

又 过旧宅有感，四叠前韵

倦眼频频揾。怪重来、一番回首，惹愁无尽。旧日豪华如逝水，故宅而今空剩。我欲去、低徊未忍。千里邮程舟一叶，似嗷嗷南向孤鸿影。多少恨，心头哽。

西风飒飒阴如暝。记当年、军书星火，几曾安稳。共把勋名推第一，文治武功谁更。奈雄才、未容尽骋。父老至今犹堕泪，说斯人不料天心怎。却怪我，挂帆紧。

又 示四侄并话别，五叠前调

别泪都休揾。幸今朝、偶然聚首，浊醪须尽。几曲新词夸韵险，写得牢愁无剩。奈会少、离多争忍。三两日间挥手去，再重来难觅帆樯影。只画角，夜凄哽。

推篷坐久天将暝。说别来、依人作客，欲栖难稳。骨肉可怜分两地，比似而兄愁更。祝康衢、华骝共骋。转眼春风新得意，看世情又比而今怎。须及早，着鞭紧。

又 感事，六叠前韵

泪漫英雄揾。看者番、归来季子，果然金尽。旧日门前多少客，几个今朝还剩。把万丈、长虹气忍。世态悠悠供一笑，似晴空荡过秋云影。且探去，喉中哽。

夕阳红褪疏林暝。问借枝、宿鸦几点，可曾栖稳。此地湖山应不改，记取游踪还更。听惊座、狂言舌骋。天道好还常事耳，我来时不信君犹怎。归去也，风正紧。

蝶恋花

客窗孤坐，薄寒中人。忆自任城送别，忽忽月再圆矣。用赋短调，凄然于言。

哑哑霜乌争绕树。闪闪凉灯，照鬓愁千缕。一棹烟波双桨雨，抛人独向天涯住。

梦里依稀分袂苦。起看长天，四角无寻处。风自穿檐铃自语，月华自过西墙去。

满江红　过赵北口感赋

无恙虹桥，尽赢得、悲凉满目。甚今日、蹇驴随磨，旧游重续。风势漫天争拨棹，山光衔日齐飞毂。看平芜、深浅接清波，伤心绿。

傍沙岸，渔罾簇。缘堤树，寒鸦矗。点春光不断，辎尘万斛。远梦空寻湘水瑟，浮生还击燕山筑。指前途、烟雨促黄昏，谁家宿。

念奴娇　三月望夕，闱中对月有怀

霜华流瓦，照春愁一发，悄无埋处。昔我同游君莫问，几个鸳鸿先翥。人海藏身，风尘结客，重踏长安路。齐烟杳渺，吟魂一夜飞渡。

惆怅杜宇啼春，碧桃花谢，经岁归期误。二十余年尘土梦，谁是高阳旧侣？镜里芳华，尊前歌舞，剩有霜千缕。飘零何似，长歌投笔西去。

如梦令　题友人山水帐额

唤起春山浓睡，楼阁乱花如绮。帆影去迢迢，寂寞武陵烟水。归矣归矣，我愿移家画里。

高阳台　重返平陵感旧

做雨催凉，和霜凋绿，西风蓦到人间。万景萧萧，空悲游子心颜。去时衰柳垂烟缕，又归来、如此湖山。望乡关、水自东流，雁自南还。

凉宵深掩罗窗影，甚清砧捣恨，不放秋闲。量减才消，近来诗酒都删。灯前漫抚双蓬鬓，怕风尘、未老先斑。杳难攀、旧梦如林，新月如环。

木兰花慢

丁丑秋孟既望，送能兄归椂泺口舟次。死生贫病，触绪悲凉，踯躅河干，不能不为之恸哭也。隔日，挑灯和泪写此，即代楚些之招云尔。

满山河泪影，尽吹上，楚累衣。听哀雁呼群，乱蛩唤侣，我独何依。当时对床宵雨，话莼鲈稻蟹故乡肥。此去西风无恙，王孙何日重归？

斜晖脉脉水之湄，再见信无期。况白发神凄，红颜梦冷，地下应悲。天涯泛萍依旧，隔衡阳魂断暮云飞。他日他乡埋骨，输君墓木成围。

渡江云

乱山横晚翠，西风野水，万里一身秋。投鞭何处路，病叶饥乌，各自背人愁。天涯落日，还远送、烟外归舟。成独去、短衣破帽，掩泪过西州。

漂流，心餐檗苦，鬓染丝新，想故园衰柳，也应恨、孤城遮断，王粲登楼。今宵分付随潮梦，甚梦和、潮信都休。搔首处，白云江上悠悠。

浪淘沙 鹊桥晚步

霜月照愁清，天净云平。萧芦野水一重城。叶叶西风吹不尽，总是秋声。

迢递雁归程，华发频惊。乱山如梦泪纵横。长忆春塘联秀句，应是前生。

沁园春 将返济南，登兖城追悼先兄、先姊

放眼层城，白日西驰，浮云四徂。见渴虹饮涧，远连冈巘；废羊卧冢，乱点楸梧。笳吹腾天，市尘匝地，长旆烟中万马呼。时值练习兖军。分明是，早春时来路，渺渺愁余。

浮生何处良图，把廿载悲欢付一吁。叹谢塘梦冷，娶砧响绝；独弹湘瑟，空滥齐竽。碧落无情，青山有泪，归去谁怜雁

影孤。千秋恨，算秦碑鲁殿，一样榛芜。

又 戊寅中秋步鹊华桥，追悼先兄、先姊，泫然赋此

去岁中秋，记过此桥，悲风飒然。是中郎阿大，玉楼先赴；诸姑伯姊，锦札犹传。纵慰双鱼，已伤孤雁，何况婴砧又化烟。悠悠恨，恨天涯佳节，多事今年。

几家歌酒喧阗，簇波面纱灯放画船。怅彩衣怀饼，当时儿戏；广寒窃药，何处神仙。逝水东流，月华依旧，分照枫根两地眠。南飞鹊，问吾生何乐，泪断江天。

清平乐 院斋夜归

露香风细，水浸天如洗。一杵钟楼僧睡起，犬与乱蛙同吠。

行行松影横斜，隔松几曲渔家。引我明湖归梦，扁舟冷月芦花。

琵琶仙

荷雨送凉，秋冉冉至矣。卧病荒祠，买醉不得，谱此为长沙故人问。

穷巷苔荒，绿埋了、旧日香车行辙。颓壁斜照犹留，飞云互明灭。天宇阔、炊烟四远，送砧响、哀湍同咽。恨难消处，嘶蝉径断，飞雁书绝。

记冲雨、桃靥红娇，又满目、槐花糁黄雪。空笑衰颜借酒，被西风吹热。年少梦、江潭种柳，料尊前、玉笛能说。为问吟社风流，甚时重结？

长相思

锦筝调，可怜宵。梦转凉蟾上柳梢，隔墙莺语娇。
灯摇摇，漏迢迢。一剪春愁压枕高，旅魂何处招？

水调歌头　雨抵青驼驿，排闷题壁

万树罩村绿，孤骑去萧萧。黄沙吹日无影，短鬓逐风飘。多少艳晨佳夕，换了冷吟闲醉，独去走山椒。愁语漫题壁，无字亦魂销。

问张骞，呼邓禹，觅班超。封侯意气，几个青史姓名标？昨梦月明江上，旧日鹭朋鸥侣，招我狎秋潮。一笑拂衣去，飞雨起空霄。

凤凰台上忆吹箫

雨雨风风，朝朝暮暮，霏霏拂拂迢迢。又新秋近也，万树飘萧。故国烟波何处，走沧海、独挂诗瓢。愁看汝，垂丝柳碧，坠粉莲娇。

题桥，壮心尽矣，叹江夏声华，负了垂髫。尽金张满眼，驷马丰貂。千古王良竟死，一腔血、杯酒难消。悠悠者，吾谁与归？泪满江潮。

菩萨蛮　回文

碧潭寒雨吹苔石，石苔吹雨寒潭碧。萤过似飞星，星飞似过萤。

镜中愁短鬓，鬓短愁中镜。休梦一春游，游春一梦休。

寿楼春　庚辰初度感赋

哀吾生须臾。又华年锦瑟，波卷云徂。漫忆春风箫谱，软麈钿车。槐蚁梦，今何如。枉觅他、瀛洲蓬壶。剩愁逐年深，心随鬓短，沧海一萍孤。

仇花月，焚琴书。只千秋热血，和泪难枯。太息重泉兄姊，异乡妻孥。湘水远，田园芜。问甚时、扁舟归欤？但绳雨潇潇，凉催井梧啼晚乌。

百字令　红花埠见蒋幼瞻、绍由两同年题壁作，怅然书后

江东二蒋，记明湖载酒，共联吟社。法护僧弥人竞羡，爱我深情尤寡。弹指而今，一悲宿草，一困风尘下。题名犹在，可怜丝网尘挂。

我亦梦冷池塘，伤贫感逝，忽忽三年也。谁料冰天携幞被，重把故人诗写。万里饥驱，千秋怅望，往事提先怕。勉留鸿爪，

仰天泣数行下。

清平乐

日凄风冽，驼褐寒于铁。冻酒才温冰已结，一点离情终热。

昨宵斗帐珠帘，今朝土锉茅檐。自是车轮易转，教人错恨邮签。

满江红　订近年诗卷，自庚午讫庚辰，感赋（四首）

咄咄书空，廿六载、蕣华弹指。悔多事、关山载酒，捶床抵几。嫉俗如仇非尔福，赋情似海将谁死。梦蓉城、笙鹤话前生，分明是。

平原市，荆卿里。太行雪，黄河水。莽烟尘东北，流离迁徙。客子光阴诗度日，旧家门第堂生杞。仗行歌、冲破阵云黄，秋山紫。

驴背东蒙，话故里、桃花春涨。惭愧汝、草堂烟月，鹤啼猿怅。苦向风尘搔短鬓，共谁时世矜高唱。誓人踪灭处觅青山，诗魂葬。

青箱业，云烟荡。乌衣巷，榛芜长。积茫茫万感，笔花催放。我是无家刘子骥，仙源返棹声悲怆。问文章华国尔何人，非吾望。

梦里清歌，嗟此日、奈何谁诉。多谢汝、金荃锦瑟，替传幽素。千古灵均香草泪，一篇洛浦惊鸿赋。尽平生、哀怨托榛苓，人还妒。

杨意荐，冯唐遇。夏侯芥，长源芋。叹吾衰久矣，头颅轻负。作计宁辞山鬼笑，忏愁何必枯禅悟。检花笺、杯酒酹天涯，朝云墓。“负”字押“遇”韵，本《鲁灵光殿赋》。自记。

掷卷东溟，中有鬼、嘘灯而立。笑何物、枯毫偏解，搅人胸鬲。忽忽悠悠禅榻梦，嘻嘻出出名场剧。背空囊、策马望中原，悲风激。

星使过，缯和帛。将军出，筝和笛。使犬羊肆志，伊谁之责？南内虚传戎昱句，中朝竞献卢携策。泛扁舟、铁笛老江湖，垂纶客。

雨霖铃　使院夜雨，戏效两当轩体

崩崖走浪，千红万紫，一夕同葬。天公莫也痴绝，故倾泪眼，替人惆怅。不是零铃滴滴，在心坎儿上。闷拥着、孤枕单衾，旅梦何曾半丝放。

三间破屋渔舟样，笑随风、那得双桡荡。披衣两眼如漆，恨窗纸，不教天亮。蓦地捶床，惊起、栖乌哑哑南向。雨歇了、挨到鸡啼，依旧愁无恙。

金缕曲 答殳丈冬伯，即和原韵（二首）

满酌酴醿酒。问恒沙、夷生跖死，然乎否否。两字误人名与实，何物南箕北斗。拼饱啖、庾郎三九。画里溪山高卧看，梦烟霞何必园林守。君不语，一搔首。

眼前竹影龙蛇走。月明天、胡床吹笛，歌呼拍手。隐语芎䓖成一笑，谁解色丝辛受。多事者、杜鹃开口。桂偃淮南空自直，悔孤生不入蘗之丑。归去掩，读书牖。

春色浓于酒。唱江南、贺家词破，断肠知否。伊古才人甘失职，簉仕宁贪升斗。初志在、遁之上九。幸脱朝簪归未得，检青箱且付儿孙守。郇伯雨，遍黎首。

东西乌兔跳丸走。看浮云、苍黄满眼，覆翻双手。此地冠裳纷若鹜，达者疏家广受。君莫击、唾壶缺口。气结散金台畔路，莽繁花被谷迷妍丑。风浩浩，叶穿牖。

又 三、四叠前韵，答冬丈（二首）

吸尽巴陵酒。划君山、平铺湘水，解销愁否？昨夜雨凉今夜月，睡起自敲铜斗。词三复、中肠回九。满地榆钱难买醉，忍琴书破屋朝朝守。尘世事，履加首。

长涛万古东溟走。悲来乎、骑鲸有客，钓鳌无手。白发青衫公莫舞，才福谁能兼受。拼共听、秋琵溢口。不有少陵知宋玉，尽风流竞笑登墙丑。肝胆沥，夜开牖。

劝饮花间酒。花笑人、年年春好，人长健否？大抵王侯一丘土，莫问阿瞒阿斗。忆曾艺、幽兰畹九。采采空江风露冷，悄孤芳今夜何人守？悲远道，屡回首。

南冠不合东山走。莽纵横、藤枝刺眼，葵根伤手。忍把黄金虚牝掷，低唱浅斟生受。公为我、强开笑口。莫诵长江夸瘦岛，负明时贱士心知丑。虚室坐，白生牖。

点绛唇

愁雨送春，黯然怀抱。适冬丈见示新词，依韵立和二阕。时立夏前八日。

一枕春酲，背人燕子穿帘去。万千离绪，都付黄昏雨。

芳草江南，莫是春归处。冰弦语断肠金缕，留得春愁住。时以《金缕曲》词互相酬答。

落魄江湖，十年影事孤鸿去。酒怀琴绪，奈此空阶雨。

九陌莺花，回首嬉春处。风瓯语鬓丝缕缕，偏约茶烟住。

沁园春　柬冬白丈（一首）

枯坐山城，猿狖朝啼，鸺鹠夜呼。叹眼前珠履，鸡鸣狗盗；梦中蕉鹿，电转雷驱。北海饼师，宜城酒保，今日相逢君与吾。君何恨，看累累秋冢，扰扰云衢。

午传一纸奚奴，甚白发青衫万感俱。伴竹枝湘浦，千秋哀怨；羽声易水，一例悲吁。岱岳东横，黄流北注，汉晋风流今有无。推衣起，劝扶同今古，鲁酒聊沽。

带索行歌，凿穴逃名，浮生可嗟。算赋成鹦鹉，于人何与；绶拖青紫，于我何加。忌本非才，贫原有命，昏夜从他蜮射沙。中流柱，但益滋予愧，敢拜君嘉。来书有“中流砥柱”语。

书生结习非耶，笑斫地呼天念总差。彼南华玩世，物齐牛马；东方诫子，道寓龙蛇。仙尉吴门，钓徒笠泽，珍重伊人两岸葭。柴门外，问红尘赤日，钟鼎谁家。

金缕曲 立秋夕作

秋又瞒侬到。觅西风、依稀信在，水根烟杪。起看虚廊低月影，鸭脚一株斜靠。更万树、沉沉绿悄。不信蛩机犹未絮，早冰霜百感萦孤抱。今古恨，问谁晓。

南冠岂是逢时料。敞琼筵、十年空负，五陵年少。误喜衰颜经酒热，那得红如灯好。甚儿女、梦中呆笑。射虎雕龙心尽馁，谢荒鸡唤醒黄粱觉。随尹卜，逐严钓。

玉簟凉 （二首）

史邦卿“秋是愁乡”一阕，结响凄咽，运思精稳。客居逢秋，一再披诵，觉纸上秋与心上秋，萧飒竞响，蓊郁争盛，不复知是秋是愁也。选声效颦，亦成二阕，兼呈冬丈。

秋是愁心。自阮屐倦游，病与宵深。山城悲冷照，况乱雨敲砧。残蝉犹唱落叶，带苦雾、几树沉沉。空望远，渺碧溪青嶂，何处登临。

追寻。鹊桥饯夏，燕市买春，岂料断榻苔侵。吟尊无恙在，但薄醉孤斟。朱门弦管正急，算入听、不是焦琴。摇落恨，折柳枝、休种江浔。

秋是愁媒。渐斗帐夜寒，戍鼓晨哀。长歌挥短剑，奈满镜霜催。浮生多事杖策，莽大地、滟滪成堆。谁共语，积百年贫病，独自登台。

倾杯。鸥凫劝客，松菊笑人，何日故里归来。风云迷帝阙，甚倦眼轻抬。孤鸿天外戛响，莫此去、素羽先摧。窗底坐，又烛花、心泪同灰。

风入松　长至前一夕，友人招饮作

天涯杯酒故人同，春信隔宵通。轻寒不入藏钩手，重帘外、匝地霜风。楚调虚传欸乃，吴歌休忆玲珑。

女墙戍火一星红，归路月方中。寥寥吠犬沙头港，瞢腾梦、犹绕城东。谁睹旗亭远上，回头廿载飘蓬。

减兰　齐河题壁

拍天春涨，日暮渔人争集网。老病孤舟，对此茫茫我亦愁。

穷猿呼侣，肠断莲湖三日聚。指家虞甫叔、子谅兄。旧泪新抛，泻入黄流作海涛。

摸鱼儿

吾邑陈伯涛茂才，夙未谋面。千里辱词订交，依韵答之，兼题其词卷。

又垂杨、玉骢轻系，衫尘和酒争泫。客心已逐飞红冷，况读新词凄惋。春几片，甚除我、伤春尚有眉须展。吟愁快遣。讶楚箬吹香，湘筠颤粉，都向笔端幻。

莼鲈约，北马南船隔远。乡关梦里谁见。半生京洛看花泪，拼把牙琴弹断。江北雁，问何日、绳床话雨同津馆。霞天坐晚。待招子仙蓬，凌风一笛，目送海帆转。

满江红　（二首）

济南铁公祠，明湖第一胜境也，客济时，一再游眺。拟陈诗未果，至今歉焉。兹下第自都旋沂，道出齐河，遥望历城，烟树四合，恍焉有会，惄焉伤怀，率成二阕，即题店壁。时癸未四月下浣五日也。

燕子高飞，莽东北、岩城摧折。投袂起、公真不愧，肝肠如铁。痛哭王师金鼓变，笑谈虏骑旌旗裂。看悬牌、四面写高皇，思奇绝。

边境固，江防撤。平盛怯，齐黄拙。甚金川一启，金瓯竟缺。生有一身甘鼎镬，死犹二女完冰雪。到而今、济水抱城流，声呜咽。

佳日明湖，曾烂醉、尚书祠下。拜鸾殿、阴风惨淡，英姿如乍。企古敢忘忠孝性，嬉春偶逐鸡豚社。郁满腔、热血倘公知，何由洒。

柳阴密，渔蓑挂。兰桨荡，荷花亚。瀹寒泉荐菊，新联谁写。“一盏寒泉荐秋菊，三更画船穿藕花”，旧悬此联，不知谁氏集句，予深爱之。青史几人标伟节，芒鞋何处搜陈话。筑三间、茅屋傍祠居，归来也。

解连环　为亡儿传纶植碑墓上，时晬期过矣，清真体

一规圆月，借欧刀碎碾，乱苔冰裂。怆照眼、朱字模黏，绘花骨旧年，病余鹃血。细雨捎荷，又娇燕、入怀时节。料文窗绣葆，断冢纸衣，都化蝴蝶。

劳生鬓丝蘸雪，尽双雏索笑，看镜凄绝。苦说三世，金镮甚、紫府魂遥，梦见还怯。老泪西河，沁片石、千春难灭。漫伤心、古丘晋代，鼠狸共穴。

探春慢　寄怀南湖都门次韵

鸥聚圆沙，燕寻旧社，相逢不分犹活。畅好湖山，依然蓑笠，前梦休和蜡说。吟篋今存否？尽分付、东风鹃血。酒酣双舞龙泉，泪丝都化虹热。

君亦长安索米，频闷倚宫墙，吹笛凄咽。宦况薇垣，春心蓬鬓，负了卅年花月。冠盖京华满，漫捉麈、清谈霏屑。合借

蒲龛，空山坐看云裂。

蝶恋花 赴李家庄口占

远水荒寒秋宇黯。不是南征，休怆飞鸢跕。沙路一条明似剑，雨余又被溪流占。

茅屋三间何处店。酒薄茶浑，敌得新愁酽。揽鬓休惊游兴减，归欤料理黄花担。

踏莎行 题李家庄壁

野渡舟喧，荒街吏唤，提铃声逐更声乱。空桑三宿亦前缘，披衣暗惜秋华变。

唱晓黄鸡，催归白雁，西风织得愁成段。雨中一角马陵山，苍烟埋路无人见。

摸鱼儿 寄答陈伯涛武陵，再叠前韵

信人间、有兹同调，开缄斑竹犹泫。幽弦飒飒冰虬舞，并入檐铃悲惋。心一片，待吹作、寒涛南送秋帆展。吟排醉遣。尽梦醒天涯，缑山鹤老，谁勘六如幻？

文通赋，半世伤离忆远。多惭桑海三见。方诸忏尽枯蟾泪，怕只藕丝难断。鱼与雁，隔万里、飞沉何处忘忧馆。江空岁晚。又古驿梅开，一枝欲寄，风急雪花转。

石湖仙　寿冬白丈，用石帚寿石湖韵

琼霙飞浦。倚铜笛吹春，蓬海深处。筇竹未须扶，健芒鞋、探梅自去。天空鸾啸，任意外、偃师歌舞。谁与，卧白云、一醉千古。

相期素蟾流影，谱蘋洲、排笺叠句。时有词品之作。旧梦孤山，肯负鸣皋霜羽。煮石筹粮，曳霞分缕。仰吟冰柱。君不语，壶中即是仙府。

以上别集卷一《霜天雁唳》上

六州歌头

冬白丈以高唐从军玉照索题，时罢官郯邑，侨寓沂州，距图成三十年矣。

书生老矣，豪兴未全删。披图认，须眉在，尚桓桓。卅年前，记破黄巾贼，鱼丘北，犊河口，衣短后，手长剑，发危冠。谁信赋诗，横槊胸中，有百万兵蟠。莽孤城十里，废垒阵云寒。笑跨吟鞍，万人看。

又挥戈罢，牵丝去，潘花种，宓琴弹。匆匆甚，腰漫折，梦都阑，指蛮天。战舰连江黑，飞羽檄，走关山。问诸将，畴雪夜，斩楼兰。试展将军，猿臂雕弓劲，虎啸风酸。定中朝有诏，建钺起蓝田，再画凌烟。

摸鱼儿 奉答伯涛麓山，四、五叠前韵（二首）

黯吟魂、一灯楚雨，吹来天外红泫。异乡愁听鹃声苦，奈此蕙凄兰惋。帆挂片，待寻汝、衡云深处绳床展。幽忧尽遣。共醉墨题襟，凉弦横几，摆脱大千幻。

山城暝，几度登楼望远。三年未死须见。沉香好赋清平句，记取沟中之断。谁弋雁，避矰缴、飘零敢近金张馆。流晖坐晚。但药臼蒲龛，茶烟扬久，心逐法华转。

古蟾青、照愁一发，山横螺影如泫。中原形胜分明在，几处夷歌悲惋。心碎片，看半壁、西南猎猎降幡展。凭君善遣。问讥世王符，忧时贾谊，宁制偃师幻。

南窗卧，去我羲皇已远。榛苓采采谁见？梦华误谱东京录，枯泪吟鞭同断。中泽雁，甚等是、年来粱稻筹空馆。休嗟遇晚。算豹尾承明，有人画诺，衣惹御烟转。

满江红 梦中作，用石帚泛巢湖韵

孤屿长空，障不尽、沧海急澜。新亭泪、更何人洒，今日河山。白雉依然周正朔，黑貂谁改汉衣冠。甚怪鸮、中夜啄金瓯，成破环。

升虚望，横槊看。益州北，郁林南。尽虎貔星列，百二雄关。千古和戎师魏绛，几人奸命恕祁瞒。但彻侯、箫鼓宴中流，斜照间。

西江月　回文，题画（二首）

两两飞鸥近客，苍苍冷岫横塘。柳香浮出月昏黄，醉倚高楼远望。

网集齐排港曲，榔鸣暗动波长。水梁虹落梦湖湘，去雁催人桨荡。

荡桨人催雁去，湘湖梦落虹梁。水长波动暗鸣榔，曲港排齐集网。

望远楼高倚醉，黄昏月出浮香。柳塘横岫冷苍苍，客近鸥飞两两。

虞美人　回文，秋闺（二首）

秋窗夜雨催梧井，断梦羞鸳锦。卧愁肌玉瘦同烟，早又柳销烟尽误芳年。

熏炉试焙新香暖，绝恨分钗燕。却抛菱镜懒描蛾，怪底雁飞孤唤爱情多。

多情爱唤孤飞雁，底怪蛾描懒。镜菱抛却燕钗分，恨绝暖香新焙试炉熏。

年芳误尽烟销柳，又早烟同瘦。玉肌愁卧锦鸳羞，梦断井梧催雨夜窗秋。

长相思　回文，本意（二首）

丝柳垂，三两枝。一笛霜清月冷时，夜长知不知。
诗寄谁，归雁迟。悔梦游春却误期，死生悲别离。

离别悲，生死期。误却春游梦悔迟，雁归谁寄诗。
知不知，长夜时。冷月清霜笛一枝，两三垂柳丝。

南乡子　回文，感旧（二首）

休梦锦筝挡，罢酒钩帘照女牛。深夜记曾留滞苦，悠悠，睡醒流云晚尽不。

俦寡独寻幽，叶落沟荒暮岁愁。人似燕飞游倦未，飕飕，发短秋高怯上楼。

楼上怯高秋，短发飕飕未倦游。飞燕似人愁岁暮，荒沟，落叶幽寻独寡俦。

不尽晚云流，醒睡悠悠苦滞留。曾记夜深牛女照，帘钩，酒罢挡筝锦梦休。

菩萨蛮　回文（二首）

霜林半醉秋窗晓，坐愁人剔灯华悄。悄忆独成痴，心猜雁过迟。

书来空梦远，江似回肠断。香炉鹊尾焦，弹泪蘸红绡。

绡红蘸泪弹焦尾，鹊炉香断肠回似。江远梦空来，书迟过雁猜。

心痴成独忆，悄悄华灯剔。人愁坐晓窗，秋醉半林霜。

摸鱼儿　答伯涛，六叠前韵

镇无人、露阶蛩夜，苔须新绿微泫。天涯冷泛湘灵瑟，调入西风尤惋。荷碎片，问采采、空江心苦何由展。秋怀善遣。有旧谱蘋洲，钗头茗熟，迟汝勘真幻。拙词集唐，有《幻茶谱》四卷。

乌头誓，不是归期爱远。桃花怕也羞见。逢君谁料他乡月，看到大行陉断。上林雁，祝万里、穿云稳集蜚廉馆。园菘撷晚。定诗味参余，春灯试后，同听驿铃转。时萃科获隽，握手春明，知不远矣。

戚氏　友人寄东海垂钓图索题

四山秋，鱼龙高浪蹴空浮。树古崖悬，石枯天老，冷飕飕。扁舟，为谁留，渔儿鼓枻发齐讴。其间有客危坐，滃然云气半身兜。青笠编箬，紫鳞穿柳，一尊醉傲王侯。叹钓璜杳矣，千古东海，谁话风流。

君笑，曰我何求。双鲤远道，乡思满之罘。披图看，人烟蛟蜃，仙峤蜉蝣。旧吟俦，当日结屋，山幽丛桂，知待人不。

依然稻蟹，大好莼鲈，偕子把袂归休。

感此伤心极，飘零古意，浩荡羁愁。三载兰陵酒酽，甚相逢海客说瀛洲。即今泛斗槎遥，凌云笔健，多少屠龙手，时秋试甫竣。莫鬓丝苦为桃花瘦，定此去、碧玉竿投。只仲宣、万里登楼。枉呼他精卫觅菟裘。出门长啸，江湖满地，我是沙鸥。

金缕曲 题黄仲则先生两当轩集，用集中赠剑潭韵

白眼青天放。百年来、仙才旷世，几人相望。天与奇穷供彩笔，未许赵袁同量。惹后死、无端忻怅。荷锸从君应许我，吸长江渴傍青莲葬。君不应，茗烟荡。

昨宵召我琼楼上。笑鲰生、何堪僭说，酒怀诗况。虚牝掷金缘底事，矧汝客游多恙。语未毕、梦回萧巷。不恨菲材终濩落，恨生迟未侍扶风帐。投卷起，怒霆响。

念奴娇 丙戌春闱，题号舍壁

一方蜂穴，是天然凿就，骚人愁堑。多谢楼钟春有信，约准三年来暂。花样新文，水般旧泪，何补前生欠。云梯好在，祖鞭知是谁占。

当日纵酒旗亭，联诗石鼎，险破群儿胆。回首鸰原秋草合，剩我无家张俭。月暗幽州，云凄碣石，一例名心淡。高歌投笔，烛龙怒吐奇焰。

又　叠前题壁韵，闱中作

月应有恨，照穷檐不到，一条如堑。油幕糠灯成信宿，风外冷魂飞暂。世本相遗，文将安用，惜也商量欠。浮家甚处，鹊巢都被鸠占。

多少衮衮清才，万言今夕，各放人天胆。起拾榆钱挑烛看，笑煞客中春俭。湘水云和，江城梅笛，再鼓尘襟淡。金鸡赦否，金乌煜霅流焰。日出始开号门，故云。

水调歌头　丙戌中秋

雁背负秋色，飞过楚天遥。持杯试问明月，千古几今宵。一片空明世界，沃我肝肠如雪，无地着尘嚣。径欲御风去，高唱白云谣。

琐窗寂，更鼓歇，篆香消。古人不见谁与，携袖踏琼瑶。月到明年依旧，人到明年何处，圆缺两魂销。万事付沉醉，呼月弄江潮。

齐天乐　集兰亭文

日内每有觞咏之会，无终作者。初为《永遇乐》一曲，怀人感事，亦陈短言。既托于有述之列，期时贤或同作云时哉。生合弦后九日。

古人不作今人在，亭林及时犹盛。俯竹欣然，仰天畅若，曲室湍流相映。游观寄兴。托春暮诸贤，亦能曾咏。(揽)[览]昔兴怀，万山齐向坐间骋。

永和修禊已矣，又文殊初地，幽趣无尽。录录虽嗟，云云岂倦，老带稽弦同品。长言短引。有觞管娱情，水风生听。可得年年，一丝清气领。

曲游春 同右

永日诸天静，抱短亭一带，林竹相次。地足清游，况引觞集咏，不殊春禊。乐事初无既。也修得、盛时良会。叙兰因、曲舍风和，揽尽坐间山气。

向此兴怀万类。仰管乐当年，曾左今世。少岂能文，又随流观化，老之将至。浪迹人知未。每自感、有生虚寄。听取弦外幽湍，古情若水。

少年游 次日又集，慨然有作

清和世宙故人天，流水遇期弦。癸丑风流，觞游情趣，未信异当年。

古亭曲足相将坐，兰气有无间。静者陈群，怀哉与可，陈伯严贡士、文芸阁孝廉，客春在都，文燕几无虚日，今天各一方矣。同集不其山。

六州歌头 用于湖韵。乙未

书生报国，无命作西平。华胥梦，人空老，暗吞声，暮烟凝。南睇鲲身远，祖宗地，衣冠族，忍轻弃，同瓯脱，付羶腥。见说义旗，高揭冲霄志，愤起田横。誓楼船铁骑，迅扫彗星明，风劲弓鸣，犬羊惊。

甚玄黄战，丹青业，天长醉，事难成。攘狄管，安刘勃，尽凋零，念陪京。遗鼎桥山在，听风鹤，遍胡兵，括膏血，资强寇，太无情。依旧平章斗蟀，上方剑、折槛谁旌。剩孤臣有泪，万死奋滂膺，何补天倾！

水龙吟 送杨喆甫同年自戎部改官，试令江左

古台哀筑歌沉，无端更折江南柳。惊沙荡日，孤帆卷雨，草薰时候。宦味乡愁，掉头千里，甘心五斗。算除他铜狄，谁知此恨，苍山老，青天瘦。

几日西园载酒，黯吟魂、绿阴如绣。干霄一剑，冶城此去，故人知否。负了平戎，洛阳才调，朔方身手。但金焦北固，年年醉眼，看神州九。

金缕曲 再赠喆甫

去矣江天晓。梦来年、香炉画省，寺钟催觉。不是莼鲈秋早客，莫问租船同调。便腰折、垂杨休笑。板荡乾坤双绿鬓，

觅封侯何似牵丝好。君自有，活民草。

故乡一水云山绕。恣佳晨、潘舆无恙，思归成操。共有春晖难报答，索米长安先老。拼独听、上东门啸。六代降幡弹指顷，送君行又换哀时稿。千古泪，几斜照。

沁园春　题程子大通守横览图

横览九州，地坼天倾，君乎曷归？甚沧洲一笛，培风背稳，扶桑劫换，再浴咸池。白眼高歌，风尘莽莽，谁见长戈白日挥？书生笔，叹燕铭未勒，两鬓先丝。

披图吴楚燕齐，笑我亦曾经劳燕飞。只花田珠海，吟魂未到，楼船下濑，寤寐逢之。如此江山，金瓯瓦裂，典午清谈一样悲。君休矣，买罗浮招我，捉蝶忘饥。

金缕曲　成子蕃侍御以词赠别，赋答次韵。己亥

烂醉莺花薮。三十年、东京北梦，咬春燕九。老窃诗名元共白，那得駏蛩相守。感珍意、新词盈袖。知我庐山真面在，笑文章华国今何有。抛彩笔，唱铜斗。

相逢思曼灵和柳。恣风流、侯轻万户，诗挥千首。上界何心怜下走，甘拜八驺尘后。江水碧、一帆挥手。此去浔阳商妇泪，诉天涯憔悴君知否？今古恨，付杯酒。

以上别集卷二《霜天雁唳》下

玉楼春　自题（四首）

闲搜好句题红叶，独坐高楼此时节。十年多难不还乡，万里悲秋长作客。

吟诗一夜东方白，敲缺唾壶眠不得。居人共住武陵源，谁与王昌报消息。

闲搜，齐己。独坐，刘沧。十年，戎昱。万里，杜甫。吟诗，李贺。敲缺，成廷珪。居人，王维。谁与，李商隐。

舌存耻作穷途哭，美酒一杯声一曲。不知何处吊湘君，料得也应怜宋玉。

到家须及东篱菊，楚岸有花花绕屋。故乡七十五长亭，岭树重遮千里目。

舌存，杜甫。美酒，李颀。不知，李白。料得，李商隐。到家，韦应物。楚岸，温庭筠。故乡，杜牧。岭树，刘禹锡。

蓬莱殿后花如锦，多少去年今日恨。欲题风韵愧凡才，却要因循添逸兴。

陈词今见唐风盛，碎锦联珠复辉映。梦为蝴蝶也寻花，世事浮云何足问。

蓬莱，唐彦谦。多少，崔鲁。欲题，杨巨源。却要，韩偓。陈词，羊士谔。碎锦，钱起。梦为，鱼玄机。世事，王维。

江州司马平安否？堪叹行人不回首。一生闲坐爱伤神，到处因循缘嗜酒。

青袍白马复何有，今日垂杨生左肘。枉抛心力作词人，酿得百花成蜜后。

江州，杨巨源。堪叹，贯休。一生，罗虬。到处，韦庄。青袍，杜甫。今日，王维。枉抛，李商隐。酿得，罗隐。

苍梧谣　暮春乡思

花，且尽芳尊恋物华。长思忆，楚国在天涯。

花，张籍。且尽，杜甫。长思，韩偓。楚国，温庭筠。

摘得新

二月时，花开满故枝。春风狂似虎，忽分飞。蝶衔红蕊蜂衔粉，欲安归。

二月，鲍防。花开，杜甫。春风，韩偓。忽分，王维。蝶衔，李商隐。欲安，李白。

望江南　月夕

明月夜，台榭发清晖。苦恨交亲多契阔，卷帘巢燕羡双飞，相见语依依。

明月，白居易。台榭，郑谷。苦恨，李中。卷帘，罗邺。相见，王维。

桂殿秋 饮张兴诗宅观菊

四豪客，五辛盘，霜天留饮故情欢。闲停茶碗从容语，却绕珍丛烂漫看。

四豪，张荐。五辛，李萼。霜天，王昌龄。闲停，白居易。却绕，吴越人。

捣练子

春已暮，日迟迟，君问归期未有期。且醉尊前休怅望，一生年少几多时。

春已，刘禹锡。日迟，和凝。君问，李商隐。且醉，鱼玄机。一生，杜荀鹤。

又 题画

红灼灼，碧丛丛，多少楼台烟雨中。正是江南好风景，自怜羁客尚飘蓬。

红灼，卢鸿。碧丛，李贺。多少，杜牧。正是，杜甫。自怜，温庭筠。

南乡子 上巳

上巳芳辰，天涯方叹异乡身。景物登临闲始见，花片，远路应悲春畹晚。

上巳，陈子昂。天涯，韦庄。景物，杜牧。花片，张南史。远路，李商隐。

法驾导引 劝酒词

劝君酒，劝君酒，满酌不须辞。流水断桥芳草路，春风细雨落花时，别后会难期。

劝君，王昌龄。劝君，张生妻。满酌，于武陵。流水，牟融。春风，李白。别后，沈庭瑞。

一叶落 湖上

湖水上，恣仙赏，笑筵歌席反惆怅。引竿自刺船，都门遥相望。遥相望，淼淼寒流广。

湖水，李白。恣仙，上官昭容。笑筵，杜牧。引竿，元结。都门，韦应物。遥相，刘长卿。淼淼，王维。

忆王孙

粉墙回互瓦参差，白鸟闲栖庭树枝，寂寂珠帘生网丝。暗相思，正是去年今日时。

粉墙，温庭筠。白鸟，杨臣源。寂寂，李白。暗相，白居易。正是，韦庄。

又 过旧宅感赋

眼前珠翠与心违，院里长条风乍稀，惟有年年秋雁飞。染罗衣，来岁如今归未归？

眼前，崔道融。院里，杜甫。惟有，李峤。染罗，李贺。来岁，杜甫。

又 泛明湖

池塘经雨更苍苍，水鸟带波飞夕阳，影落明湖青黛光。拂罗裳，一片野风莲萼香。

池塘，温庭筠。水鸟，朱庆余。影落，李白。拂罗，阎朝隐。一片，韦庄。

又 驿路闻歌

一渠春水赤栏桥，山郭月明砧杵遥，为有云屏无限娇。马萧萧，索映垂杨听洞箫。

一渠，温庭筠。山郭，韦庄。为有，杜牧。马萧，杜甫。索映，徐铉。

又 闺夜

彩鸾帘额着霜痕，翠幕兰堂苏合熏，鱼钥兽镮斜掩门。郁氛氲，薇帐逗烟香雾昏。

彩鸾，李贺。翠幕，张说。鱼钥，赵光远。郁氛，李舒。薇帐，李贺。

风流子　喜客至

危石才通鸟道，万里三湘客到。游鲁馆，对芳尊，花落家僮未扫。落早，看好，乍逐东西倾倒。

危石，刘长卿。万里，王建。游鲁，上官昭容。对芳，韦应物。花落，王维。落早，张籍。看好，张南史。乍逐，同上。

相见欢　本意

槐花点散罘罳，雨微微。且愿相留欢洽、永相随。

饮君酒，酒酣后。舞罗衣，慎莫愁思憔悴、损容辉。

槐花，陈元初。雨微，张泌。且愿，张籍。永相，李康成。饮君，李白。酒酣，白居易。舞罗，李白。慎莫，王维。

长相思

风为裳，水为乡。平碧浅春生绿塘，名园花草香。

鸣笙簧，殊未央。笑倚东窗白玉床，高楼月似霜。

风为，李贺。水为，鲍防。平碧，温庭筠。名园，杜甫。鸣笙，张籍。殊未，王勃。笑倚，李白。高楼，王维。

又

金叵罗，听君歌。镜水无风也自波，莺声细雨和。

别时多，争奈何。菱刺惹衣攒黛蛾，流年一掷梭。

金叵，李白。听君，同上。镜水，贺知章。莺声，耿湋。别时，顾况。争奈，薛逢。菱刺，温庭筠。流年，蓝采和。

又　感旧

花婵娟，竹婵娟。早是伤春梦雨天，空庭织碎烟。

来长安，忆长安。曾发箫声水槛前，从今又几年？

花婵，孟郊。竹婵，同上。早是，韦庄。空庭，李白。来长，卢仝。忆长，严维。曾发，李商隐。从今，刘长卿。

又　晚渡

松森森，槐阴阴。野渡无人舟自横，渔歌入浦深。

秋江平，秋月明。一片闲云万里心，乘凉探暮程。

松森，贯休。槐阴，王维。野渡，韦应物。渔歌，王维。秋江，权德舆。秋月，李白。一片，李远。乘凉，李频。

又

车骈骈，骑连连。山驿空蒙雨似烟，远峰明夕川。

月婵娟，映秋天。楚客相思益渺然，南行路几千。

车骈，卢仝。骑连，王维。山驿，武元衡。远峰，韦应物。月婵，孟郊。映秋，任华。楚客，刘禹锡。南行，钱起。

调笑令 西施

西施漫道浣春纱，罗帏送上七香车。吴歌楚舞欢未毕，孤城高柳鸣晓鸦。静中楼阁春深雨，萧萧梦断无寻处。琴尊安稳五湖船，桃花解笑莺能语。

能语，越溪女。细水浮花归别浦。静中楼阁春深雨，出入千门万户。春风不肯停仙驭，吴苑燕辞人去。

西施。万齐楚。罗帏，王维。吴歌，李白。孤城，张祜。静中，韩偓。萧萧，张泌。琴尊，赵嘏。桃花，元稹。

能语，刘禹锡。越溪，李颀。细水，韩偓。静中，同上。出入，王维。春风，张继。吴苑，刘禹锡。

春光好 春尽日，独游湖上

烟幂幂，雨离离，落花飞。春水引将客梦，送春归。

骏马金鞍无数，槐阴柳色通逵。犹有渔人几家住，绿蓑衣。

烟幂，和凝。雨离，温庭筠。落花，王勃。春水，李中。送春，白居易。骏马，杜奕。槐阴，严维。犹有，张泌。绿蓑，张志和。

点绛唇

芳褉春余，花时何处偏相忆。我行自北，马上逢寒食。

月正中央，逐客无消息。天涯谪，山川异域，鸟与浮云没。

芳褉，崔知贤。花时，元稹。我行，顾况。马上，沈佺期。月正，裴潾。逐客，杜甫。天涯，权德舆。山川，长屋。鸟与，刘长卿。

浣溪纱

雨歇杨林东渡头，孤鸿落日一扁舟，楚云湘水忆同游。

枫叶荻花秋瑟瑟，浴凫飞鹭晚悠悠，长安不见使人愁。

雨歇，常建。孤鸿，贾至。楚云，许浑。枫叶，白居易。浴凫，杜甫。长安，李白。

又

细雨春风忆往年，樱桃树下后堂前，玉杯斟处彩霞鲜。

欲上香车俱脉脉，可堪芳草更芊芊，坐来虽近远于天。

细雨，唐彦谦。樱桃，白居易。玉杯，刘真。欲上，温庭筠。可堪，韦庄。坐来，吴融。

又

糁径杨花铺白毡，隔墙榆荚撒青钱，踏青争绕绿潭边。

翠袖自随回雪转，舞衣新绣晓霞鲜，含情迟伫怨韶年。

糁径，杜甫。隔墙，白居易。踏青，万齐融。翠袖，李商隐。舞衣，刘兼。含情，王翰。

又 即事

兰蕙芬馨见玉姿，含嚬不语坐支颐，相偎相倚看人时。

闲凭玉阑思旧事，缓遮檀口唱新词，此情惟有李君知。

兰蕙，郑谷。含嚬，温庭筠。相偎，李郢。闲凭，卢汝弼。缓遮，张祜。此情，白居易。

又

偶向东湖更向东，上方看竹与僧同，心持半偈万缘空。

寒树依微远山外，香灯寂寞网尘中，楚云沧海思无穷。

偶向，刘威。上方，赵嘏。心持，郎士元。寒树，韦应物。香灯，李绅。楚云，韦应物。

又 长至

塞上风云接地阴，西城万里动寒砧，水晶帘箔冷沉沉。

十一月中长至夜，二千里外故人心，所思不见杳难寻。

塞上，杜甫。西城，刘长卿。水晶，曹唐。十一，白居易。二千，同上。所思，徐铉。

又　旅恨

絮扑纱窗燕拂檐，别家三度见新蟾，病容愁思苦相兼。

侯印不闻封李广，彩毫何必梦江淹，不知辛苦为谁甜。

絮扑，白居易。别家，韦庄。病容，陆龟蒙。侯印，温庭筠。彩毫，刘谦。不知，罗隐。

又　春思

穿竹微吟石径斜，碧池新涨浴娇鸦，东风满地是梨花。

万里关河成传舍，故山云树隔天涯，可怜春半不还家。

穿竹，方干。碧池，杜牧。东风，刘兼。万里，殷尧藩。故山，吴商皓。可怜，张若虚。

又　忆别

上客陪游酒半酣，都门杨柳正毵毵，当时秋思已难堪。

昨夜月明浑似水，因思往事却成憨，杏花时节在江南。

上客，牟融。都门，韦应物。当时，白居易。昨夜，韦庄。因思，吕岩。杏花，杜牧。

霜天晓角

莺和蝶到，春入池亭好。池北池南草绿，脱吾帽、向君笑。

扰扰愧商皓，闲云无定貌。惆怅青山渌水，我何意、见时少。

莺和，张南史。春入，姚合。池北，王建。脱吾，李白。向君，同上。扰扰，五字，陈陶。闲云，温庭筠。惆怅，韩翃。我何，韩愈。见时，顾况。

又 雨登晏公台，平韵

垂雨蒙蒙，万家云气中。绿倒红飘欲尽，观瀑布、上虚空。

清风生古松，深山何处钟。安得一招琴酒，沧海上、舞蛟龙。

垂雨，元结。万家，杜甫。绿倒，陆龟蒙。观瀑，任华。上虚，张南史。清风，五字，李中。深山，王维。安得，李中。沧海，令狐楚。舞蛟，李贺。

减兰 题庭竹

龙腾凤翥，满地白云关不住。逸少庭前，枕簟清凉八月天。

临池似玉，闲对数竿心自足。明月清风，四郭青山处处同。

龙腾，潘述。满地，戴叔伦。逸少，高球。枕簟，白居易。临池，韦式。闲对，张南史。明月，夷陵女郎。四郭，戴叔伦。

又 荷塘

荷塘倚扇，万叠水纹罗乍展。习习凉风，可爱深红间浅红。

浮湍戏渚，笑隔荷花共人语。泛泛登陂，换取金尊白玉卮。

荷塘，李贺。万叠，刘兼。习习，萧颖士。可爱，杜甫。浮湍，萧颖士。笑隔，李白。泛泛，王维。换取，白居易。

又　题香屑集

披香立雪，言语巧偷鹦鹉舌。众象参罗，更奏新声白玉歌。风流寡对，诗价已高犹失意。自足怡情，多少鱼笺写得成。

披香，贯休。言语，元稹。众象，郑符。更奏，权德舆。风流，汤衡。诗价，张籍。自足，上官昭容。多少，刘兼。

巫山一段云　山行

绿树村边合，清泉石上流。一双鸂鶒共沉浮，歇马上津楼。山店云迎客，沧江雁送秋。楚天凉雨在孤舟，何日复同游？

绿树，孟浩然。清泉，王维。一双，杜甫。歇马，崔颢。山店，岑参。沧江，戴叔伦。楚天，李端。何日，张谓。

又　冬日登晏公台

霜树笼烟直，边声杂吹哀。百年多病独登台，旷望几悠哉。闻唱梅花落，空悲蕙草摧。廊深阁迥此徘徊，何日复归来？

霜树，张说。边声，骆宾王。百年，杜甫。旷望，李峤。闻唱，孙逖。空悲，李白。廊深，李商隐。何日，宋之问。

菩萨蛮

小园新种樱桃树，晚窗时有流莺语。春事一朝归，风花高下飞。

画眉犹未了，辗转伤怀抱。谁见绮罗情？孤灯照雨声。

小园，白居易。晚窗，张泌。春事，王勃。风花，杜甫。画眉，崔颢。辗转，孟云卿。谁见，王勃。孤灯，李益。

又　晚泊见柳

看春又过清明节，晚来风起花如雪。花与思俱新，孤舟云外人。

近来攀折苦，野水平桥路。总是玉关情，春禽杂橹声。

看春，窦常。晚来，白居易。花与，韩愈。孤舟，张祜。近来，王之涣。野水，杜甫。总是，李白。春禽，张蠙。

卜算子

暮雨正霏霏，藓径人稀到。昨夜风开露井桃，绿树闻啼鸟。

拭翠敛蛾眉，何处春深好。独背寒灯枕手眠，片月临阶早。

暮雨，鱼玄机。藓径，姚合。昨夜，王昌龄。绿树，李白。拭翠，任氏。何处，白居易。独背，李商隐。片月，钱起。

又

花鸟自参差，草色行人远。独上江楼思悄然，晚景千峰乱。妆罢暂徘徊，风带舒还卷。双宿双飞过一生，不及红檐燕。

花鸟，唐太宗。草色，武元衡。独上，赵嘏。晚景，刘长卿。妆罢，徐妃。风带，谢偃。双宿，无名氏。不及，王维。

又 宿山寺咏灯

花笑不关春，烟绿难盈笼。风打虚窗佛幌开，诗思犹孤耸。寒柝捣乡愁，啼鸟惊残梦。应照离人妆镜台，十月清霜重。

花笑，袁恕己。烟绿，齐己。风打，徐夤。诗思，孟郊。寒柝，岑参。啼鸟，杜审言。应照，张若虚。十月，杜甫。

又 咏柳

一树碧无情，拂水斜纹乱。二月春风似剪刀，蓄意多添线。肠断阿谁知，夕照临孤馆。系得东西南北人，天畔登楼眼。

一树，李商隐。拂水，同上。二月，刘禹锡。蓄意，开元宫人。肠断，薛蕴。夕照，马戴。系得，崔道融。天畔，杜甫。

又 另一体

闲吟短李诗，来饮摅公酒。花落猿啼又一年，欢笑情如旧。

玉轸临风奏，此日空搔首。摵摵凄凄叶叶同，君不见、门前柳。

闲吟，白居易。来饮，栾清。花落，赵嘏。欢笑，韦应物。玉轸，卢照邻。此日，白居易。摵摵，吴融。君不，贺兰进明。

好事近

旧好隔良缘，望尽青山独立。身世都如梦役，共谁争岁月？

白云一片去悠悠，远树带行客。江上年年春早，忍放花如雪。

旧好，李商隐。望尽，卢纶。身世，李中。共谁，杜牧。白云，张若虚。远树，王维。江上，皇甫冉。忍放，李商隐。

又 宫怨

永夜月同孤，莫待关山晓没。纵有一庭萱草，无复人游历。

玉楼天半起笙歌，远近看春色。谁见长门深锁，落尽花时节。

永夜，杜甫。莫待，张南史。纵有，李中。无复，白居易。玉楼，顾况。远近，储光羲。谁见，李中。落尽，韩偓。

又

纨扇思何长，半落铜台月晓。红袖不干谁会，杜鹃花与鸟。

君恩似水向东流，弃置竟何道。霜叶无风自落，树将人共老。

纨扇，崔萱。半落，李中。红袖，韩偓。杜鹃，成彦雄。君恩，李商隐。弃置，崔莺莺。霜叶，卢纶。树将，汤悦。

忆秦娥 送鸿轩赴都门

使君去，据鞍遥指长安路。长安路，珠宫宝殿，歌莺响树。

侵阶草色连朝雨，愁人昨夜相思苦。相思苦，群山无影，虚堂泣曙。

使君，王维。据鞍，李九龄。长安，朱湾。珠宫，张绍。歌莺，韩仲宣。侵阶，来鹏。愁人，钱起。相思，王勃。群山，裴濂。虚堂，罗隐。

又

旗亭客，倾城比态芳菲节。芳菲节，有瑶者玉，始逢南陌。

春桥欲醉攀花别，传情写念长无极。长无极，登车上马，岫环如壁。

旗亭，权德舆。倾城，上官仪。芳菲，柳氏。有瑶，元希声。始逢，刘禹锡。春桥，张籍。传情，十字，李康成。登车，王维。岫环，裴濂。

又 戏兴诗，平韵

兴诗家，下阶自折樱桃花。樱桃花，花飘粉蝶，日隐轻霞。

青楼珠箔天之涯，乘风纵体登鸾车。登鸾车，移轮不歇，岸拥平沙。

兴诗，张籍。下阶，李贺。樱桃，元稹。花飘，崔知贤。日隐，王维。青楼，卢仝。乘风，十字，李白。移轮，张南史。岸拥，韩仲宣。

又

星参差，银宫翠岛烟霏霏。烟霏霏，良辰旨酒，尊饯相依。

芙蓉叶落秋兰离，为君起唱长相思。长相思，浮云之积，山鸟群飞。

星参，刘方平。银宫，吕温。烟霏，张泌。良辰，萧颖士。尊饯，元希声。芙蓉，李贺。为君，同上。长相，李白。浮云，皎然。山鸟，王维。

又

思绵绵，世间好物难留连。难留连，丝缠露泣，柳弱风牵。

卷帷望月空长叹，中宵寂寞心凄然。心凄然，河阳县远，何处云天?

思绵，卢仝。世间，十字，白居易。丝缠，韩偓。柳弱，高球。卷帷，李白。中宵，十字，卢仝。河阳，韩偓。何处，皇甫松。

又

风泠泠，梦中醉卧巫山云。巫山云，花张锦织，罗袖初熏。

依微香雨青氤氲，白云处处长随君。长随君，中途不进，萧飒松声。

风泠，张泌。梦中，卢仝。巫山，梁琼。花张，鲍溶。罗袖，王勃。依微，李贺。白云，十字，李白。中途，白居易。萧飒，上官昭容。

喜迁莺

三月尽，草青时，花剩两三枝。去年花下把金卮，多少断肠思。

步琼筵，歌渌水，梅雨散如丝。家风第一右丞诗，昨与故人期。

三月，六字，韩偓。花剩，颜令宾。去年，吴融。多少，崔鲁。步琼，杨衡。歌渌，陈子昂。梅雨，李端。家风，王韫秀。昨与，钱起。

更漏子 别筵

琉璃钟，珊瑚席，瓜步寒潮送客。人寂寞，水澄泓，月凉烟树轻。

乌与兔，悠悠去，薄暮欲栖何处。酒既醉，马如飞，秋风游子衣。

琉璃，李贺。珊瑚，顾况。瓜步，李嘉祐。人寂，韩偓。水澄，顾况。月凉，张祜。乌与，颜真卿。悠悠，韩愈。薄暮，李中。酒既，陈子昂。马如，李贺。秋风，孟郊。

又　泾州

草如茵，花似霰，绣毂金鞍无限。穆天子，霍嫖姚，英魂此地销。

江上春，闲中好，山色东西多少。李供奉，刘伯伦，招寻独有君。

草如，李贺。花似，权德舆。绣毂，陈元初。穆天，李贺。霍嫖，贯休。英魂，贯彦璋。江上，李贺。闲中，郑符。山色，皇甫冉。李供，顾况。刘伯，布燮。招寻，杜审言。

又　别怨

越溪莲，章台柳，剩肯年年归否？掩妾泪，听君歌，江湖秋水多。

吟塞笛，秋色白，楼上新妆待月。夜复夜，送行人，思量谁与邻。

越溪，李颀。章台，韩翃。剩肯，杜牧。掩妾，李白。听君，白居易。江湖，杜甫。吟塞，李建勋。秋色，李贺。楼上，鱼玄机。夜复，韩愈。送行，顾况。思量，卢延让。

朝中措　题秋江惜别图

锦帆风起浪花飘，客思已萧条。二十四岩天上，酒旗竿倚河桥。

青峰之外，空林之下，大醉陶陶。迟美人兮不见，空余泪滴寒潮。

锦帆，朱庆余。客思，赵璜。二十，王贞白。酒旗，陆龟蒙。青峰，皇甫冉。空林，修雅。大醉，韩偓。迟美，陈子昂。空余，刘长卿。

眼儿媚 花朝排闷

出门多少看花人，走马雪翻尘。未淹欢趣，土阶苔绿，翠渚萍新。

何当归去重携手，别是一家春。有书有酒，于田于里，松桂为邻。

出门，杜牧。走马，司空曙。未淹，高球。土阶，贯休。翠渚，陈子昂。何当，谭用之。别是，王勃。有书，白居易。于田，萧颖士。松桂，上官昭容。

柳梢青 游城西李家园

五亩之园，暮春嘉月，君子游焉。远近凉飔，河堤草变，岩岫霞鲜。

又听黄鸟绵蛮，鸣相逐、长林野烟。积水深沉，浮云卷霭，会有神仙。

五亩，白居易。暮春，陈子昂。君子，萧颖士。远近，宋华。河堤，高球。岩岫，张绍。又听，李中。鸣相，刘长卿。长林，皇甫冉。积水，卢纶。浮云，卢照邻。会有，张绍。

太常引　对竹，有怀故乡

初闻征雁已无蝉，竹院就凉眠。挥手拂云烟，满芳沼、翛翛碧鲜。

三湘清彻，孤标爽迈，宁不羡归田。此会在何年？目眇眇、河流晓天。

初闻，李商隐。竹院，张籍。挥手，宋之问。满芳，权德舆。翛翛，清昼。三湘，张绍。孤标，汤衡。宁不，殷尧藩。此会，陈子昂。目眇，皇甫冉。河流，韩翃。

河渎神　神女祠

春水木兰桡，楚地连山寂寥。风魂雪魄去难招，古寺犹依断桥。

但见白云常掩映，若向阳台荐枕。目送回汀隐隐，伤心朝恨暮恨。

春水，崔融。楚地，李嘉祐。风魂，栖白。古寺，刘长卿。但见，王元。若向，王勃。目送，陆龟蒙。伤心，窦宏余。

又　北极阁

隔水磬声通，殿前殿后花红。夕岚生处鹤归松，鸾旗百尺灵风。

灯火万家城四畔，湖云欲散未散。芳草落花无限，怀宇宙以伤远。

隔水，朱庆余。殿前，王建。夕岚，李绅。鸾旗，皮日休。灯火，白居易。湖云，皮日休。芳草，丘丹。怀宇，陈子昂。

又

南北倦蓬飘，心随挂鹿摇摇。玉人何处教吹箫，青山暮暮朝朝。

早晚身闲着蓑去，采芳荪于北渚。岂谓帝城羁旅，风凄凄兮夜雨。

南北，许浑。心随，陆龟蒙。玉人，李商隐。青山，刘长卿。早晚，秦韬玉。采芳，陈子昂。岂谓，子兰。风凄，王维。

又

斜雁远书天，共载清秋客船。与君同见月初圆，如今欲别潸然。

曾向五湖期范蠡，悠悠旋逐流水。采菱渡头风起，白云千里万里。

斜雁，李群玉。共载，卢藻。与君，韩翃。如今，卢叔平。曾向，韦庄。悠悠，李中。采菱，王维。白云，刘长卿。

滴滴金　晏小山体

芳尊细浪倾春醁，忆去时、吟丝竹。夜接词人赋华屋，自能窥宋玉。

金鞍白马谁家宿，人独归、草徒绿。只为思君泪相续，得明珠十斛。

芳尊，温庭筠。忆去，韩偓。吟丝，张籍。夜接，张说。自能，鱼玄机。金鞍，崔颢。人独，皎然。草徒，王勃。只为，卢仝。得明，李贺。

迎春乐 感旧

潇湘之浦，似兰同雪，偶然相见。白玉参差凤凰声，乐未已，春将半。

今日鬓丝禅榻畔，门静人归晚。一箪松风冷如冰，又夜雨，如啼眼。

潇湘，李白。似兰，贯休。偶然，修雅。白玉，李绅。乐未，陈子昂。春将，刘禹锡。今日，杜牧。门静，温庭筠。一箪，徐仲雅。又夜，王维。如啼，李贺。

西江月

上苑离离莺度，游人处处归迟。蛮笺象管夜深时，准拟百年千岁。

前事不须问着，何年更是来期。出门何处望京师，漠漠黄花覆水。

上苑，刘方平。游人，陈元初。蛮笺，罗隐。准拟，王建。前事，白居易。何年，韩翃。出门，戴叔伦。漠漠，朱放。

秋夜雨　幽居

南湖一顷菱花白，清川永路何极。红尘飞不到，试一望、乱风愁月。

物情多与闲相称，水云昏、十亩之宅。松雨时复滴，老去也、结跏横膝。

南湖，李贺。清川，刘长卿。红尘，裴度。试一，权德舆。乱风，贯休。物情，刘威。水云，颜真卿。十亩，白居易。松雨，崔国辅。老去，薛逢。结跏，修雅。

浪淘沙　有忆

风扬酒旗斜，苑占宫遮。虫声新透绿窗纱。此日与君除万恨，翠罼澄霞。

桃李正芳华，舞蝶惊花。春明门外即天涯。莫见长安行乐处，千树山家。

风扬，白居易。苑占，张南史。虫声，刘方平。此日，薛能。翠罼，韩仲宣。桃李，王绩。舞蝶，韩仲宣。春明，刘禹锡。莫见，李頎。千树，王起。

恋绣衾

离亭惨惨客散时。乱愁心、草露未晞。莫惆怅、边城路，穿白云、行入翠微。

身多疾病思田里，辟前轩、有水一池。月漉漉、劳光彩，过春风、吾与汝归。

离亭，皎然。乱愁，李白。草露，王维。莫惆，白居易。边城，顾况。穿白，七字，许宣平。身多，韦应物。辟前，颜真卿。有水，李节。月漉，李贺。劳光，同上。过春，白居易。吾与，同上。

望江南

湖上女，香径小船通。片片行云着蝉鬓，纤纤软玉削春葱，衣麝入荷风。

两不见，当与梦时同。出寺马嘶秋色里，倚楼人在月明中，沟水易西东。

湖上，李叔卿。香径，许浑。片片，卢照邻。纤纤，赵鸾鸾。衣麝，骆宾王。两不，李白。当与，唐玄宗。出寺，温庭筠。倚楼，赵嘏。沟水，庾抱。

河传　秋夕旅思

连谷，山木抱云稠。绛节霓旌久留，姮娥弄箫香雨收。深秋，人天俱是愁。

松岛鹤归书信绝，红烛灭、衰鬓千茎雪。月初生、寒夜清。暂明，砧和远雁声。

连谷，张乔。山木，五字，杜甫。绛节，韩偓。姮娥，陈陶。深秋，魏扶。人天，卢纶。松岛，赵嘏。红烛，李颀。衰鬓，司空曙。月初，王建。寒夜，皮日休。暂明，张乔。砧和，白居易。

鹧鸪天

薄粉轻朱取次施，可怜妍艳正当时。霞杯醉劝刘郎赌，玉笛闲邀洛客吹。

一时起，启重帷，好香难掩蝶先知。忽看月满还相忆，脉脉春情更泥谁？

薄粉，罗虬。可怜，方干。霞杯，孙棨。玉笛，温庭筠。一时，郎大家宋氏。启重，上官仪。好香，李中。忽看，白居易。脉脉，步非烟。

玉楼春

闲吹玉殿昭华琯，秦女腰肢轻若燕。暗中惟觉绣鞋香，醉里不辞金爵满。

芙蓉欲绽溪边脸，动处水纹开滟滟。叶铺千叠绿云低，酒入四肢红玉软。

闲吹，杜牧。秦女，鲍溶。暗中，韩偓。醉里，冯延巳。芙蓉，薛逢。动处，张籍。叶铺，骆浚。酒入，施肩吾。

瑞鹧鸪　感旧，寄实甫长沙

每依北斗望京华，五色云中紫凤车。兰若去天三百尺，柳条垂岸一千家。感客岁天宁寺补禊事。

芳筵想像情难尽，帏幌萧条日又斜。去雁远冲云梦雪，为言流落在天涯。

每依，杜甫。五色，张籍。兰若，岑参。柳条，刘商。芳筵，温庭筠。帏幌，刘兼。去雁，李频。为言，韦庄。

南乡子

车马去闲闲，水绕渔矶绿玉湾。两岸青山相对出，拔山，认得诗人在此间。

相劝酒开颜，有酒留君且莫还。更欲题诗满青竹，回环，石壁重重锦翠斑。

车马，王维。水绕，戴叔伦。两岸，李白。拔山，张南史。认得，刘禹锡。相劝，杜甫。有酒，岑参。更欲，杜甫。回环，令狐楚。石壁，白居易。

虞美人

谁家玉笛吹残照，暗涧泉声小。晚晴独步数峰吟，青草湖边草色翠阴阴。

数椽潇洒临溪屋，隔牖风惊竹。声声扣出碧琅玕，曾忆湘妃庙里雨中看。

谁家，刘兼。暗涧，祖咏。晚晴，司空图。青草，王建。翠阴，卢鸿。数椽，牟融。隔牖，王维。声声，施肩吾。曾忆，白居易。

又 鸳鸯

鸳鸯叠翠眠晴霭，隔树花如缀。逐梭齐上玉人机，即是仙宫欲制六铢衣。

机中织锦秦川女，帷卷闲窥户。烟波无计学鸳鸯，哀此孤生千里共沾裳。

鸳鸯，李咸用。隔树，唐太宗。逐梭，崔珏。即是，顾云。机中，李白。帷卷，赵嘏。烟波，刘兼。哀此，王维。千里，卢照邻。

踏莎行

水韵香车，云开翠帟，蕊珠宫里神仙谪。一双纤手语香弦，调高银字声还侧。

碧树冥蒙，异花狼藉，闲听莺语移时立。江湖醉度十年春，酒醒还是他乡客。

水韵，韩仲宣。云开，崔知贤。蕊珠，徐夤。一双，李群玉。调高，杜牧。碧树，上官昭容。异花，贯休。闲听，白居易。江湖，杜牧。酒醒，王建。

又 访鹭田南城别业

水远如空，柳长如线，穿花蛱蝶深深见。到君居处便开颜，柴门日暮随风掩。

舞乱行纷，春荣冬蒨，阴移竹柏浓还淡。酒中弹铗发清歌，烟霞尽入新诗卷。

水远，裴潾。柳长，李贺。穿花，杜甫。到君，李咸用。柴门，元稹。舞乱，王勃。春荣，元希声。阴移，李商隐。酒中，唐彦谦。烟霞，韦庄。

又 题画

露草萋萋，松烟幂幂，渔翁暝踏孤舟立。涛头风起白连云，晓来但觉衣裳湿。

箕踞南山，荒凉绛阙，沙洲枫岸无来客。不知秋思在谁家，洞庭橘树烟笼碧。

露草，临淄县主。松烟，修雅。渔翁，杜甫。涛头，姚合。晓来，陈润。箕踞，李贺。荒凉，张绍。沙洲，李白。不知，王建。洞庭，顾况。

又 冬日独游城南孟家园感旧

杉筱萋萋，雪霜贸贸，幽栖地僻经过少。朱弦独抚自清歌，低楼小径城南道。

寂寞玄风，间关黄鸟，开筵上日思芳草。可堪无酒更无人，巡檐索共梅花笑。

杉筱，萧颖士。雪霜，韩愈。幽栖，杜甫。朱弦，鱼玄机。低楼，李商隐。寂莫，张绍。间关，高瑾。开筵，杜甫。可堪，杜牧。巡檐，杜甫。

南楼令

云水洞庭宽，城中增暮寒。种千茎、竹作渔竿。为报行人休尽折，听春鸟，啄琅玕。

莫厌百回看，嚣尘染着难。更无人、倚玉阑干。自是子猷偏爱尔，一杯酒，五弦弹。

云水，张祜。城中，祖咏。种千，杜荀鹤。为报，李商隐。听春，顾况。啄琅，张说。莫厌，李建勋。嚣尘，李洞。更无，崔鲁。自是，刘兼。一杯，吴融。五弦，白居易。

又

残月上汀洲，凉风生竹楼。两三行、雁帖云秋。红蓼白蘋消息断，日西夕，水东流。

万里信悠悠，劳生自不休。不思量、尽到心头。醉里旧游还历历，肠断绝，采莲舟。

残月，杜牧。凉风，温庭筠。两三，杜荀鹤。红蓼，李白。日西，同上。水东，韩愈。万里，裴说。劳生，李建勋。不思，崔道融。醉里，罗隐。肠断，陈羽。采莲，阎朝隐。

蝶恋花

灞上溪南千万树。绰绰夫君，寒食江村路。鸿雁长飞光不度，卷帘燕子穿人去。

向晚旋留题叶句。绣涩苔生，一路经行处。瑶瑟玉箫无意绪，背灯独共余香语。

灞上，杜牧。绰绰，元希声。寒食，杜甫。鸿雁，张若虚。卷帘，韩偓。向晚，孔平仲。绣涩，李白。一路，刘长卿。瑶瑟，关盼盼。背灯，李商隐。

又 冬闺

云髻懒梳愁堕凤。四顾何依，抬镜仍嫌重。翡翠衾寒谁与共，绮琴白雪无心弄。

独结香绡偷饷送。衫薄香销，旧事参差梦。夹幕绕房深似洞，空廊鸟啄花砖缝。

云髻，薛逢。四顾，李节。抬镜，韩偓。翡翠，白居易。绮琴，包何。独结，女光。衫薄，韩偓。旧事，杜牧。夹幕，白居易。空廊，王建。

又 草

晓碧芊绵过微雨。跨谷弥冈，南北东西路。为问东风谁是主，流连戏蝶时时舞。

万叠春波起南浦。烟月迢迢，又送王孙去。回首池塘更无语，此时最是思君处。

晓碧，温庭筠。跨谷，张绍。南北，沈廷瑞。为问，薛能。流连，杜甫。万叠，张泌。烟月，韩偓。又送，白居易。回首，京兆女子。此时，晁采。

临江仙

满眼流光随日度，风台水榭逶迤。不堪吟苦寂寥时。芳心向春尽，壮志逐年衰。

往事偶来春梦里，花开花谢相思。黄昏微雨画帘垂。营巢怜越燕，何事入罗帏？

满眼，元稹。风台，郑概。不堪，鱼玄机。芳心，李商隐。壮志，王维。往事，徐铉。花开，韩偓。黄昏，张曙。营巢，李商隐。何事，李白。

又　晚过汇泉寺感旧

醉里欲寻骑马路，出门渐觉疏慵。暮天深巷起悲风。露从今夜白，花是去年红。

月到上方诸品静，抱琴好倚长松。江湖狂客酒船空。望君烟水阔，相忆采芙蓉。

醉里，张南史。出门，李中。暮天，戴叔伦。露从，杜甫。花是，严维。月到，郎士元。抱琴，王维。江湖，成廷珪。望君，刘长卿。相忆，杜荀鹤。

又　秋夕

斜月沉沉藏海雾，中元香供初移。碧阑干外绣帘垂。茶香秋梦后，竹韵晚凉时。

千里暮烟愁不尽，花开花落堪悲。停杯共说远行期。云中君不见，竟夕起相思。

斜月，张若虚。中元，陈元初。碧阑，韩偓。茶香，许浑。竹韵，白居易。千里，张泌。花开，李中。停杯，张籍。云中，马戴。竟夕，张九龄。

十拍子　过旧院

莫问吴趋行乐，更知何处相寻。北里王孙驻行幰，南国佳人怨锦衾。梦中山亦阴。

门掩残花寂寂，雨昏杨柳深深。且折牡丹吟丽句，坐向松窗弹玉琴。三湘孤客心。

莫问，陆龟蒙。更知，卢纶。北里，王勃。南国，李绅。梦中，卢纶。门掩，李中。雨昏，同上。且折，姚合。坐向，刘涓。三湘，皎然。

渔家傲

曾见双鬟对舞时，妆成皓腕洗凝脂。二寸横波回慢水。莲风起，为君作镜开妆蕊。

采尽汀蘋恨别离，弄花何处醉斜晖。今日独来香径里。鸳鸯绮，开缄试读相思字。

曾见，杜荀鹤。妆成，赵光远。二寸，李群玉。莲风，李贺。为君，张碧。采尽，徐夤。弄花，谭用之。今日，韩偓。鸳鸯，王氏妇。开缄，徐铉。

天仙子

鸳被相思双带缓，机上月残香阁掩。夜寒窗竹自相敲，更五点，佳期远，曾是寂寥金烬暗。

偶助笑歌嘲阿软，别易会难长自叹。画楼西畔桂堂东，尾涎涎，春来燕，何独终身数相见。

鸳被，骆宾王。机上，徐夤。夜寒，薛能。更五，韩愈。佳期，权德舆。曾是，李商隐。偶助，白居易。别易，韩偓。画楼，李商隐。尾涎，韦应物。春来，蒋志。何独，白居易。

又

纱幔薄垂金麦穗，满鸭香熏鹦鹉睡。一尊酒对一张琴，发皓齿，挥玉指，请君细看风流意。

直为相思腰转细，莫向灯前惜沉醉。月明红袖采莲船，绛河里，秋风起，花开花落还如此。

纱幔，花蕊夫人。满鸭，司空图。一尊，白居易。发皓，李白。挥玉，阎朝隐。请君，张旭。直为，蔡瑰。莫问，吴融。月明，李中。绛河，沈佺期。秋风，病狂人。花开，罗隐。

风入松

浊醪粗饭任吾年，胜地石堂偏。琴尊风月闲生计，无处觅、羽盖云軿。冰泮寒塘始绿，鸟啼山客犹眠。

柳风花露月初圆，两岸子规天。闲来垂钓碧溪上，吹龙笛、瞻望悠然。烟里歌声隐隐，移尊更就芳筵。

浊醪，杜甫。胜地，同上。琴尊，谭用之。无处，吴融。羽盖，张绍。冰泮，韦应物。鸟啼，王维。柳风，许浑。两岸，栖蟾。闲来，李白。吹龙，李贺。瞻望，张荐。烟里，鱼玄机。移尊，权德舆。

又　北极阁

水精宫殿月玲珑，一雁入高空。数家渔网疏烟外，和烟绿、春柳寒松。犬吠鸡鸣几处风，斜雨细相逢。

荷花深处小船通，落叶满疏钟。为寻名画来过寺，云半片、仿佛壶中。催启五门金锁，移床坐对千峰。

水精，张祜。一雁，杜甫。数家，沈彬。和烟，韦式。春柳，清昼。犬吠，皇甫冉。风斜，陆龟蒙。荷花，白居易。落叶，张祜。为寻，温庭筠。云半，吴融。仿佛，张绍。催启，冯延巳。移床，李中。

明月引

寒蛩一夜绕床鸣，雨涔涔。老骎骎。使我心忧，归思欲沾巾。还似昔年残梦里，披涧户，饮瑶池、吹玉笙。

千枝万枝红艳新，为君吟，动君心。流年倏忽成陈事，言告离襟。心化为灰，心绪更纷纷。三寸红笺替传语，长安道，早梅花、花下人。

寒蛩，郑谷。雨涔，吴融。老骎，刘禹锡。使我，韩愈。归思，杜审言。还似，温庭筠。披涧，卢照邻。饮瑶，张说。吹玉，毕曜。

千枝，韦庄。为君，六字，李白。流年，徐铉。言告，朱华。心化，白居易。心绪，曹松。三寸，李涉。长安，白居易。早梅，李绅。花下，鲍君徽。

满江红　春游

春服初裁，城南陌、游仙独步。几千里、紫英黄萼，平阳花坞。乳燕双双拂烟草，初莺一一鸣红树。复参差、飞阁跨澄流，人来去。

禅智寺，真娘墓。江南弄，关山阻。且脱衣沽酒，迩楹近宇。欲向何门趿珠履，沧江白日渔樵路。泛春泉、桂楫带酣歌，韶光度。

春服，高瑾。城南，权德舆。游仙，汤衡。几千，卢仝。紫英，萧颖士。平阳，李贺。乳燕，温庭筠。初莺，唐玄宗。复参，卢纶。飞阁，虞世南。人来，刘长卿。禅智，徐铉。真娘，白居易。江南，王勃。关山，郎大家宋氏。且脱，于武陵。迩楹，萧颖士。欲向，杜甫。沧江，李商隐。泛春，孟郊。桂楫，杜甫。韶光，颜真卿。

又　春闺

淑景迟迟，催人老、吴蚕作茧。风吹雨、闲庭无事，罗帏舒卷。长乐钟声花外尽，阊门柳色烟中远。但相思、经岁复经年，春如剪。

掩秦瑟，敲酒盏。金炉歇，舞腰懒。将何迎睡兴，愧无管簟。云母空窗晓烟薄，芙蓉曲沼春流满。早归来、比翼共翱翔，衔泥燕。

淑景，乐章。催人，张南史。吴蚕，李贺。风吹，同上。闲庭，权德舆。罗帏，李白。长乐，钱起。阊门，张籍。但相，李白。经岁，刘采春。春如，温庭筠。掩秦，白居易。敲酒，薛逢。金炉，张衮。舞腰，元稹。将何，白居易。愧无，王维。云母，温庭筠。芙蓉，裴迥。早归，杜甫。比翼，郎大家宋氏。衔泥，韦应物。

又 平韵

日隐青霞，苍翠晚、竹涧水横。松如盖、环山绕野，布叶垂阴。南省郎官名藉藉，绿窗娇女字莺莺。就花枝、沙岸历纡徐，春色深。

船缓进，杯莫停。风袅袅，管愔愔。惟拟捐尘世，企彼高人。看弄渔舟消白日，羞将短发对华簪。归去来、何处更追攀，身外名。

日隐，王维。苍翠，刘长卿。竹涧，裴潾。松如，李贺。环山，白居易。布叶，萧颖士。南省，徐铉。绿窗，李绅。就花，白居易。沙岸，孟浩然。春色，冯著。船缓，白居易。杯莫，李白。风袅，权德舆。管愔，李贺。惟拟，白居易。企彼，萧颖士。看弄，杜甫。羞将，钱起。归去，骆宾王。何处，孟浩然。身外，刘禹锡。

满庭芳

芳树交柯，碧池涵日，春光暗入花钿。金堂玉室，万象共澄鲜。闲步浅青平绿，心惆怅、灞岸分筵。城南暮，有金张族，急管韵朱弦。

何当重携手，言存缱绻，共结来缘。海棠花在否？露初裛、芳草芊绵。月下风前吟处，相思远、风月同天。卷翠幕，夐无禽影，书信若为传。

芳树，权德舆。碧池，韩仲宣。春光，权德舆。金堂，张绍。万象，刘禹锡。闲步，贯休。心惆，刘长卿。灞岸，徐坚。城南，温庭筠。有金，贯休。急管，唐太宗。何当，左偃。言存，独孤穆。共结，长屋。海棠，韩偓。露初，王起。芳草，贯休。月下，子兰。相思，权德舆。风月，长屋。卷翠，李萼。夐无，吴融。书信，鱼玄机。

齐天乐

桃夭杏艳清明近，青门几场送客。翠阜丹丘，荒城古道，别路青青柳发。平原广洁。聊复话平生，盘陀之石。夜影流波，白云断处见明月。

会须钟饮北海，讵能抛短梦，楚殿衣窄。蛾眉始约，落蕊盈衣，时不可兮再得。深林倚策。顾予尚牵缠，远情超忽。风起林摇，望君犹伫立。

桃夭，罗邺。青门，杜奕。翠阜，张绍。荒城，张南史。别路，温庭筠。平原，张南史。聊复，张祜。盘陀，修雅。夜影，罗隐。白云，陈润。会须，张籍。讵能，李商隐。楚殿，韩偓。蛾眉，王勃。落蕊，权德舆。时不，王维。深林，耿湋。顾予，顾况。远情，元希声。风起，裴潾。望君，王维。

归朝欢 大醉放言

湖上残棋人散后，花扑征衣看似绣。不须惆怅怨芳时，破除万事无过酒。问家何所有，门前学种先生柳。展幽情，衔杯漱水，稚子解趋走。

皓月满帘听玉漏，清漏渐移相望久。芭蕉叶上独题诗，高吟大醉三千首。凿翠开户牖，山容洗得如烟瘦。爱神仙，常思归去，石窦采云母。

湖上，温庭筠。花扑，韦应物。不须，杜牧。破除，韩愈。问家，白居易。门前，王维。展幽，上官昭容。衔杯，白居易。稚子，储光羲。皓月，姚合。清漏，杜牧。芭蕉，韦应物。高吟，郑谷。凿翠，杜甫。山容，皮日休。爱神，李白。常思，裴潾。石窦，钱起。

秋霁 送友归吴门

之子言旋，三十六莲峰，风引仙管。每驻行车，于山于水，已嗟别离太远。洞天石扇。那堪回首长洲苑，歌宛转。无秘玉音，诗好几时见。

菱芡幂幂，风雨萧萧，四无人声，倏忽云散。罢胡琴、为君一击，月明南浦梦初断。万里江山来醉眼。怆矣东望，欲去不去迟迟，各自无聊，重欷累叹。

之子，萧颖士。三十，李白。风引，张荐。每驻，张籍。于山，萧颖士。已嗟，刘禹锡。洞天，李白。那堪，李嘉祐。歌宛，郎大家宋氏。无秘，裴潾。诗好，杜甫。菱芡，萧颖士。风雨，韩偓。四无，同上。倏忽，王维。罢胡，白居易。为君，李白。月明，徐夤。万里，王珪。怆矣，裴潾。欲去，子兰。各自，韩偓。重欷，王维。

沁园春

晨往东皋，孤鹤时吟，文禽并飞。积翠霭沉沉，春融滟滟；田风拂拂，残月晖晖。草细堪梳，山微似壅，独立苍茫自咏诗。望极浦，喜无多屋宇，似有人开。

良辰美景追随，抚长剑怅然吟式微。且欲寻方士，相期缑岭；松门石磴，负担来归。亦独何心，霜停露宿，万古惟留楚客悲。歌一曲，使我空叹息，识者其谁?

晨往，王维。孤鹤，裴潾。文禽，权德舆。积翠，王维。春融，韩偓。田风，李贺。残月，韩愈。草细，李贺。山微，罗隐。独立，杜甫。望极，王维。喜无，杜甫。似有，李白。良辰，杜奕。抚长，李白。怅然，王维。且欲，岑参。相期，卢纶。松门，白居易。负担，王维。亦独，韩愈。霜停，张南史。万古，刘长卿。歌一，顾况。使我，李白。识者，韩愈。

摸鱼儿

凭阑干、东西南北，芙蓉月下鱼戏。花间独立无人会，绣领任垂蓬鬐。云之际，结空想、锦书雁断应难寄。风波四起。教妾若为容，肤清臂瘦，林彩水烟里。

魂杳渺，忆泪因成恨泪，含情咫尺千里。可怜月好凉风夜，不遣通宵尽醉。眼前事，一日日、幽兰泣露新香死。相思君子。

闲捻玉箫吹，云生林楚，波上日初丽。

凭阑，卢仝。东西，贯休。芙蓉，鱼玄机。花间，赵嘏。绣领，杜牧。云之，刘长卿。结空，乐章。锦书，刘兼。风波，李善夷。教妾，杜荀鹤。肤清，韩偓。林彩，温庭筠。魂杳，权德舆。忆泪，韩偓。含情，鱼玄机。可怜，白居易。不遣，权德舆。眼前，王昌龄。一日，白居易。幽兰，李商隐。相思，欧阳詹。闲捻，杜牧。云生，张绍。波上，常建。

金缕曲 旅恨

澹澹长江水。忆行时、白杨骚屑，萧其森矣。波上马嘶看棹去，日色柘黄相似。游人别、吁嗟万里。两见梨花归不得，旷道遥城郭终何事。莫容易，蹑珠履。

春风无限潇湘意。一年年、丛芳烂漫，回檐幽砌。把酒看花想诸弟，拂钓清风细丽。随所适、物兮无累。明月好同三径夜，劝君休海内存知己。心断绝，碧云起。

澹澹，韦承庆。忆行，韩偓。白杨，贯休。萧其，萧颖士。波上，温庭筠。日色，王建。游人，张籍。吁嗟，欧阳詹。两见，赵嘏。旷道，吴融。城郭，杜甫。莫容，李咸用。蹑珠，杨衡。春风，柳宗元。一年，白居易。丛芳，陈子昂。回檐，萧颖士。把酒，韦应物。拂钓，皮日休。随所，吴融。物兮，罗隐。明月，白居易。劝君，李咸用。海内，王勃。心断，卢仝。碧云，吕温。

以上别集卷三《湘烟阁幻茶谱》上

南歌子　旅思

细草微风岸，高天白露秋，离别恨难休。早知潮有信，惯乘流。

细草，杜甫。高天，李峤。离别，李咸用。早知，李益。惯乘，张志和。

摘得新　秋望

㶉鶒飞，渔家尽掩扉。小娃撑小艇，采莲归。无情有恨何人见，露沾衣。

㶉鶒，温庭筠。渔家，郑谷。小娃，刘禹锡。采莲，王勃。无情，罗隐。露沾，皇甫冉。

又

日色低，春楼寒望迷。垄烟晴欲雨，燕衔泥。低头闷把衣襟撚，怨空闺。

日色，李康成。春楼，唐彦谦。垄烟，贺知章。燕衔，韦应物。低头，韩偓。怨空，张生妻。

南乡子　月

闲院支颐，秋逢白月正圆时。万里寒光生积雪，还缺，难得相逢容易别。

闲院，耿湋，秋逢，白居易。万里，祖咏。还缺，张南史。难得，戴叔伦。

又　另一体

倾绿蚁，陈金罍，暂将明月共徘徊。银烛未消窗送曙，春竟去，百舌问花花不语。

倾绿，罗隐。陈金，卢仝。暂将，王昌龄。银烛，韩愈。春竟，刘禹锡。百舌，李贺。

忆王孙　佳人

佳人惆怅卧遥帷，粉壁纱窗杨柳垂，深遏朱弦颦翠眉。落花时，尽日无人谁得知。

佳人，李商隐。粉壁，崔颢。深遏，卢纶。落花，白居易。尽日，王涯。

又　秋思

小桥流水接平沙，零落几多红藕花，天路悠悠星汉斜。欲归家，归棹何时闻轧鸦。

小桥，刘兼。零落，吴商浩。天路，张泌。欲归，裴说。归棹，杜牧。

又 柬友

竹边门掩小池冰，不见高人王右丞，争奈愁肠牵似绳。点银灯，夜就依来能不能？

竹边，张乔。不见，杜甫。争奈，陆龟蒙。点银，顾况。夜就，白居易。

又 有忆

洞房帘箔至今垂，绕壁秋声虫络丝，斜背银钍半下帷。忆眠时，明月入怀君自知。

洞房，李商隐。绕壁，白居易。斜背，同上。忆眠，韩偓。明月，温庭筠。

又 别筵

楼台倒影入池塘，万片飞花流水香，别意与之谁短长？酌金觞，红粉翠鬟空断肠。

楼台，高骈。万片，许浑。别意，李白。酌金，乐章。红粉，杜牧。

又 题画

暮天新雁起汀洲，长笛一声人倚楼，万里月明湘水秋。去悠悠，惟见长江天际流。

暮天，杜荀鹤。长笛，赵嘏。万里，许浑。去悠，韩愈。惟见，李白。

又　晓望

六街尘起鼓冬冬，井邑山川今古同，高阁卷帘千树风。晓玲珑，借问谁家花最红。

六街，薛能。井邑，杜牧。高阁，许浑。晓玲，病狂人。借问，白居易。

遐方怨　自题匡山读书图

碧烟上，白云间。木落萧萧，终年无事常闭关。故乡空隔万重山。岂无沧海志，鬓毛斑。

碧烟，沈佺期。白云，令狐楚。木落，贯休。终年，王维。故乡，李频。岂无，杜甫。鬓毛，陆士修。

天仙子　题星宿庙壁

岚翠湿衣松接院，坏墙经雨苍苔遍。鹖鹅飞起暮钟时，拜鸾殿，龛灯敛，独坐黄昏谁是伴。

岚翠，齐己。坏墙，温庭筠。鹖鹅，张蠙。拜鸾，顾况。龛灯，段成式。独坐，杜牧。

又

山月当人松影直，玉沙瑶草连溪碧。倚阑无事倍伤神，花露滴，璇庭寂，何处少年吹玉笛。

山月，温庭筠。玉沙，曹唐。倚阑，张泌。花露，皇甫冉。璇庭，乐章。何处，于鹄。

长相思

风飕飕，三月时。薄粉轻朱取次施，双蛾嚬翠眉。

别来诗，歌莫迟。送我殷勤酒满卮，旁人那得知。

风飕，温庭筠。三月，杜奕。薄粉，罗虬。双蛾，武平一。别来，刘禹锡。歌莫，白居易。送我，吴融。旁人，沈佺期。

醉太平　自题洞庭归泛图

清江桂洲，飘然上浮？一生拚却归休，自由中自由。

金风敛秋，谁将与俦？大行山碍并州，况身方远游。

清江，独孤穆。飘然，皇甫湜。一生，柳宗元。自由，贯休。金风，李贺。谁将，韩愈。大行，白居易。况身，杜荀鹤。

抛球乐　小沧浪亭秋望，有怀都门诸君子

松阁秋来客共登，行人一望旅情增。芙蓉叶上三更雨，芦

荻花中一点灯。仍忆东林友，更在瑶台十二层。

松阁，陆龟蒙。行人，刘沧。芙蓉，李昌符。芦荻，白居易。仍忆，司空曙。更在，李商隐。

醉公子

春树笼烟暖，隔巷遥停幰。眉月隐轻纱，妆梅片片斜。
洛浦风流雪，密约临行怯。含怨敛双蛾，长婴离恨多。

春树，白居易。隔巷，陈子良。眉月，褚亮。妆梅，太宗。洛浦，李播。密约，韩偓。含怨，虞世南。长婴，许敬宗。

点绛唇 雪后小集汇泉寺

冬日严凝，杖藜雪后临丹壑。翠尊绿杓，石上开仙酌。
山色沉沉，城郭传金柝。梅花落，金铺烂若，衣惹湘云薄。

冬日，顾况。杖藜，杜甫。翠尊，夷陵女郎。石上，李端。山色，修雅。城郭，孙逖。梅花，李康成。金铺，顾况。衣惹，张泌。

又 再集汇泉寺

藻井璇题，丹梯暗上三层阁。兰肴重错，雪映烟光薄。
有竹千竿，砌下翘饥鹤。云萧索，客无所托，感叹登楼作。

藻井，顾况。丹梯，王建。兰肴，乐章。雪映，元稹。有竹，白居易。砌下，皮日休。云萧，李贺。客无，李白。感叹，高适。

玉蝴蝶　泛明湖，游历下亭、汇泉寺、北极阁、铁公祠诸胜

孤舟日暮行迟，寒藻舞沦漪。系马绿杨枝，好风襟袖知。
花明栖凤阁，春满曲江池。酒罢辄题诗，淹留又几时。

孤舟，刘长卿。寒藻，柳宗元。系马，杜牧。好风，同上。花明，上官仪。春满，白居易。酒罢，同上。淹留，姚合。

又　秋夕

帘垂斜月悠悠，残夜水明楼。南国有归舟，他乡独滞留。
空山新雨后，诗思碧云秋。天地一沙鸥，风波处处愁。

帘垂，李中。残夜，杜甫。南国，王维。他乡，骆宾王。空山，王维。诗思，张祜。天地，杜甫。风波，薛莹。

浣溪纱　纪艳

帐底吹笙香雾浓，半床明月夜闻钟，得人憎是绣芙蓉。
神女生涯原是梦，晓莺时节好相逢，阳台云雨过无踪。

帐底，李贺。半床，黄滔。得人，同上。神女，李商隐。晓莺，温庭筠。阳台，胡曾。

巫山一段云　雨

月好频移座，天晴忽散丝。远村遥岸寄相思，烟水接天涯。芳草和花种，从篁带笋移。流莺上下燕参差，应与醉相宜。

月好，吴融。天晴，杜甫。远村，唐彦谦。烟水，李中。芳草，刘商。从篁，秦系。流莺，李商隐。应与，方干。

减兰　出都抵黄村，寄都门诸君子

绀筵分彩，春尽酒杯花影在。驱马悠悠，夜思千重恋旧游。韶光满目，细柳新蒲为谁绿？远派清峰，更隔蓬山一万重。

绀筵，乐章。春尽，姚合。驱马，独孤穆。夜思，李端。韶光，权德舆。细柳，杜甫。远派，潘述。更隔，李商隐。

又　己卯中秋

烟霏万雉，城上青山如屋里。圆满中秋，何处相思明月楼。檀栾竹影，高阁清香生静镜。飞步天衢，望见瀛洲方丈无？

烟霏，席元明。城上，王维。圆满，李绅。何处，张若虚。檀栾，上官昭容。高阁，温庭筠。飞步，段成式。望见，李群玉。

又　闺怨

辘轳上下，万里月明同此夜。玉户金缸，并蒂芙蓉木自双。

凌寒独宿，风动落花红簌簌。车倒轮摧，合是归时底不归？

辘轳，修雅。万里，白居易。玉户，夷陵女郎。并蒂，杜甫。凌寒，皎然。风动，元稹。车倒，白居易。合是，葛鸦儿。

又　落叶

风摇雨散，乱入池中看不见。繁咽奁缘，对影闻声已可怜。

高楼思妇，玉箸应啼别离后。俯盼乔枝，正是去年题叶时。

风摇，乐章。乱入，王昌龄。繁咽，罗隐。对影，李商隐。高楼，卢照邻。玉箸，高适。俯盼，上官昭容。正是，杜牧。

又　僧话

一泉一壤，禅室从来云外赏。谈际生玄，坐近炉烟讲法筵。

烟霞问讯，好鸟傍花窥玉磬。印火荧荧，自剪芭蕉写佛经。

一泉，裴潾。禅室，张说。谈际，高球。坐近，沈佺期。烟霞，上官昭容。好鸟，贯休。印火，张希复。自剪，戴叔伦。

菩萨蛮

秋千竞出垂杨里，上林莺啭游丝起。门掩百花塘，回舟一水香。

和风吹绿野，又是春残也。清汉望归鸿，远愁生静中。

秋千，王维。上林，温庭筠。门掩，赵嘏。回舟，杜甫。和风，太宗。又是，翁宏。清汉，元稹。远愁，张籍。

又

沂郡右军祠西北，东莞刘方伯别业在焉。予以己卯春日独游经此，见夫春花如笑，春水欲波，烟光鸟语，参差于朱楼碧榭间。虽翻风燕剪，犹恋香巢；而碍日蛛丝，已迷行路。走苏台之麋鹿，讵待秋风；委梓泽于荆榛，不闻白首。何必汉陌盘移，始令铜仙泣下也。漫调短弄，题壁四章。

绿芜墙绕青苔院，乱花渐欲迷人眼。花蕊亚枝红，人行明镜中。

小窗侵竹坞，曲径通幽处。倚徙自移时，东风知不知？

绿芜，白居易。乱花，同上。花蕊，杜甫。人行，李白。小窗，杜甫。曲径，常建。倚徙，李商隐。东风，薛涛。

又

绿阴满地前朝树，羡他鹦鹉能言语。楼阁九衢春，淹留惜此辰。

倾杯鱼鸟醉，何必沧浪水。池养右军鹅，微风起夕波。门前即右军洗砚池。

绿阴，李中。羡他，花蕊夫人。楼阁，宋之问。淹留，席豫。倾杯，孟浩然。何必，谈戭。池养，孟浩然。微风，韦应物。

又

回纹地簟龙鳞浪，隔窗云雾生衣上。图画表冲盈，花依锦字明。

从篁堪作伴，坐觉嚣尘远。语燕卷帘飞，高车何处归？

回纹，鲍溶。隔窗，王维。图画，孙逖。花依，张说。从篁，鱼玄机。坐觉，王维。语燕，李廓。高车，王维。

又

刘郎别后无遗履，苦吟莫向朱门里。落日在帘钩，空令行者愁。

摇鞭背花去，隔水看来路。杨柳正依依，长歌怀采薇。

刘郎，薛能。苦吟，郭礼。落日，杜甫。空令，高适。摇鞭，赵嘏。隔水，杜牧。杨柳，宋璟。长歌，王绩。

采桑子　感旧（四首）

披香殿下樱桃熟，来访文君，五色氤氲，宝钿香蛾翡翠裙。

鸾翔凤翥众仙下，久驻云軿，纨缟缤纷，楼上衣多抱彩云。

披香，温庭筠。来访，王勃。五色，陈子昂。宝钿，戎昱。鸾翔，韩愈。久驻，乐章。纨缟，夷陵女郎。楼上，温庭筠。

床头怪石神仙画，五彩含章，时见琳琅，西岭云霞色满堂。

参差扇影分华月，玉醑浮觞，金石丝簧，画阁春红正试妆。

床头，张嫔。五彩，裴潾。时见，清昼。西岭，李颀。参差，陆龟蒙。玉醑。乐章。金石，夷陵女郎。画阁，郑谷。

凝情尽日君知否？畴昔恩波，卫女秦娥，花里牵船水上歌。

珍珠帘外梧桐影，高树风多，驻景挥戈，白日相思不奈何。

凝情，罗虬。畴昔，临淄县主。卫女，夷陵女郎。花里，王建。珍珠，白居易。高树，贯休。驻景，李白。白日，李商隐。

闲攀芳树移时立，叶叶枝枝，风月相知，曾睹夭桃想玉姿。

春窗一觉风流梦，谁谓佳期，觉坐而思，不似当初傅粉时。

闲攀，白居易。叶叶，贯休。风月，上官昭容。曾睹，鱼玄机。

春窗，李商隐。谁谓，临淄县主。觉坐，韩愈。不似，刘禹锡。

好事近　宫词

晓簟觉新秋，瑞气遥临凤辇。上苑初开露菊，两三丛烂漫。

沉香亭子傍池斜，传书数行雁。喧觉佳人昼梦，更无人作伴。

晓簟，温庭筠。瑞气，谢良辅。上苑，范灯。两三，白居易。沉香，花蕊夫人。传书，李商隐。喧觉，李中。更无，白居易。

柳含烟

西陵下，妓婵娟。轻吹乍摇兰烛，一家欢笑设红筵，晚妆鲜。

往事隔年如过梦，阿阁长栖彩凤。分明竞擘七香笺，月如弦。

西陵，李贺。妓婵，孟郊。轻吹，权德舆。一家，罗隐。晚妆，崔颢。往事，李群玉。阿阁，乐章。分明，皮日休。月如，李叔卿。

更漏子

牡丹芳，春雨洒，取酒虾蟆陵下。腕削玉，唇激朱，十三才有余。

侍兰房，陈瑶席，玉合雕双鸂鶒。青缸灭，不须留，搴帘月上钩。

牡丹，白居易。春雨，冯著。取酒，谢良辅。腕削，顾况。唇激，李贺。十三，杜牧。侍兰，长孙无忌。陈瑶，王维。玉合，韩偓。青缸，李白。不须，刘言史。搴帘，武元衡。

又

四月时，三春暮，黄鸟绵蛮芳树。鸬鹚杓，葡萄浆，嘉宾复满堂。

吹洞箫，爇玉烛，流水征车自逐。君莫诉，远将归，人生此别稀。

四月，丘丹。三春，郎大家宋氏。黄鸟，韩翃。鸬鹚，李白。葡萄，乔知之。嘉宾，韦应物。吹洞，王维。爇玉，顾况。流水，贯休。君莫，无名氏。远将，王建。人生，吴融。

清平乐　湖上

宛其深矣，一片凫鹭水。菰叶正肥鱼正美，黑蛱蝶黏莲蕊。

桃花源里人家，朝朝几度云遮。心事数茎白髮，惟愁虚弃光华。

宛其，萧颖士。一片，张乔。菰叶，温庭筠。黑蛱，皮日休。桃花，王维。朝朝，皇甫冉。心事，张继。惟愁，张籍。

后庭花　孙光宪体

千重碧树笼春苑，景风晨扇。娟娟戏蝶过闲幔，蜂上罗荐。

袖中书字灭，屿花晚，漫写诗盈卷。离肠似线长忧断，思而不见。

千重，韦庄。景风，乐章。娟娟，杜甫。蜂上，萧颖士。袖中，郎大家宋氏。屿花，韩翃。漫写，白居易。离肠，徐铉。思而，宋华。

锦堂春　送友归吴门

丝竹偏宜静夜，年华近过清明。殷勤斗酒城阴暮，江树远含情。

江北江南愁望，有风有雨人行。可能相别还相忆，红袖下帘声。

丝竹，权德舆。年华，韩翃。殷勤，刘长卿。江树，宋之问。江北，鱼玄机。有风，王建。可能，戴叔伦。红袖，白居易。

海棠春　春日宴唐绍源品药山房

韶光染色如蛾翠。日复日、季伦园里。泛渚白鸥轻，拂席流莺醉。

世情付与东流水。藉绿芷、深花中睡。戏蝶一团飞，觉梦俱千里。

韶光，温庭筠。日复，韩愈。季伦，高球。泛渚，杜甫。拂席，韩愈。世情，曹唐。藉绿，陈子昂。深花，贯休。戏蝶，李廓。觉梦，长孙佐辅。

河渎神　早登汇波寺阁

未晓日先红，高阁鸡鸣半空。画船来往碧波中，采莲衣染香浓。

藤岸竹洲相掩映，天风乍起争韵。仙翁别后无信，月沉浦兮烟暝。

未晓，张蠙。高阁，皮日休。画船，花蕊夫人。采莲，陆龟蒙。

藤岸，杜牧。天风，张南史。仙翁，李中。月沉，李节。

又　送别

送别两依依，千条御柳黄丝。夕阳楼上笛声时，楚水连天独归。

闪闪酒帘招醉客，花间一杯促膝。波光杳杳不极，忧与忧兮相积。

送别，狄焕。千条，鲍防。夕阳，胡曾。楚水，李嘉祐。闪闪，李中。花间，韩翃。波光，皮日休。忧与，卢照邻。

怨王孙　过崇效寺

肃肃清院，峰峦黛染。日影初长，含桃可荐。乘兴一到京华，爱僧家。

旧游寺里僧曾识。登金阙，林表明霁色。故山南望何处，梦到华胥，一长吁。

肃肃，清昼。峰峦，张绍。日影，乐章。含桃，同上。乘兴，包佶。爱僧，李叔卿。旧游，张籍。登金，乐章。林表，祖咏。故山，李嘉祐。梦到，张绍。一长，皇甫湜。

忆江南　明湖感旧

纤纤月，半魄落银钩。嫩柳池边初拂水，露桃花下不知秋，天乐下珠楼。

胡雁起，书札寄无由。曾傍一樽临小槛，愿为双鸟泛中洲，寂寞使人愁。

纤纤，卢仝。半魄，张子容。嫩柳，杨贵妃。露桃，韦庄。天乐，李白。胡雁，同上。书札，姚鹄。曾傍，徐夤。愿为，李白。寂寞，丁仙芝。

望远行　秋望

桑竹参差映豆花，舴艋三家五家。钓纶茭棹寄年华，薄烟微雨足生涯。

枫叶落，错为霞，策杖林西日斜。鸡鹊㶉鶒满晴沙，不知何处客程赊。

桑竹，温庭筠。舴艋，皮日休。钓纶，温庭筠。薄烟，陆龟蒙。枫叶，张志和。错为，张南史。策杖，王维。鸡鹊，杜甫。不知，李咸用。

鹧鸪天

才可容颜十五余，轻盈年纪破瓜初。绿阴藤下铺歌席，碧琐窗前学草书。

日已暮，返仙居，五花骢马七香车。扫眉才子知多少，卷上珠帘总不如。

才可，王维。轻盈，孙棨。绿阴，白居易，碧琐，花蕊夫人。日已，郎大家宋氏。返仙，乐章。五花，岑参。扫眉，王建。卷上，杜牧。

又　赠刘仲言

五柳先生本在山，枕山流水日潺潺。风朝露夜阴晴里，密竹繁花掩映间。

日将暮，鸟独还，垂檐野果尚堪攀。尊中有酒常须满，世上虚名好是闲。

五柳，雍陶。枕山，杜牧。风朝，李商隐。密竹，吴融。日将，皎然。鸟独，刘长卿。垂檐，方干。尊中，朱庆余。世上，岑参。

又　自题集唐忆梦、悟梦诗后（二首）

一尺红绡一首诗，我诗都是别君词。欲知恨恋情深处，忆得同欢共醉时。

声断续，思瑰奇，胧明春月照花枝。重吟细把真无赖，泪湿红笺怨别离。

一尺，韩偓。我诗，元稹。欲知，薛逢。忆得，白居易。声断，卢仝。思瑰，白居易。胧明，元稹。重吟，李商隐。泪湿，薛能。

莫向尊前唱鹧鸪，香车宝马隘通衢。春愁秋思知何限，月满花香记得无？

白团扇，锦氍毹，几因诗酒谬招呼。不堪吟断边笳晓，寒雨萧萧落井梧。

莫向，郑谷。香车，李商隐。春愁，白居易。月满，罗隐。白团，张祜。锦氍，李贺。几因，赵嘏。不堪，马戴。寒雨，罗隐。

又　自题集唐杂忆诗后（二首）

细腻风光独我知，玉钗敲着枕函时。欢留白日千钟酒，怅望青云几首诗。

春已去，柳如丝，流莺百啭最高枝。一缄书札藏何事，肠断丁香画雀儿。

细腻，元稹。玉钗，韩偓。欢留，薛逢。怅望，许浑。春已，王勃。柳如，权德舆。流莺，温庭筠。一缄，李商隐。肠断，崔涯。

不是花迷客自迷，淡烟斜月照楼低。谁言琼树朝朝见，长倩城乌夜夜啼。

虎丘道，若耶溪，一生心事在诗题。情多莫举伤春目，杨柳千条尽向西。

不是，李商隐。淡烟，温庭筠。谁言，李商隐。长倩，罗虬。虎丘，白居易。若耶，杜甫。一生，刘禹锡。情多，张泌。杨柳，刘方平。

玉楼春

流光荏苒双飞蝶，帘卷茶烟萦堕叶。落花寂寂委青苔，玉箸微微湿红颊。

钿蝉金雀无心插，明镜懒开长在匣。离魂空伴杜鹃飞，有路还将赤城接。

流光，温庭筠。帘卷，贯休。落花，李白。玉箸，裴说。钿蝉，王建。明镜，白居易。离魂，韦庄。有路，陆龟蒙。

翻香令　早春客思

寒潮背郭卷平沙，等闲挥袂客天涯。山鹧鸪，鸣何早，笑春光、着树渐成花。

乌衣巷口夕阳斜，故山无计恋桑麻。望远海，水东注，问湘神、明月落谁家。

寒潮，方干。等闲，韦庄。山鹳，刘长卿。鸣何，耿湋。笑春，李白。着树，韩愈。乌衣，刘禹锡。故山，黄滔。望远，李白。水东，韩愈。问湘，贯休。明月，李白。

瑞鹧鸪　题易实甫鬘天影事谱

一端香绮紫氛氲，佳句多从阙下闻。才子旧称何水部，诗家今见鲍参军。

青云满眼应骄我，楚水连天坐忆君。回首可怜歌舞地，高楼红袖客纷纷。

一端，白居易。佳句，雍陶。才子，韩翃。诗家，杨巨源。青云，杜牧。楚水，赵嘏。回首，杜甫。高楼，王建。

又　楼上

偶然楼上卷珠帘，树影参差斜入檐。处处落花春寂寂，年年三月病恹恹。

教移兰烛频羞影，未必金堂得免嫌。君到江南相忆否？连云歌尽草纤纤。

偶然，司空图。树影，邵楚苌。处处，刘兼。年年，韩偓。教移，同上。未必，李商隐。君到，刘长卿。连云，杜牧。

又

春风吹我入仙家，彩骑双双引宝车。闲遣青琴飞小雪，惟令碧玉泛流霞。

鬟垂香颈云遮藕，汗透罗衣雨点花。归去岂知还向月，马嘶烟岸柳阴斜。

春风，刘兼。彩骑，储光羲。闲遣，鲍溶。惟令，权德舆。鬟垂，韩偓。汗透，刘禹锡。归去，李商隐。马嘶，韦庄。

又　感旧

水晶帘箔绣芙蓉，来是空言去绝踪。歌酒家家花处处，烟波渺渺恨重重。

同心携手今如此，浩态狂香昔未逢。莫怪临风倍惆怅，更期何日得从容。

水晶，崔颢。来是，李商隐。歌酒，白居易。烟波，杨乘。同心，徐铉。浩态，韩愈。莫怪，温庭筠。更期，白居易。

蝶恋花

三五夜中新月色。云树飞飞，暗上红楼立。任有风流兼蕴藉，婵娟花艳无人及。

惆怅知音竟难得。临水鸣琴，香雾云鬟湿。却掩洞房花寂寂，清歌响断银屏隔。

三五，白居易。云树，李节。暗上，韦庄。任有，刘崇鲁。婵娟，毕曜。惆怅，罗隐。临水，宋华。香雾，杜甫。却掩，李涉。清歌，温庭筠。

又 明湖夜泛

近郭乱山横古渡。洒雾飘烟，凉月生秋浦。万里苍苍烟水暮，一帆暝色鸥边雨。

碣石潇湘无限路。自北徂南，诗忆伤心处。石笋街中却归去，阑干北斗天将曙。

近郭，郎士元。洒雾，乐章。凉月，李频。万里，韩愈。一帆，殷尧藩。碣石，张若虚。自北，白居易。诗忆，杜甫。石笋，同上。阑干，韩愈。

又

环佩无声灯寂寂。桂醑盈斟，粉化横波溢。养在深闺人未识，婵娟两鬓秋蝉翼。

晓梦未离金夹膝。愿得君欢，帘卷莺声急。锦帐罗帏羞更入，牵裾揽带翻成泣。

环佩，王建。桂醑，乐章。粉化，韩偓。养在，白居易。婵娟，同上。晓梦，温庭筠。愿得，夷陵女子。帘卷，吴象之。锦帐，崔公远。牵裾，杨衡。

临江仙

青草浪高三月渡，天边树绕谁家。稻田凫雁满晴沙。开轩面场圃，绕郭树桑麻。

故里若为归去好，洞深人咽丹霞。东风今日放桃花。川原杳何极，相望紫烟赊。

青草，许棠。天边，皇甫冉。稻田，温庭筠。开轩，孟浩然。绕郭，许浑。故里，韦庄。洞深，王贞白。东风，李中主。川原，王维。相望，宋鼎。

又　听友人话故乡风景

见说新桥好风景，红蜻蜓袅莲花。烟笼寒水月笼沙。山空松子落，堤暖柳丝斜。

不用登临苦回首，几年江海烟霞。更携书剑客天涯。何时一茅屋，把酒话桑麻。

见说，张怀。红蜻，皮日休。烟笼，李商隐。山空，许浑。堤暖，杨巨源。不用，杜牧。几年，包佶。更携，许浑。何时，杜甫。把酒，孟浩然。

风入松　秋日偕张南湖游漱玉泉，寻易安居士故址

一林黄叶送残蝉，莎坐暖于绵。池边雨过飘帷幕，水平流、

浅有蒲莲。卷宿吟销永日，绮罗共占韶年。

诗家眷属酒家仙，对酒思悠然。传闻烛下调红粉，转清商、词理翩翩。高迹无人更蹑，还如秋水秋烟。

一林，郑谷。莎坐，白居易。池边，许浑。水平，白居易。浅有，韩愈。卷宿，李中。绮罗，权德舆。诗家，白居易。对酒，同上。传闻，徐安期。转清，乐章。词理，汤衡。高迹，李白。还如，郑述诚。

红林檎近　春日独行城东，有怀都门旧游

一路经行处，风花高下飞。白日照幽草，青萝拂行衣。昨日胜于今日，上苑遍是花枝。能得几许多时，两鬓各成丝。

云气争结构，林影久参差。十州异境，且来闲话希夷。何人知此意？超然孤赏，长安陌上相识稀。

一路，刘长卿。风花，杜甫。白日，李白。青萝，同上。昨日，白居易。上苑，杜弈。能得，王建。两鬓，李白。云气，韩愈。林影，柳宗元。十州，张绍。且来，李中。何人，白居易。超然，裴潾。长安，张籍。

水调歌头　饯别

今夕是何夕，风暖觉衣轻。江南江北春早，尊酒畅平生。几往返兮极浦，把钓丝随浪远，滞虑洗孤清。松际露微月，帘上玉钩明。

启庭户，细腰舞，早传名。芳馨常在白虎，摇瑟凤吹笙。

世事不同心事，青琐应须早去，玉管切离声。醉后各分散，千里暮云平。

今夕，杜甫。风暖，温庭筠。江南，王建。尊酒，岑文本。几往，鱼玄机。把钓，陆龟蒙。滞虑，张九龄。松际，常建。帘上，李群玉。启庭，皇甫冉。细腰，李贺。早传，长孙无忌。芳馨，张荐。白虎，宋之问。世事，刘禹锡。青琐，韩翃。玉管，褚亮。醉后，李白。千里，王维。

念奴娇 题仲言柴桑旧隐图

有威者凤，苇萧中辟户，颇淹岁月。绿树碧檐相掩映，鱼网平铺荷叶。鸡犬闲闲，枝条郁郁，心与清晖涤。飘摇羽服，和风澹荡归客。

童稚不识衣冠，山嵇之旧，野坐分苔席。回首吹箫天上伴，青琐应须长别。溪有蘋茋，沟垂细柳，地是蒙庄宅。薄言遵渚，水流绝涧终日。

有威，元希声。苇萧，唐求。颇淹，贯休。绿树，吴融。鱼网，李嘉祐。鸡犬，白居易。枝条，上官昭容。心与，张九龄。飘摇，乐章。和风，温庭筠。童稚，王维。山嵇，裴潾。野坐，李益。回首，戴叔伦。青琐，顾况。溪有，韩愈。沟垂，裴潾。地是，高适。薄言，裴潾。水流，皇甫冉。

花犯 上巳出城东，闻吾乡是日春游最盛

出城东，和风习习，清川澹如此。不烦歌吹。自与我周旋，

散彩无际。浊醪最称看山醉，千峰横紫翠。闲徙倚、绣林锦野，东皋春事起。

客心何事转凄然，故乡云水地，种桃种李。青山后，五花马、如鳞栉比。久相待、离鸿晓引，开玉匣、亲朋无一字。厌花落、随飞随啄，双双新燕子。

出城，王维。和风，乐章。清川，王维。不烦，上官昭容。自与，白居易。散彩，张南史。浊醪，郑谷。千峰，杜牧。闲徙，吴融。绣林，贯休。东皋，李白。客心，高适。故乡，李商隐。种桃，贯休。青山，皇甫冉。五花，李白。如鳞，顾况。久相，李贺。离鸿，元希声。开玉，卢仝。亲朋，杜甫。厌花，韩偓。随飞，韩愈。双双，杜甫。

宴清都　明湖秋泛，有怀兄子闲

大漠孤烟直。风似箭、萋萋春草秋碧。阴槐翳柳，苍波荡日，狂流碍石。至深至浅清溪，留不住、东林宾客。望龙山、矗与云齐，三年不得消息。

山中今夜何人，江淹杂体，绮丽争发。伊川别酒，依稀如在，纷纷已隔。青枫欲暮烟饶，树枝袅、忧心如织。急回船、明月流光，蛩鸣唧唧。

大漠，王维。风似，李叔卿。萋萋，王维。阴槐，萧颖士。苍波，李白。狂流，成用。至深，鱼玄机。留不，李萼。东林，段成式。望龙，刘长卿。矗与，顾况。三年，王建，山中，韩翃。江淹，汤衡。绮丽，潘述。伊川，徐坚。依稀，乐章。纷纷，崔逵。青枫，陆龟蒙。树枝，顾况。忧心，皎然。急回，李康成。明月，卢照邻。蛩鸣，贯休。

小梅花 劝酒词

击鼍鼓，湛清酤，风吹仙袂飘飘举。去日多，情如何，跨池左右，庭树长新柯。世间行乐亦如此，青眼高歌望吾子。风凄凄，草萋萋，多少行人，征马路旁嘶。

朝理曲，暮理曲，篱前老却陶潜菊。秋江平，秋野明，吁其别矣，何以慰吾诚。洞庭波浪连沙白，等是有家归未得。一叶舟，湘水流，我将济兮，此意重悠悠。

击鼍，李贺。湛清，王维。风吹，白居易。去日，薛逢。情如，崔逵。跨池，徐坚。庭树，刘长卿。世间，李白。青眼，杜甫。风凄，王维。草萋，岑参。多少，贯休。征马，李峤。朝理，二句，薛蕴。篱前，杜甫。秋江，权德舆。秋野，李贺。吁其，息夫牧。何以，张九龄。洞庭，顾况。等是，无名氏。一叶，韩偓。湘水，刘禹锡。我将，韩愈。此意，杨巨源。

以上别集卷四《湘烟阁幻茶谱》中

忆江南 拜月词

拜新月，轻步宛霓裳。罗幕画堂深皎洁，细环清佩响丁当，私语口脂香。

拜新，张夫人。轻步，张祜。罗幕，鲍溶。细环，曹唐。私语，白居易。

又 见藤花有感

深浅紫，绕格古藤垂。细路独来当此夕，落花墙隔笑言时，莫待晓风吹。

深浅，顾况。绕格，李吉甫。细路，李商隐。落花，郑谷。莫待，则天后。

南乡子 春夜

锦琴荐，绣裆襦，琐窗还咏碧蟾蜍。残烛依依香袅袅，惊曙鸟，落尽梨花春又了。

锦琴，皮日休。绣裆，李贺。琐窗，吴融。残烛，徐铉。惊曙，权德舆。落尽，郑谷。

忆王孙

清淮月影落金卮，芳草渡头微雨时，仙侣同舟晚更移。就花枝，惊起沙滩水鸭儿。

清淮，刘禹锡。芳草，杜牧。仙侣，杜甫。就花，白居易。惊起，李群玉。

归国谣 秋兴

人寂寂，羌管一声何处笛。凉蟾落尽疏星入。

秋风万里芙蓉国。情难极，明朝又是花狼藉。

人寂，皇甫冉。羌管，温庭筠。凉蟾，李商隐。秋风，谭用之。情难，李康成。明朝，潘佑。

生查子　夏闺

美人梳洗时，半露胸如雪。酥颗点珠融，犹恐何郎热。

发乱绿松松，剩欲逢花折。荷芰水亭开，女伴朝来说。

美人，杜光庭。半露，白居易。酥颗，同上。犹恐，许浑。发乱，元稹。剩欲，司空图。荷芰，杜审言。女伴，戎昱。

抛球乐　（八首）

桃李年年上国新，三阳丽景早芳辰。花迎喜气皆知笑，草赖余吟尽解春。飘渺巫山女，何处风光入梦频。

桃李，李益。三阳，玄宗。花迎，王维。草赖，罗隐。飘渺，白居易。何处，许浑。

一朵能行白牡丹，含词忍笑腻于檀。绿窗绣幄天将晓，银烛金炉夜不寒。履舄从相近，直似瑶池会上看。

一朵，崔涯。含词，徐铉。绿窗，同上。银烛，王昌龄。履舄，白居易。直似，罗虬。

倦枕徐欹宝髻松，得人憎是绣芙蓉。桃花潭水深千尺，凤尾香罗薄几重。好作鸳鸯梦，玉女窗扉报曙钟。

倦枕，韩偓。得人，黄滔。桃花，李白。凤尾，李商隐。好作，李贺。玉女，温庭筠。

银汉斜临白玉堂，罗帏翠被郁金香。楼前淡月连江白，湖上微风入槛凉。此际难消遣，卧后清宵细细长。

银汉，刘方平。罗帏，卢照邻。楼前，温庭筠。湖上，同上。此际，郑谷。卧后，李商隐。

深殿重门夜漏严，新人桥上着春衫。香球趁拍回环匼，绿醑盈杯次第衔。月色明如昼，更上西楼望远帆。

深殿，元稹。新人，李商隐。香球，白居易。绿醑，鱼玄机。月色，崔道融。更上，韦应物。

海燕飞时独倚楼，碧空云断水悠悠。闲拈蕉叶题诗咏，醉折花枝当酒筹。日暮长河急，春浪无情也白头。

海燕，戴叔伦。碧空，温庭筠。闲拈，白居易。醉折，同上。日暮，王维。春浪，裴余直。

绣被焚香独自眠，分明同在后堂前。樱桃解结垂帘子，榆荚还飞买笑钱。怅望缄双鲤，嬴女吹箫已上天。

绣被，李商隐。分明，元稹。樱桃，张谓。榆荚，李商隐。怅望，杨巨源。嬴女，权德舆。

一寸相思一寸灰，春风何事苦相催。花应洞口长时发，水到人间定不回。犹有残灯火，兰焰芬芳彻晓开。

一寸，李商隐。春风，刘长卿。花应，韩偓。水到，曹唐。犹有，吕群。兰焰，陈去疾。

醉花间　送友人之长沙

江南客，长沙谪，送子难为别。月满洞庭秋，旷望湖天夕。
家贫故旧怜，道广群仙惜。移官岂至尊，莫道恩波隔。
江南，鲍溶。长沙，张荐。送子，李白。月满，李端。旷望，白居易。家贫，戴叔伦。道广，贯休。移官，杜甫。莫道，同上。

浣溪纱　题士女图（二首）

谁倚东风十二阑，双眸春水照人寒，宝衣无影自珊珊。
夜合带烟笼晓日，素蕖含露泛清澜，名花倾国两相欢。
谁倚，戴叔伦。双眸，崔珏。宝衣，皮日休。夜合，元稹。素蕖，李群玉。名花，李白。

白雪须知唱和难，素琴幽怨不成弹，残妆满面泪阑干。
晓镜但愁云鬓改，秋肌稍觉玉衣寒，中天月色好谁看。
白雪，李建勋。素琴，唐彦谦。残妆，薛逢。晓镜，李商隐。秋肌，李贺，中天，杜甫。

又　有忆（四首）

一笑从教下蔡倾，苏家小女旧知名，只应回首是卿卿。

翠帐绿窗寒寂寂，紫槽红拨夜丁丁，此时秋月可怜明。

一笑，韩偓。苏家，白居易。只应，李绅。翠帐，顾况。紫槽，许浑。此时，刘希夷。

紫府程遥碧落宽，玉仙瑶瑟夜珊珊，若非魂梦到应难。

晚叶尚开红踯躅，晓风交戛碧琅玕，几株芳树昨留欢。

紫府，李商隐。玉仙，杜牧。若非，徐铉。晚叶，白居易。晓风，罗隐。几株，羊士谔。

万叶千花泪眼中，余生只是任飘蓬，暗题蝉锦思无穷。

惆怅空知思后会，沉吟不敢怨东风，断无消息石榴红。

万叶，纥干著。余生，刘长卿。暗题，步非烟。惆怅，朱放。沉吟，洛下女子。断无，李商隐。

雾袖烟裾云母冠，芙蓉脂肉绿云鬟，忍教憔悴向人间。

萱草岂能忘积恨，野花空解妒愁颜，梦魂何处访三山？

雾袖，李益。芙蓉，元稹。忍教，李九龄。萱草，李中。野花，刘禹锡。梦魂，曹唐。

又 题院西刘氏别业

长爱街西风景闲，紫门无事日长关，松枝静处鹤初还。

三尺焦桐七条线，半潭秋水一房山，不知何事忆人间。

长爱，刘禹锡。柴门，朱庆余。松枝，赵嘏。三尺，李山甫。半潭，李洞。不知，李九龄。

又　对月

耿耿星河欲曙天，帘光浮动水精悬，镜中人入洞庭烟。

若遣有情争怅望，可能无碍最团圆，梦魂长寄玉轮边。

耿耿，白居易。帘光，陈标。镜中，韦庄。若遣，王初。可能，张籍。梦魂，韦庄。

采桑子　沂州城南小村

月明松下房栊静，张盖如轮。雀噪荒村，绿稻香来野径频。

一尊酒尽青山暮，嗟我怀人。南望吴门，驿路花开处处新。

月明，王维。张盖，李贺。雀噪，王维。绿稻，杜牧。一尊，许浑。嗟我，皎然。南望，裴潾。驿路，柳宗元。

减兰　寄实甫洛中，时予将北上矣

洛城春禊，闻道神仙有才子。雾雨淫淫，柳色如今深未深？

骖騑徐动，此夜分明来入梦。携手同归，未减灵和殿里时。

洛城，高球。闻道，李商隐。雾雨，顾况。柳色，韩愈。骖騑，元希声。此夜，韩偓。携手，临淄县主。未减，张旭。

清平乐　齐河题壁

歌离吊梦，马渴黄河冻。寒柳翠添微雨重，雨后山容若动。

夜寒幽枕云生，遥闻击柝山城。兽炭毡炉正好，如何得作双成。

歌离，罗隐。马渴，王贞白。寒柳，薛逢。雨后，陆龟蒙。夜寒，李真。遥闻，严维。兽炭，刘蕃。如何，鱼玄机。

阮郎归

花枝临水复临堤，往来琴独携。无人家处洞边溪，两闻春鸟啼。

草浅浅，气凄凄，田家树木低。玉山高与阆风齐，杨朱空自迷。

花枝，元稹。往来，李白。无人，施肩吾。两闻，王维。草浅，李贺。气凄，皇甫冉。田家，杜甫。玉山，李商隐。杨朱，钱起。

月中行　陈君衡体

昔年于此见娇娆，一搦掌中腰。春妆满眼睡红绡，罗荐暗魂销。

闲寻绮思千花丽，江皋绿草迢迢。更无消息到今朝，何处听吹箫？

昔年，温庭筠。一搦，李百药。春妆，元稹。罗荐，吴融。闲寻，罗隐。江皋，杜牧。更无，刘禹锡。何处，岑参。

少年游 宛陵体，湖上

清歌一曲月如霜，兰棹醉横塘。千里万里，十片五片，露重觉荷香。

山城欲暮人烟敛，岚翠扑衣裳。几程归思水风凉，叹衰草，惜流光。

清歌，高侍郎。兰棹，杜牧。千里，贯休。十片，修雅。露重，韦庄。山城，杜荀鹤。岚翠，杜牧，几程，李中。叹衰，张生妻。惜流，权德舆。

（清）［青］门引 戏题小园古松

跰跹松形矮，天下只应我爱。卧龙归处石坛深，清风明月，不用一钱买。

骨青犹似含春霭，五鬣何人采？朝来门阁无事，扫除白发黄精在。

跰跹，皮日休。天下，白居易。卧龙，许浑。清风，李白。骨青，陆龟蒙。五鬣，储光羲。朝来，韦应物。扫除，杜甫。

鹧鸪天 别情

别酒重倾惜解携，半杯松叶冻玻璃。鸳鸯帐下香犹暖，夜合花前日又西。

诗绮美，为君题，红绡带缓绿鬟低。欲知肠断相思处，晨肇重来路已迷。

别酒，李后主。半杯，李商隐。鸳鸯，鱼玄机。夜合，无名氏。诗绮，张籍。为君，岑参。红绡，白居易。欲知，赵光远。晨肇，王涣。

又 春游（二首）

处处楼台歌板声，虹梁绣柱映丹楹。春风流水还无赖，落絮游丝亦有情。

白日暖，半山晴，独怜幽草涧边行。年光到处皆堪赏，老去谁知感慨生。

处处，杜牧。虹梁，杨师道。春风，曹唐。落絮，杜甫。白日，李白。半山，皎然。独怜，韦应物。年光，张仲素。老去，殷尧藩。

独把花枝出洞房，低鬟掩抑更摧藏。近来欲睡兼难睡，仿佛闻香不是香。

水为沼，杏为梁，不堪闲坐细思量。生憎燕子千般语，又逐流莺过短墙。

独把，梁锽。低鬟，羊士谔。近来，刘象。仿佛，元稹。水为，元结。杏为，白居易。不堪，李后主。生憎，骆宾王。又逐，郑谷。

瑞鹧鸪

一家欢笑设红筵，旧事思量在眼前。芳草落花明月榭，水蒲风絮夕阳天。

今年春色还相误，何处风光最可怜？绝意双文人静后，犀梳斜翀鬓云边。

一家，罗隐。旧事，白居易。芳草，武元衡。水蒲，薛能。今年，赵嘏。何处，白居易。绝忆，元稹。犀梳，唐彦谦。

踏莎行 题竹

曙岭烟沉，画梁云亘，风含翠筱娟娟静。绕池闲步看鱼游，忽惊屋里琴书冷。

左右成行，朝昏涵景，江湖水落高楼迥。此中幽隐几经年，江南花柳从君咏。

曙岭，乐章。画梁，上官昭容。风含，杜甫。绕池，白居易。忽惊，杜甫。左右，夷陵女子。朝昏，裴潾。江湖，许浑。此中，李咸用。江南，王智兴。

又

陶令闲园，河阳花县，金铃犬吠梧桐院。行人醉后起登车，数声风笛离亭晚。

别叶秋飞，云歌晓啭，空余皎月当层汉。不知乘月几人归，玉池露冷芙蓉浅。

陶令，清昼。河阳，李贺。金铃，韦庄。行人，张籍。数声，郑谷。别叶，元希声。云歌，乐章。空余，唐彦谦。不知，张若虚。玉池，许浑。

蝶恋花　闻笳

几处吹笳明月夜。如诉如言，卒岁无闲暇。风急乱云飘迥野，燕弓弦劲霜封瓦。

独倚阑干意难写。客有伤时，失职而听者。兴发会能驰骏马，军前草奏旄头下。

几处，李益。如诉，罗隐。卒岁，陆龟蒙。风急，来鹄。燕弓，温庭筠。独倚，崔鲁。客有，九字，李白。兴发，严武。军前，皮日休。

临江仙

独立衡门秋水阔，碧峰寥落孤烟。向阳茅屋两三间。晚风清近壑，明月照澄湾。

鸿雁不堪愁里听，悠悠啼遍关山。石矶西畔问渔船。何因不归去，送老白云边？

独立，窦巩。碧峰，章孝标。向阳，白居易。晚风，王勃。明月，孟浩然。鸿雁，李颀。悠悠，李中。石矶，张继。何因，韦应物。送老，杜甫。

又

绝代佳人何寂莫，闺中独坐含情。朱唇掩抑悄无声。脸横秋水溢，眉敛远山青。

单影可堪明月照，庭闲夜久天清。一年今日最分明。水精帘不隔，银汉会双星。

绝代，韩偓。闺中，鱼玄机。朱唇，柳宗元。脸横，吴融。眉敛，白居易。单影，吴融。庭闲，严维。一年，戎昱。水精，杨巨源。银汉，杜甫。

又　送余午峰下第归楚北

汉口夕阳斜度鸟，猿声南接荆蛮。倚楼僧看洞庭山。去程何用计，幽事颇相关。

想得故园今夜月，蛾眉犹自弯弯。春来江上几人还？莫将和氏泪，更染竹成斑。

汉口，刘长卿。猿声，令狐楚。倚楼，韦庄。去程，刘长卿。幽事，杜甫。相得，罗邺。蛾眉，窦弘余。春来，卢纶。莫将，王维。更染，宋之问。

归朝欢　题赵北口十方院寺

夹岸垂杨三百里，歇马独来寻故事。古碑无字草芊芊，村园门巷多相似。小桥低跨水，沙边贾客喧鱼市。雀飞多，群雌粥粥，照影玉潭里。

谁解乘舟寻范蠡，云物不殊乡国异。一声长啸海天秋，少年尝读桃源记。垂钓将已矣，终须拣取幽栖地。倚松根，暮看烟火，荷筱者谁子？

夹岸，杜牧。歇马，李涉。古碑，李群玉。村园，雍陶。小桥，韦庄。沙边，方干。雀飞，张籍。群雌，韩愈。照影，李白。谁解，温庭筠。云物，杜甫。一声，吕岩。小年，权德舆。垂钓，王维。终须，陆龟蒙。倚松，欧阳炯。暮看，王维。荷筱，储光羲。

以上别集卷五《湘烟阁幻茶谱》下

以上《檗坞词存》，光绪年间刻本。

何维棣

何维棣（1856—1913），字棠荪，号卷庵，道州（今道县）人。光绪癸未（1883）进士，授庶常。曾任四川中西学堂首任校长、四川印刷局总办等。有《煮冰词》一卷。

菩萨蛮 春望

澄江倒映楼台碧，柳腰柔弹娇无力。莫上最高梯，尽头烟雨迷。

溶溶春水绿，艇子前溪曲。风聚野塘萍，林鹃啼数声。

临江仙 和永叔

小楼昨夜闻人语，红灯影动玻璃。日高庭院乳莺啼。重重遮翠幕，怪道晓妆迟。

低唤侍儿开绣幌，屧声微度罘罳。镜台慵倚弄胭脂。早朝人未返，已过画眉时。

点绛唇 咏江岸孤梅

叶底怀春，冷清清地偎香浅。画桥西畔，偷趁东风便。

冰脸瑶肌，对镜蘋波晚。开还懒，嫩苞丰满，只惜无人管。

高阳台　秋思

云幕兜寒，雨丝织恨，高楼凝望成痴。午院无声，惊闻门外骝嘶。几番展约黄花酒，到黄花、已后芳时。黯销凝、倚遍回阑，送尽斜晖。

蓬山瞥眼沧桑换，想刘郎此去，旧径都迷。沟水西东，人间是处天涯。愁来闭着窗儿坐，怕青禽、觅路稽迟。更凭谁、乞借并刀，剪断相思。

洞仙歌　游丝

生来飞动，趁画帘莺燕。舞遍深深绿杨院。仗东风、余力绾住温柔，空际影，分占杨花一半。

绮窗人扑蝶，亭午悠扬，趁暖随香拂罗扇。宝篆驻炉烟，袅动梁尘，黏还坠、玉纤轻撚。寻好梦追君谢娘家，忽暮雨飞来，落英遮断。

霜天晓角　和竹山折花（二首）

墙外衫痕，折花还避人。为语雨余泥浅，轻下手、莫摇根。

黄昏，偷睨频，怕教莺燕嗔。莫漫偎藏袖底，妨瘦损、一枝春。

雨黯清池，是谁来折枝？折尽千红不管，须着眼、未开时。

迟迟，香袭衣，鬓边斜插归。移种君家更好，留此处、没人知。

东风第一枝　立春，用梅溪韵

雪意楼心，云情槛角，青衫谁浣尘土？灵符遍挂朱门，宝帖分投绮户。东风着意，大半在、阑干深处。向锦街、趁马随车，依样彩幡金缕。

申浦续、遇风剩句。湘树引、望云哀绪。呼莺问柳前程，倩蝶寻花旧侣。幽阶小草，待分占、一楝香雨。且及时、沽酒江亭，明日片帆催去。

清平乐　夜雪

半空飞絮，舞遍庭中树。翠袖摇风无着处，点向鬓边还住。

四垂玉宇澄明，晓来又放新晴。绕砌榛榛枳棘，不随蕙草凋零。

秋波媚　题易实甫观察、王梦湘同年庚辰闱中和稿

眉心绮岁竞妍华，湘社此萌芽。独怜王粲，丰台别后，宦迹天涯。

青山尘土知何似，瀛海泳鱼虾。对镫孤咏，晓风残月，玉

笛谁家?

金缕曲 和王佑遐给谏纪梦，用原韵

昨夜分明是。玩无园、丛花古石，日晖云泄。矍铄重闱头未白，问学循陔诸子。是昔日、家山风味。断梦惊残无续处，把经过幻境牢牢记。都铸作，衾头泪。

行年五十加三矣。算而今、寻欢还在，黑甜乡里。拥被春眠长不醒，吾愿如斯足耳。奈一瞥、凄然分袂。地下果能偕骨肉，尽此生老作桑枝寄。迟也合，夜台会。

青衫湿 忆小黄谷山斋，用容若韵

安仁旧恨，今三十载，断梦难忘。黄谷佳城葱郁，绕红树、一角山房。遣悲怀，不寐剔兰釭。忆秋宵、陇畔偎云卧，纵无聊、也伴凄凉。霜紧鸡啼竹径，月明蟋语苔廊。

一自泛家天末，故山悬梦，怕度重阳。更倩阿谁祭扫，剩娇女、为奠椒浆。料泉台、无语亦神伤。续胶人已嗟垂暮，唤儿郎，设座焚香。雨气浓侵泪眼，江流曲肖回肠。

蝶恋花

仙路蓬莱迷近远。只盼春来，不问春长短。记得瑶台初识面，梦中环佩常常见。

青鸟诳人低语唤。曲槛通辞，横被花遮断。扇底秋波曾一转，从教写入相思券。

壶中天 咏旧藏松烟

客卿无恙，曾伴我、年少宣南流寓。二十年前珍箧衍，玉屑珠英参伍。獭髓千金，乌丸九子，光泽今非故。那时声价，而今真赏何许。

为语十二龙宾，厚情投分，也合嗟无遇。汝惯磨人惟我甚，相伴行藏终古。体废簪花，缘悭奏草，渲染穷愁句。珍吾家帚，瘗藴文冢深处。

江城子 别意

碧云叠叠水重重。路难穷，梦能通。别后算来，几度落花风。折遍琼枝千万树，销不尽，杜鹃红。

去年人面此门中。乍相逢，去匆匆。小岁天涯，心许到衰翁。春水鸭头千丈绿，争得似，此情浓。

诉衷情 和漱玉韵

绮窗扶醉掩帏迟，钗影颤花枝。酒痕襟上，粉香鬓底，坐送春归。

人自远，梦相依，蜡荷垂。更揩鸾镜，更理鸳衾，更候多时。

江城子　咏莺

金衣初乳艳阳晨，咒花神，护芳魂。雨爱云怜，管得一生春。只恨东风来又去，容易到，是黄昏。

柳绵勾引过比邻。蝶还瞋，燕还矉。接叶新巢，不似旧时温。斗酒双柑前度客，凝望眼，致殷勤。

鹧鸪天

少小樱桃巷口居，华年才可十三余。重文辨得鸳鸯字，双影描成蛱蝶图。

梅雨暮，藕香初，体轻腰细不教扶。只知好事张京兆，却笑多才贾大夫。

金缕曲　读定庵出都述怀之作，反其意和之

世局同流寓。古今来、贤愚伧富，概归何处？三百万金终当尽，名士美人黄土。销不了、人间凄苦。广厦如山平生愿，怕神州没地容轩宇。从不解，壮哉语。

青衫十载登楼赋。笑年时、抗怀契稷，老依莲幕。欲济苍生知无分，聊以托之毫楮。算终胜、澹冲夷甫。野史亭前幽闲境，把名山事业从头补。游倦矣，甚情绪。

探春令

芙蓉城畔，狂风吹弄，落英无数。花间独自凭阑久，恰有个、人心许。

梦回一枕高唐赋，在阳台偏处。悔斜阳、策马匆匆去，已约我、黄昏雨。

减字木兰花　墙阴孤花

雪姿霜性，雨打风吹枝转劲。躲在篱笆，过了篱笆是别家。

孤芳无着，岁岁自开还自落。且莫移挪，全借春泥长养他。

木兰花慢　蕉根见梅一枝有咏

断蕉凝雪处，花不语，渐垂垂。忆卧阁移帘，绿天罩午，不见琼枝。憎他蔽云翳日，待秋风次第剪猖披。那畔孤茎玉瘦，当初没个人知。

蟾妃珍重扇仙，题书带，护香泥。想一卷柔情，偎春不死，旁出多姿。弹文尽教竹妒，更匀脂化粉孕瑶肌。秉烛巡檐看取，明朝迟过芳期。

尉迟杯　旅感

沙津树，斜照里一幅轻帆举。荆台坠碧颓红，频岁将人留住。东风正恶。更岁暮、高歌向何许。到晴川、暂舣兰桡，醉呼洲畔鹦鹉。

当年宦辙青城，谁麾向、荆岷二水分处。缥缈巫峰销魂地，愁隔断、重重云雨。闲寻觅、西湖鸿雪，唤寒家、逋仙作伴侣。笑流莺、浪逐飞花，一年春事谁主？

翠楼吟　咏魂，和黄唐堂

怎个销他，江郎一赋，离人黯然南浦。记曾花月夜，几番为好春来去。频频句住。奈别梦牵云惹絮。冥游路、不愁遮断，剪风丝雨。

烟树，吊影高楼，倩怪鸮哀蟋，替鸣凄苦。玉梅心未死，化啼血子规无数。招从何所？只返待香焚，引将幡举。重还处，问谁作记，牡丹亭主？

阮郎归　题人照片

临风玉树凤凰池，紫骝归去迟。天涯因甚不相思，此身行坐随。

鹅鸭闹，燕莺疑，邻家知是谁。韩潭夜月冷芳卮，元都花事非。

临江仙

半卷珠帘红日午，花间梦暖莺雏。背明张镜画眉初。唤郎看仔细，究竟入时无。

绮陌踏青三月暮，东风吹送香车。嬉春女伴莫相呼。怕将游赏事，虚占绣工夫。

声声慢 望月

霜情噤树，雪色僵花，银蟾偷睨檐端。千里随人累侬，易地凭阑。明朝解鞍何处，况望中、无限关山。羞对影，记南楼、那夜酒冷香残。

云表琉璃宫府，问修成、七宝经始何年？料得今宵，人天一样清寒。笙歌几回闻倦，又纷纷、急管繁弦。甚到此，又句留三度月圆。

南乡子

罗幕掩云屏，花气阴阴护碧棂。深院忽闻人笑语，休惊，梦觉檀郎酒半醒。

香雾几多层，中透红镫的的明。白玉狻猊眠又起，潜听，满树梨花夜雨声。

双双燕 和梅溪

衔泥未了，被檐雀争巢，去温趋冷。春雨江南，逐蝶杏花枝并。窥遍天窗露井，更觅地、回翔未定。兰闺两度东风，不是当时钗影。

前径，红肥翠润。奈梦被鸦惊，语输莺俊。迁延且住，目送画楼烟瞑。要把雕梁试稳，姑忍待、来年芳信。怕教剪爪吴宫，十二珠槺久凭。

丑奴儿　西湖

溪山合让西湖好，雪外棕榈，水外菰蒲，何止春来似画圆。
澄波隔断江潮路，官学髯苏，仙访林逋，第一清游不为鲈。

归国遥　咏红豆

红豆子，血染干红霜叶底。系艇锦帆泾尾，堕依怀袖里。
写入辋川诗意，倚声人老矣。三十年华如水，画船重过此。

庆千秋　和稼轩立春

老去苏髯，逐世间儿女，短鬓簪幡。冻云乍开又合，添酿些寒。邹枚胜侣，十年来、梦断梁园。寻曲宴酥花茅叶，都非旧日椒盘。

却怪东君多事，尽妆林绣野，从不偷闲。偏于少年独懒，一任凋颜。楼台蜃气，趁寒潮、早暮循环。愁待到、红娇绿腻，落英又送春还。

浣溪沙　为人题照片

浪蕊浮花笑众芳，海天归后遂无郎，挑镫曾与说沧桑。
名满江湖供跌荡，事关家国管兴亡，春风无恙北船忙。

菩萨蛮　夜起

芭蕉叶战风中雨，垂帘湿亸千丝缕。闲倚曲阑干，五更添峭寒。
沉沉天宇黑，残角高城北。不寐立多时，绿窗人未知。

蝶恋花　别意

酒罢歌残人别去。雨意云情，从此无依据。鹦鹉梀前呼不住，声声又过街南树。
泪染罗衣千点露。柳外愁心，系向来时路。莫更停舟桃叶渡，东风惯把朱颜误。

声声慢　和竹山

黄华零雨，锦树骄霜，重重院宇无声。午梦酣时，惊残别馆书声。千头木奴上市，携筐哗、遍小儿声。清昼悄、效庐陵一赋，写出秋声。
晓角声中落月，怅征车、大去尽走雷声。孤雁南回，因风带到边声。关心授衣冷节，闭珧窗、轧轧机声。传此恨，倚楼人长笛一声。

调笑令 嘉兴舟次

双桨双桨，来自鸳鸯湖上。剑南鬓影车尘，梦断巫山雨云。云雨云雨，画舫曾停伊处。

八六子 春暮书怀

挂轻帆，惹愁春水，巴西绿到江南。正陌上寻花客倦，酒边对镜人非，鬓霜暗添。

长亭垂柳毵毵，倚遍听鹂翠袖，攀从系马青衫。笑者番、游踪去来潮汐，韵同梅冷，味嫌莼淡，可堪旧梦惊回夜半，佳期迟过春三。燕呢喃，无眠静窥画帘。

清平乐 边思

月将愁伴，入夜清光满路。极龙沙天样远，算比相思还短。

去时顶蕙香初，到时塞草枯余。此恨欲言难尽，从教有梦无书。

采桑子　咏愁

新愁如雨谁留住，不在眉头，不在心头，只在斜阳江上楼。

相逢欲避知无地，风动帘钩，霜逼纱帱，作弄寒窗一夜秋。

蝶恋花

屈曲阑干屏六扇。楼下笙歌，楼上珠帘卷。步逐游蜂香径转，到头却是邻家院。

手折蔷薇人不见。落蕊飘阶，风定枝犹颤。鹦鹉前厅曾一面，而今咫尺蓬山远。

六丑　寒夜有感而作

问沉吟何事？也不为、青衫红粉。盛年俊游，铅华风烛里，过眼都尽。莫上高楼望，乱云飞絮，织古欢今恨。劳生百感纷相趁，迹泠京尘，思缠蜀碧，经过好春无准。只梅花不语，偷笑何逊。

江湖存问，续谢池佳韵。一剪吴淞水，消息近。频年雪点双鬓，学东方避世，陆沉吾分。吴塘外、几回潮信。何处觅、十亩桃源净土，坐人清润。眠云榻、易地难稳。看结巢、蝙蝠惊飞起，同予闷损。

西江月　即景

校舍珠帘画栋，军营碧水青山。官钱买尽好林园，分占江城一半。

古翠飞来天际，孤峰远出尘间。菱湖销夏藕花船，此处游人独擅。

朝中措

清歌声出画阑西，帘外雨凄凄。行到花枝低处，愁红乱点人衣。

春酲易散，余香满院，后约愆期。何不将身化蝶，梦中犹作双飞。

于中好　和杨无咎

阑干曲曲鸣环钏。此间住、旧游刘阮。别后瘦了桃花面，不似小时丰满。

隔帘鹦鹉曾偷见。忆当日、绿阴庭院。琐窗笑语风吹散，到门外、天涯远。

菩萨蛮　和端己

湖山自昔江南好，青袍多少江南老。花事夕阳中，落英深浅红。

海棠楼上月，别后音书绝。岁晚莫天涯，天涯看鬓华。

江城梅花引　有忆

春禽啼树嫩烟横，是何声？未分明。若是子规，不应此间鸣。江馆夜深兰烬灺，梦中路，逐东风、到锦城。

锦城锦城短长亭。花满棂，酒满罂。折也折也，折不尽、杨柳青青。瞥过阳台，云雨几多层。问迅当垆人在否，琴一曲，附鹈鹕、比翼行。

梦江南　书感（二首）

江上柳，还似去年青。越渚潮回春自远，巫山云断梦难成。消息问流莺。

河梁晚，风动紫骝尘。绿叶阴中应有路，黄梅雨后更无春。愁杀渡江人。

后庭花　和袁姜龛大令赠行，用孙光宪韵

金荃扇馥芳菲国，壮予行色。南浦年年春水绿，那更禁得。

宧乡文字外、几人相识。乱愁云织。千里月明同见忆，望眼无极。

喜迁莺 去皖，闻变归，和姜龛赠行韵

吴塘湛碧，奈和雨、柳绵低飞无力。荡瞩溢波，挂愁鄂树，客梦几回惊得。还趁小姑山下，夜半潮回风急。便归去，怅亭亭，车盖浮云西北。

闲寂。重访到，香径绿阴，无恙看花客。红谢蔷薇，黄过梅子，燕燕莺莺犹识。认取小枝攀处，又展柔条盈尺。倩谁伴，正题襟，人在倚楼长笛。

清平乐 和姜龛，用孙光宪韵

花阴鹃语，劝到三巴去。好个龙山留我住，天末栖栖何处。

江南燕子双飞，画梁容易斜晖。多谢乌衣旧主，怕逢社雨催归。

金缕曲 皖城军械局作

湫隘嚣尘里。是当年、霜戈雪戟，粤氛遗垒。蕞尔孤城无隙地，自昔因循于此。短垣外、炊烟连里。倚阁江天揩倦眼，拥龙山秀黛隆隆起。数椽屋，补苴耳。

旧时火库菱湖觜。到而今、挈瓶固守，个中堆委。霹雳万箱连画栋，旁穴蛇狐鼠蚁。更佩带、衣囊如绮。血染苌弘犹未碧，算此番幸报平安矣。司管钥，毋儿戏。

一萼红　郭外秋眺

展重阳，正嫩晴天气，锦树未全霜。风力僵帆，涛头舞艇，斜照描写吴塘。绕堤曲、行行且住，横短笛、人在白鸥乡。极睇烟湄，一波动处，知是渔航。

前去军墙列阵，矗红旌柳外，点缀沧浪。地若舟浮，城同斗大，天堑雄据中央。历多少、蜗争蚁斗，只白塔、孤峻阅兴亡。目送征鸿秋影，共我回翔。

高阳台

碧山残雪庭除一阕，皋闻以此题应是梅花。依韵和之。

仙骨脂凝，诗心玉瘦，芳时声动吹葭。竹外孤寒，春先隔院人家。罗浮未醒前游梦，奈云阶、屈曲周遮。忍惊看、憔悴荒篱，雪后横斜。

江南容得春多少，任攀从驿使，乱缀泥沙。官阁扬州，新词催老年华。清愁寄与孤山鹤，忆轻航，相伴天涯。料于今、冷尽湖烟，闲却幽花。

满庭芳　嘲废炮

老大神机，英雄无事，留汝经眼沧桑。齿摇趺折，镂字署鸳鸯。当日鱼龙百战，全仗汝、轰净欃枪。谁收拾、斑斓铜绿，狼藉土花乡。

功成身退矣，鲁弓晋矢，一任抛荒。又登坛换了，几辈儿郎。何似沉江铁锁，浑不管、斯世行藏。重磨洗，长平遗镞，知是出咸阳。

蝶恋花　别意

璧月琼云飞雁度。秋带愁来，红遍天涯树。莫忆河梁携手处，鲤鱼风起新霜暮。

斜照高楼催好句。只送秋归，不送愁归去。落叶满阶谁作主？青镫况坐通宵雨。

浣溪沙　江干送友人行

两度江亭上画桡，北风吹雨浪花骄，垂杨攀尽最长条。

白舫青帘湖外树，绿旆红旆浙江潮，诗魂禁得几回销。

南歌子　寄伯兄及十六弟海上

染翰供浮白，吹箫伴小红。襟裾难得一尊同，霜夜弟兄相望月明中。

吏隐浑忘老，才名不送穷。赤栏桥畔笛吟风，唤起坡仙高唱大江东。

锁阳台　试炮城东营次

汀蓼烘暄，溆兰绚午，江城画里晴暄[1]。人烟稀处，水际列烽台。好语眠鸥宿鹭，柳阴曲、莫漫惊猜。红旗矗、平沙对岸，轰发震天雷。

濒涯，飞弹处，半空雨下，一霎云开。更焰腾波际，响落烟湄。前渡锦帆千叶，尽收向、村树回溪。朱霞晚，龙山紫翠，伴我水亭杯。

忆萝月　郊望

冬雷如虎，十月淫霖苦，四幕云垂风卷去，催出半江红树。

东篱寥落黄花，穷年冷淡生涯。孤火前汀渔艇，炊烟近水人家。

虞美人　夜雨

去年司寤江关道，归路鸡声晓。今年听雨闭重门，携得燕奴千队伴黄昏。

人生万事都淹滞，只有春来易。前程总道挂帆迟，为问天涯何处落帆时。

---

① “晴暄”，疑应作“晴晖”。

卜算子 寒昼

宿雨晓来收，日闪玻璃影。风力团成旖旎云，过午添凄警。粉蝶觇墙阴，枝上栖难定。为语檐高不避寒，招入兰窗静。

如此江山 寄伯兄海上

又初霜冷枫红舞，天涯一痕斜照。倚阁看云，联床忆雨，怕数雁行多少。舒州雪早。问湘上扁舟，几时能到。酒半镫残，画楼应忆谢池草。

大江吟望悄悄。移巢新燕子，心事谁晓。武库胸罗，文坛掌录，只惜登楼人老。今年过了，要料理回帆，去寻泥爪。避地幽栖，纵清贫也好。

卖花声 别龚省吾同年

帆影九江滨，渺渺归云。新诗谁与共乾坤？君和余乾坤集诗六叠。憔悴征鸿忘是客，惯送行人。

宦海几知津，老我风尘。梅簃竹屋傥寻君，秋柳已无今岁绿，盼到来春。

水调歌头 送秋

秋向雨中尽，孤馆抱愁眠。晓来登阁遥望，墟里幕寒烟。

何处木鹅洲路，不见青青芳树，白浪远于天。篱角讯残菊，憔悴不胜怜。

感游宦，如社燕，寄修椽。知非吾土，何苦经岁且留连。待度重阳去也，看遍秋花开落，风雪逼残年。对镜理霜鬓，飞梦九江船。

浣溪沙 晓起

香尽红窗影蜡荷，寒宵霜色淡银河，几声催曙乱鸦多。
客梦频年惊雪柳，诗心无地访烟萝，江南春信隔层波。

淮甸春 菊如五十有赠

百年各半，合两人也算，期颐偕老。对镜相庄三十载，辛苦倩谁知道。戏彩兰陔，挑镫茅屋，乐事都过了。宦游情味，鬓丝又白多少。

漫语卿作夫人，清尊菘笋，且共开襟抱。云雨功名飞絮影，春梦如今才觉。躲过危机，抛将热念，还是清吟好。庭前初雪，明宵谢女应到。

梦江南 闻鸟语

窗外鸟，何事噪隆冬？当作春来终不是，一痕暄影画楼东，娇啭出雕笼。

玉山枕　除夕和王壬秋丈岁暮夜归

瑟瑟长夜，莫重问、春风价。仲宣客倦，嵇康性懒，襆被归来，听鼓刚罢。向无杯酒祭新诗，也坐待、蜡镫红灺。送穷文、续未成篇，尽沉吟，被儿童惊姹。

问谁揽辔澄清者，指斋壁、钟馗画。昨宵鹤唳，瞢腾呓语，独夜盘桓，一卷恒把。不须镜听准安排，觅乐土、拂衣高谢。怕因循、误了扁舟，爇心香，拜紫姑龛下。

玉楼春　戊申元日

霁雪楼阴围锦树，春人已共年芳暮。鬓如晚蕙半凋余，心似浮萍无着处。

金钱剪向花枝举，月到初三珍重度。迎新卖困未应迟，春既来时容易去。

风入松　立春雪晴

白眉半剪大龙山，空翠抹疏烟。瑶鬟玉髻新梳洗，菱湖曲、明镜清圆。乍雪才晴时候，江城画也都难。

街南丽日打春天，幡胜斗芳妍。高楼放眼沧洲碧，东风信、到在花前。不惜琼钟烂醉，从人预祝丰年。

清平乐　大观亭雨集

隔江烟屿，洒翠空中雨。一线银潮阑不住，飞上楼阴芳树。

冷云十里平宽，振衣恻恻轻寒。酝酿四山春色，天教留待晴看。

高阳台　春雪

剪水霏空，筛冰弄晚，环阶玉树琼枝。舞絮风前，珧窗晓起偏迟。当街不闭袁安户，怕洛阳、车马惊疑。只能消、一掬清泉，煮茗催诗。

檐梅昨夜飘零尽，剩红心委地，搅我相思。锦帐羊羔，从他宾座传卮。商量莫待新桃李，到艳阳、春又将归。盼时晴、绮陌寻芳，当作花期。

解语花　元宵雪，用清真韵

簪蝉发薄，画鸭毫僵，帘隙尖风射。玉尘飘瓦。良宵梦、先到戏春台下。梅妆静雅。正撚粉、团圞盈把。莲漏阑、还拔金钗，拨火添香麝。

记得鸳湖那夜，唤倾脂双桨，佳会闲冶，酒痕淋帕。归途晚、齐趁柳边骢马，匆匆去也。问花事、几番开谢。泥潦深、镫树初张，闻踏歌声罢。

青玉案 元夕用稼轩韵

千门不夜龙衔树，忽飒飒，风吹雨。帘卷妆楼临大路。素娥应妒，满城镫火，换作天花舞。

缤纷银霰飘金缕，逐侣香车黯归去。待月梅厅今两度。丁未元夕亦雨。玉箫声远，惜春人在，兰烬低红处。

步虚词 十六夜雪后春镫

火树摇风半灺，玉花舞雨刚停。银蟾点缀雪中镫，满放山河明镜。

秉烛画阑一角，偎香绣幄多层。儿童箫鼓隔墙声，唤起绮窗人醒。

醉桃源 咏座间红梅

霞觞喜色上凝脂，小红窗外欹。好春偏聚最秾枝，问花花不知。

风似剪，雨如丝，众芳都后时。初苞绿萼故开迟，雪霜孤瘦姿。

解连环 和玉田孤雁

麓云春晚，正圆沙聚宿，被风吹散。算去程、万水千山，更飞上、碧罗寄声高远。个字分明，怕混入、昏鸦乱点。怅同群落落，月明镫暗，累伊凝眼。

衔芦独行荏苒。听江城五月，笛中凄怨。想趁他、桧楫兰旌，便寻伴吴头，又随帆转。只影苍葭，傥垂老、天涯相见。忍频看海燕，双栖绣帘夜卷。

贺新郎　自题词稿

不习雕虫技。遣闲愁，邯郸学步，偶然游戏。五十为诗高常侍，我比公年加二。惟自笑、驽骀追骥。玉宇琼楼长短句，是祖庭点授儿时记。除博奕，皆吾事。

绮龄獭祭摹温李。到中年、芟除殆尽，珠焚玉碎。近解风骚空中旨，乐府渊源不坠。添一种、推敲滋味。圣到幼安贤白石，喜行间犹带诗人气。墙数仞，入门未？

以上《煮冰词》，宣统二年（1910）成都刻本。

沁园春　诗冢，叠前韵

弃尔西园，万载千龄，悲欤乐哉。把岳灵春麓，一抔压倒；湘魂秋水，几卷招回。马骨谁收，麟皮莫问，未必重泉尚有台。非无酒，怪浇来不是，是泪盈杯。

故人衡岳归来，道江上孤帆明日开。算何须朱履，对君如见；不多黄土，有我能堆。悔作雕虫，待寻遗蜕，此后凭谁更荐梅？吾衰也，让诸君痛饮，且独迟徊。

见《湘社集》二，光绪十七年（1891）长沙蜕园刻本。

袁绪钦

袁绪钦（1857—?），字敬祐，一字叔瑜，晚号慢亭，长沙人。光绪二十年（1894）进士，官户部主事。民国成立后回湘，任湖南高等师范讲席。

迈陂塘　和中实韵

背兰汀，一池新水，轻漪卷尽千尺。苍苔雨过无人见，便有零红碎碧。春霭夕，映鬻鼓、饧箫万树缃桃色。红鸳影只。只细柳柔烟，东风吹冷，香梦绿波隔。

梁园客，旧是工词白石，骚魂江上重觅。乌衣巷陌楼台悄，怕见玉窗尘积。寻泪迹，剩糁絮、斜阳乱袅游丝直。孤吟帽侧。怅紫玉年时，鲛绡暗淡，坠粉尚狼藉。

台城路　和叔由韵

绛桃开过横塘路，烟中绿波初满。柳密藏鹂，花深梦蝶，芳草东风吹遍。提壶且劝。正榆荚晴飞，杏衫寒浅。莫上高楼，有人翠钿倚春怨。

金闺日长压线。想欹鬟倦忆，江上天远。锦字沉鱼，红丝系燕，回望云低断。铜荷照晚。总负了年时，镜中人面。一寸柔肠，似湘流九转。

沁园春 诗冢，叠前韵

灵气吹虹，才子新诗，竟稿葬哉。似太白骑鲸，留将魄在；令威化鹤，招得魂回。萹茁心红，苔萦血碧，绣碣镌铭白玉台。薰椒桂，待神弦奏曲，祭酹芳杯。

平生万首携来，比荷锸刘伶怀更开。笑真娘虎阜，春花结队；祁连麟冢，秋草攒堆。冰雪聪明，烟霞性命，仙骨他生修到梅。千年后，有骚人凭吊，词客低徊。

以上见《湘社集》二，光绪十七年（1891）长沙蜕园刻本。

吴恭亨

吴恭亨（1857—1937），字悔晦，号岩村，别号弹叔，慈利人。1900年因唐才常党案牵连被捕，后逃脱。辛亥革命后被推举为特别省议会会员。晚年思想渐趋保守。有《悔晦堂词》二卷。

水龙吟 题鞭影楼图，次刘雪耘鹏年韵

玄黄楼外龙争，起披图悄怜吾老。覆蕉骇鹿，布坑陷虎，巢林集鸟。生杀纷纷，机事机心，赚人哭笑。问谁家百尺，憧憧见影，先鞭着，刘琨道。

老子眼光所到，学剑成、功名横草。人间何世，生忧石勒，出门纵啸。付与丹青，年年鞭镫，写风云抱。更立马崔嵬，俯看岳麓，青蹲如枣。

前调 杯园遣兴，三次前韵

门前无恙青山，镜中人一年年老。妇劳喂豕，童嬉阵鸭，婢顽黏鸟。拳大杯园，暮暮朝朝，欣然独笑。送看人冷眼，诸公衮衮，饭碗案，饿鬼道。

一日冷无客到，谀墓文、拜金属草。雀牌八圈，老夫沉陆，

时歌也啸。雪大虫喧，为寒向火，湿薪一抱。又痰敌谒医，剂附子汤，生姜大枣。

前调 咏玻璃菜，四次前韵

堆堆青玉玲珑，险些儿竹成笋老。闭门刘备，种子衔来，有南飞鸟。交广悠悠，异味初尝，老饕狞笑。问一捧玻璃，光明纯洁，可口处，谁知道？

不许红尘来到，身分肯、沾花惹草。比诸葛菜，三军啖饱，人人虎啸。亦咬菜根，淡然嗜欲，长吟膝抱。举箸异酸咸，切莫粗豪，囫囵吞枣。

前调 咏乞儿饭碗

无端日暮途穷，鹑衣百结尘埃涴。雪巷泥街，爹爹奶奶，总为这个。恶狗汹汹，媪骂奴嗔，百般挨过。刚探怀捧出，主人恼了，山门小，蒲团大。

怕是妻儿啼饿，持此共、员箫合作。饭后僧钟，可怜负腹，赶斋王播。天不绝人，起看吾碗，浑犹国货。所不耻嗟来，生死以之，紧防打破。

金缕曲 咏城隍庙无常手算盘

菩萨庄严相。握牢牢、挺身晾肚，装模作样。算不由人良鬼话，法本东来无恙。一至万、课功指上。三角几何尝学问，师孔丘会计总求当。不怕你，糊涂账。

造物本来无尽藏。慨众生、巧偷豪夺，名存质丧。加减乘除吾职守，错子那能分谤。泥沙用、借钱倚仗。额数吝教人审计，到誃台高处才惆怅。算盘破，债无量。

摸鱼儿　象鼻嘴吊明谷用大元帅墓，次张孝达郧城怀古韵

八百年、巍然门户，一官慈利守土。谓其祖朱圭。将军忠勇俘覃垕，战略路人能语。一二数，今犹见、茅冈上下山龙虎。功高劳苦。倘平北征南，均集名。遗书我读，定起闻鸡舞。

象鼻嘴，下马斜阳吊古，穹碑一丈如故。眼明谷用蟠螭字，不蚀人间风雨。张大楚，虽然是、转轮世界无常住。江山易主。拜高冢祁连，灭亲雍纠，想像劲兵处。

前调　乱弹，再次孝达韵

老装歪、闹街闭户，后园笋报出土。夜来檐响惊零碎，呢昵作儿女语。从头数，棋胜败、谁人真鼠谁人虎？病生老苦。僭窃乍纷纷，鲁三家者，八佾于庭舞。

作场者，傻子疑今信古，满村听说国故。掌心雷失天师怖，那更呼风唤雨。亡秦楚，无奈是、冠猴只恋江东住。以其所主。问佩印苏秦，割烹伊尹，孰有过人处？

前调 吊袁寒云，三次孝达韵

洹上村、蠨蛸在户，寒云一片入土。死前强谏生天子，横被无穷口语。不堪数，洪宪败、项城变鼠松坡虎。停辛贮苦。豚犬景升儿，佯狂文酒，短袖回旋舞。

筹安会，付与他人怀古，一条漳水如故。借孝达句。臣家四世三公旧，今届破船风雨。最痛楚，抄家令、鲁戈挽不斜阳住。狗迎新主。诉皇父九原，蒙羞百倍，赶出军机处。

前调 杯园咏怀，四次前韵，时纂朱氏谱

马迁言、楚人三户，吾巢恰只捧土。斜阳下屋窗虚静，风过檐铃自语。起细数，南迤北、大宫小霍牛羊虎。牛头、羊角、白虎，均环园山名。十年战苦。换今日婆娑，据阶斗蚁，比似观跳舞。

文字价，占有来今往古，蟠胸多少掌故。亭前野史丛残稿，写向空山夜雨。眺平楚，老也学、姜斋憔悴衡阳住。小园有主。盖一把乱茅，逢人告语，此我看山处。

前调 五次前韵，和王劲贤育灼常德大水

陆方沉、楚怜三户，堙河痛少捧土。春申园墓嗟何处，箭起俨相告语。登高数，剩一角、孤峰浴湿如蹲虎。连天叫苦。水共雨声高，小高山巷，还有人歌舞。

词一阕，伤今吊古，酒徒那省世故。浮家泛宅街成港，日咒门前风雨。吾心楚，留大好、玲珑楼阁鱼分住。偏逢救主。看赌场百万，沽价十千，飞蚨去来处。劲贤雀战，一夕负七百金。明日木簰商诉讼延辩护，酬如其额。

十六字令 和劲贤洞王宫作

腴，几朵青山似画图。君行处，词外有诗无？

前调 常德城水

河，后巷前街划子多。非然者，行不得哥哥。

前调 寄怀钱湘禾老人昌澜

穷，斗忆钱家不跛翁。牌酒兴，今尚一城雄。

齐天乐 辽祸

一辽直入无人境，事出醒狮意料。上海撤兵，长春立帝，兵法孙吴玄妙。功成马到。独有大中华，穷民无告。不战弃疆，张家兵马成胡闹。

台湾丑而割地，把糊涂旧账，拉杂摧烧。共起亡秦，毋忘在莒，江户看吾纵炮。首歼叛盗。次痛饮黄龙，阵亡追悼。雪耻报仇，快哉酾酒吊。

贺新郎　送女孙世懿返长沙

伤别为亲故。况白头、临门相送，乱山无数。那日归来我生日，劝酒爷娘分付。说乌有、暂时反哺。来自长沙多况悴，今孑然又向长沙去。四百里，汽车路。

悲欢离合无常住。汝父母、门闾正倚，自朝至暮。天气已霜川泽冻，凉噢谁人呵护？莽伏盗、吾为此惧。八十翁衰行不得，回念翁兀苍茫四顾。书及剑，保与傅。

满江红　题除夕躲债图

糊里糊涂，强说是、有还有借。恁百尺、周赧謻台，肩如何卸？债主番番雁行立，责言很很强弓射。其悟空、觔斗脱身哉，地无罅。

炭空担，米涨价。客不速，狗都怕。偏这家门限，脚朝暮跨。麻雀想逃三十晚，大年三十今何夜？到无钱、挨着老头皮，一场骂。

最高楼　忆月岩

长相忆，吾亦爱吾山，山有好容颜。衷岩带涧娟然秀，养松种竹咄哉艰。辋川王，浣花杜，疑此间。

负枪出、男孩嬉打鸟，挈篮入、女孩嬉斗草。徭不起，云来还。偶从射猎非无俚，毕输官税破其悭。国沸羹，几日耳，悲循环。

前调 答谢刘孝移寅熙赠金，次前韵

黄金赠，脱手重丘山，妾饿笑开颜。去年于薛尝镌惠，今兹出冶谓经理大冶煤矿。倍知艰。鲁肃囷，冉子粟，在人间。

君不是、燕台高马价，我不是、陆装丛话霸。既有往，却无还。与朋友共甘裘敝，准施报礼愧囊悭。复何言，死结草，与衔环。

前调 怀唐俊德河南

八年别，君子在开封，屠狗有过从。侯嬴上坐交初合，谓朱少冀。信陵执辔礼逾恭。草市街，车流水，马如龙。

孟郊荐、老夫妄泥古，杜甫诗、将军不好武。鸣瓦缶，毁黄钟。一方说士甘于肉，我荐朱于唐，唐转荐之政府。一方倦宦冷于松。西南山，团瓢结，第几峰？

沁园春 老境

弹赦老来，秘密无多，豪赌溺诗。每人前仰面，谁都不睬；锅边抬嘴，笨总莫宜。已病避医，缺钱戒酒，生死由天摆布之。渴读报，算邮差脚步，来尚如期。

滑稽生活堪嗤，文拍卖妻儿那救饥。纵伸伸臂膊，能捞郭索；调调煤墨，也画钟馗。驴技一蹄，此家门户，无奈衔山落日时。吾穷矣，卸狐裘付典，饱碗粥糜。

一剪梅 赠刘伯平

生子当如孙仲谋。小字孝官，老人所字。乳虎食牛。我依刘表在荆州，四十二年，云散风流。

今放人间出一头。有笔鼎扛，撑奥略楼。大师祭酒衍轲丘，李峤无儿，语定不雠。

前调 即事

脉脉斜阳下屋黄。恼唧唧虫，闹寂寂廊。酒壶涸卧短檠旁，瞪视久之，曰又何妨。

避鼠无猫鼠发狂。既啮我书，又咬我裳。软无抵抗但徬徨，明日之天，或起抑强。

东坡引 悼自

逆风船引缆，读书窘灯暗。百年住世虽云暂，日肩柴米担，日肩柴米担。

无穷已事，自供自勘。而室已、来鬼瞰。经营八表空成憾，推车今下坳，推车今下坳。

前调　次韵毖龚言章承上

如今少秦火，册子兔园伙。粘天水大舟无舵，工夫鸡伏卵，工夫鸡伏卵。

饮河满腹，终鼷鼠祸。精骑儿、少些可。异人跳入葫芦躲，五车书溺我，五车书溺我。

卜算子　自赠

破庙在山中，山在斜阳外。山影斜阳日合围，二水衙前会。

旁边老秃翁，八十穷无赖。眼各西施各捧场，报上诗名大。

寻芳草　嘲朱少簨湝保候补

那岁君门首，与君那岁初分手。恰夕阳、红上最高柳。车鸡栖、马如狗。

更也没书来，借辛词。作诗道、比无盐丑。道诗丑、懵懂河南走。不如意、十八九。

前调　嘲俊德当教

俊德良劳苦，为鼷鼠发千钧弩。刘表儿、豚犬将军虎。骂曹瞒、奴黄祖。

更也没书来，借辛词。听铃郁、似听衙鼓。于今无地，用英雄武。若楚歌、吾楚舞。

粉蝶儿　庚午金鸡店逃盗追忆

事如何悄，悄拿鬼卦儿卜。山那边、隐闻野哭。报澧县，围石门，破没遮拦。几家儿女，都羊牛觳觫。

回头忆那，雨雪腊月初六，湿衣燎火金鸡宿。女说滹沱河，狼狈记熟。今儿父子，把汉书覆。

南歌子　园兴

木木浑如死，虫虫任做喧。公私无挂百忘言，因甚北风一阵把门掀。

最苦高柯压，相看浅水浑。疑心已在别家园，但愿摇身变个挂枝猿。

祝英台近　交通次长在逃

机关枪，盒子炮，尽量糊涂闹。怕看神州，老夫穷哭笑。卖塞卢龙非与，招商四栈，多为是、鸨儿爱钞。

鼎取部，那日加价邮资，眼睛闭着要。今又见金，拼把官丢掉。贪污打倒，中华尚谈不到。

江城子　杯园漫兴

人园屋大我园杯。即灰堆，气佳哉。弹赦老年，虱此似泥孩。八座起居门列戟，富贵者，理应该。

埋盆作海木移栽。客自回，丐自来。俯视南山，够不上崔崔。管仲齐桓今死矣，咱或亦，天下才。

满江红　田鹤丹应寿画月岩种树图，赋谢

种树月岩，斤斧赦、算逃百劫。但每每、青山目笑，写生缺乏。一幅白头惊喜奉，五溪朱印模糊押。画尾钤印曰五溪少年。君眼光、所注我知之，曰林业。

柯与叶，风云夹。根与干，坡陀狎。这郁葱想见，范倪笔法。植木如培佳子弟，怒毫赤木淋漓插。所不能、为报有如河，吾土狭。

最高楼　寄怀刘孟顾运锋

今视昔，都换旧容颜。老子属痴顽。长歌当哭谈光绪，唾壶击碎目刀环。行复行，刘孟顾，几时还。

一眼认、几个箩大字，一击血、几寸图穷匕。鼓考考，江潺潺。崔嵬陟彼玄黄马，为君细话自家山。关门岩，孟顾居地。岩门垭，垭门关。三皆县地名。

水调歌头 闺怨，伤学校也

萧萧马蹄远，孤影守空庵。门前一条死水，那会到江南。记是与郎分手，郎曰后来园囿，万朵绿红蓝。贱妾亦知命，橘子有酸甘。

衅个龟，掷个卦，卖娇憨。雨畚烟锄更迭，纷李四张三。郎既不知妾在，妾又那知郎处，无取硬肩担。栽培又倾覆，总是对花惭。

前调 宜昌起义图，为门人唐以祀牺支题

叱咤风雷，目无郭解朱家侠。虎猱追蹑，夜火烧山猎。

振臂一呼，反者踵相接。告妥协，气人人慑，那个堪陈涉。

一落索 寄莫求凡载

人住九龙山下，就羁之马。门前堆阜作之而，田大于排檐瓦。

何楚人之多也？寝骚馈雅。曰今谷价贱伤农，视吾诗有似者。

好事近 咏三浯泉寄赵禅父长吉

溪水出输赢，欲纳三浯为媵。旁的人儿不许，泉乃如僧定。

似言有宅住扬雄，玄成来俯听。清绝在山价值，愿假瓶瓢赠。

最高楼 寿衡山陈谭大母七十

衡山县，大母郑欧阳。七十本寻常。汉廷老吏儿勤奋，箕畴好德母康强。宾拜庭，为春酒，杀羔羊。

有一民、不被其泽者，有一事、不可告人也。闻曰咄，是无良。尹元孚母同而异，已饥已溺训之详。吾服膺，文纪实，黄芥沧。长沙黄芥沧撰序，拟之清尹元孚母。

好事近 送别

懊恼有长亭，去去来来无数。往日阳关三叠，把马儿拴住。

一条铁路直如绳，旁又汽车路。山外夕阳山好，那是君行处。

丑奴儿 夜坐

虎儿虎父无踪迹，独立苍茫。独立苍茫，猴子青山僭霸王。

破除百事心空旷，送了夕阳。送了夕阳，静对喧灯纺织娘。

定风波 老况喻政

愿与如来共一庵，看山看到洞庭南。取彼祖龙而代者，何如？诗佳饭饱住茅庵。

贫士治生先有定，后静，孔言疑若老生谈。曰扰曰纷鹅鸭忌，第一，师聃其次取曹参。

蓦山溪　经某氏废园

株株髡柳，柳外柴门设。多半是，不成行列。蟏蛸在户，若故助凄凉，不有废，何以兴？华屋千场阅。

没官也否，未据旁人说。赫赫奉诚园，宁想到、黄金变铁。吊由一世，至万世江山，这场经过，同样付，乱虫呜咽。

淡黄柳　惜别

送君归去，笛鼓斜阳暮。回首来时沙嘴路。堪一百年长住，山绿水蓝摹秀句。

鬼旁妒，江淹赋别赋。长亭短亭无数。这舟车是断肠刑具。真个断肠，断肠指点，那青山尽头处。

菩萨蛮　望牛头寨

朝朝暮暮匡庐面，那人去后才相见。我自失跻攀，飞青剑立山。

人言城内屋，那逮王宫谷。一闪夕阳流，红看寨后头。

昭君怨　哀成都巷战

哀莫大于心死，一霎雄都炮毁。流血正成川，尸撑天。

这是为谁斗很？忘却旁边日本。快起决雌雄，复辽东。

丑奴儿近　旧元旦论词寄劲贤

辛弃疾词，弹赦与他交昵。休贬说粗豪，黄九配来秦七。普天下化女儿妆，吾非错比扬雄，东坡外一枝笔。

同调者谁？劲贤好手，尝瞋目叱，绿绿红红何必。今赠书曲折，证文章得与失。仍翻旧历，书面写大年初一。

山花子　枣儿湾相葬地

崖转横肱抱玦环，土浮一舌秘神奸。澧水东边无出路，去仍还。

韩信万家豪士眼，刘伶一锸别家山。吊我夕阳人下马，枣儿湾。

杏花天　旧怨

厩奴司牧如何老，谁信有、痴呆头脑。马儿步要腾骧好，不要马儿吃草。

但千廪、高高堆稻，官宁管、一时旱潦。苟天下溺援之道，无取溺而援嫂。

金缕曲　读田辛庐兴奎喜峰口大捷词，续之

亡国初何有。弃热河、叛厮无胆，丢中华丑。木屐儿兵潮水至，额额长城死守。天特试、南塘身手。十九路军今在此，大刀队屠敌如屠狗。一战胜，喜峰口。

辽为鱼饵君知否？哭临淄、田单激怒，败兵抖擞。七十二城城毕复，赤膊追飞捉走。兔即狡、吾獒堪嗾。拿破仑俘项羽刎，与列公痛饮黄龙酒。沼江户，东马首。

霜天晓角　愤败

长城六口，败局怜牛后。七十二城席卷，痛是棋无敌手。

黄河非我有，小朝廷够否？此药说医此病，附子走而不守。

以上卷一

木兰花慢　偶愤

看山人老矣，下木叶，送斜阳。我新国肩担，内歼群盗，外御虎狼。儿时事那省记，记满村听说蔡中郎。缚狗服车笑柄，斫松作纛排场。

不闻，丞相有汪黄，将帅岳韩张。行万马临边，六军杀敌，弱转为强。寇能往，我亦往，各匹夫天下责兴亡。还矢后来相告，诸儿家祭无忘。

清平乐　调刘约真谦，戏为常德公平押铺利子由四二争四六也

二吾不足，喝子期成六。君止小儿啼饼哭，三吐还须三握。

四之下二之中，区区数目不同。二下再添个四，这篇四六完功。

前调　贺俊德擢九十五师师长

一方天府，提师九十五。大将许昌建旗鼓，此国向称用武。

山接崤函黾隘，水包汴洛黄河。天下英雄操备，使君来暮兴歌。

霜天晓角　题画

斜阳如画，憨把青山晒。泼墨雨来脱稿，人道粗豪北派。

担头还出卖，金刚浑不坏。细点黄葵绿橘，秋在那家门外。

行香子　羊适登高预约

吠犬柴关，种麦来还。算秋江、只有鸥闲。斜阳记得，红影千鬟。待九月初，乍黄叶，去看山。

山好容颜，自吊粗顽。旁人疑、高不可攀。鸟飞亦骇，殆富神奸。故骤纵横，倏起伏，又回环。

蝶恋花　秋兴

蠢蠢蛰躯作蚯蚓。长日闭门，怕客佯装病。越是怜秋越多憾，阑干乱挂青山影。

相约登高期定准。才说重阳，却已重阳近。颠倒诗人天做尽，只忧风雨临时很。

前调　读孟子砭次韵

天下几人陈仲蚓。织屦辟纑，食力初非病。不义生鹅出哇憾，矫贪请摄廉泉影。

饕禄大官靡标准。纱臂摸金，但顾长安近。寇攘无穷财有尽，辟兄离母於陵很。

前调　寄俊德许昌、少巽睢县

一曲将军歌破阵。马上功名，总爱黄金印。署尾分明亲笔认，许昌百日无来信。

风色一帆睢县顺。抚字催科，忙也作书吝。卜个卦儿帮手问，老夫恐欠名山分。

点绛唇　九日闷雨作

有约登高，浅林黄叶多佳处。把山遍数，懊恼偏风雨。

出不可能，忘却甜和苦。悄闭户，架书手取，乱十三篇补。

前调 边岩看筑路，次前韵

落马坡蹲，那旁记是人行处。车来去数，不怕沉山雨。
矢直砥平，版筑良劳苦。道边户，起师进取，天缺人工补。

荆州亭 赤警

蓦听谯楼叠鼓，忙乱小姑居处。猝不及回旋，已是满城风雨。

鼠耳变都为虎，沿崦落红可数。空有护花铃，多半你依命苦。

满江红 悲秋

大好家居，被侵袭、风云变了。萧瑟嵯峨年一度，这惊不小。环堵瓜茄惨无色，近床蟋蟀喧相扰。莽黄多绿少，但须臾，山山悄。

初来者，杀百草。饱归去，空八表。悲哉秋摇落，江潭堪恼。战马乱嘶雁门塞，母猿孤叫蚕丛道。问汉家、三十六将军，如何老？

前调　答谢何芸帅键见和，仍次前韵

严武成都，方整顿、乾坤未了。人日和诗报臣甫，大先敬小。旁午军书整示暇，频烦犒劳民无扰。行醢龙、烹狗大功成，笳鼓悄。

绩刻石，功横草。竖黄祖，奴刘表。大欢喜，持易从前懊恼。夫子勖哉令唯一，臣家破矣无庸道。姑满城、风雨赋重阳，潘邠老。

前调　风柳变，三次前韵

冷冷清清，算风柳、随风去了。十八嫁夫四十裂，问年非小。财物枉成奴婢利，日常加入薪盐扰。感成年、二女失呼娘，空房悄。

媒妁聘，岂草草。井臼职，又表表。错自由，恐佛亦生烦恼。弃子去妻良隐痛，天冠地履无公道。骇潮流、泛滥旧家庭，催吾老。

前调　以梁委吴痛，四次前韵

九节度师，没号令、相州溃了。一鼓破禽须作气，敌无大小。放虎归山玛瑙错，中原坐看成麻扰。险纤儿、撞坏好家居，忧心悄。

勇扫荡，泥与草。大贯澈，里与表。梁委吴，往往鬼瞋人恼。覆载不容曰可杀，甲兵斧钺为无道。仗将军、大力负之趋，告父老。

永遇乐　梧荫楼藏书图，蒋蓼庵藩督题。次稼轩京口北固亭怀古韵

叶密柯交，记还借一瓻常来处。戾若祖龙，戒吴回，卷旆舍高楼去。八索九丘，百元千宋，大绿老青围住。人道是、木天石室，蟫鱼孕出如虎。

欧来夺席，佉卢左字，吾正苍茫四顾。天一阁巍，望中犹记，灯火扬州路。借辛句。弹赦即衰，蓼庵且起，相竞黄人旗鼓。破万卷、发楼之覆，算功名否？

好事近　春雨

春雨一街泥，出去惫无气力。越欲替花懊恼，越是檐声急。

天公照例起农功，为近清明节。点点疏疏密密，听到窗儿黑。

生查子　雨怨

惜春偏恼春，鞋湿朝朝暮。泪眼不成晴，郎太没凭据。

饕风一阵尖，曰可门关住。三日雨如绳，苦为清明作。

蝶恋花 月坐感虫响

院外芭蕉微雨续。蓦换斜阳，山色无人绿。十五月圆今十六，须臾就缺年时速。

浅户卑棂单不复。唧唧四墙，豸亦繁歌哭。一夕秋风威万族，虫虫战败蚩尤戮。

点绛唇 对雪

据堞看山，高高下下成行列。都无可说，欠是匈奴灭。

一霎叛旗，演出风云拙。门虽设，冰吾沸血，大阵黄昏雪。

前调 慰问勍贤病痔

不在膏肓，江湖酒病年年事。尝之盖备，苦辣酸甜味。

舐痔伊谁？缺陷无官位。成疣赘，高天厚地，龛短生人气。

前调 失路

瞎马盲人，绕行百里青山脚。这回真错，吠犬边头恶。

尚记欢来，百万恋豪蒲博。今非昨，楚歌四作，虎猛由人缚。

前调　大庙捷

雪大巷深，一蛩躲在阑干泣。为房儿窄，容易窗儿黑。

正复无聊，彳亍邮差入。传消息，人人喜色，三战单于北。

渔家傲　闺怨

妾记年时分手处，墟烟落日长亭暮。旁拥好山拦不住。频回顾，马蹄行急翻逢怒。

送眼来来还去去，去来载满人无数。不载郎归为那故？汽车路，日行千里终成误。

撷芳词　病袭

门两板，书数本，怀人风雨天涯远。屋庐窄，雁鹅急。病瞰衰年，也时来袭。

大安稳，小瘦损，人前强自加餐饭。无赫赫，有戚戚。所恶萧墙，非河北贼。

破阵子　边尘

河套正南饮马，长城迤北列屯。八十老翁闻捷喜，一万边兵破敌喧，战功功五原。

此去正无死所，唯雄乃竞生存。异种月氏头待漆，前敌匈奴血可吞，人人李马奔。

前调　闻鸡

照火老僧寒起，下机懒妇宵惊。虫豸区区宁足饱，舜跖纷纷互假鸣，彷徨闻此声。

祖逖奋援衣舞，田文歌狭路行。膈膊一啼天下白，睡梦众生平旦清，州家罢点兵。讨逆军撤还。

生查子　雅遗

贻君尺鲤鱼，惴惹旁人妒。打鸭散鸳鸯，人妒人瞋怒。

贻君尺鲤鱼，不是无凭据。车在妾门前，在妾门前去。

前调　无题，次韵

去年初入厨，疑鬼嫂姑妒。相妒正如何，但怕公婆怒。

今年再入厨，百事严根据。买肉待郎归，卖米郎还去。

酷相思　长江火轮船

公莫渡河公竟渡。水火激、舵师怒。甚天堑、拦人来往路。小姑也、无回顾。大姑也、无回顾。

楚尾吴头一朝暮。神哉沛、破浪具。此汹汹、常生佛狸惧。风急也、行如故。风定也、行如故。四也字句，借朱彝尊阻风湖口阕。

渔家傲　今饶歌

套内黄河血流赭，排墙溃倒拳毛马。百垒不烟千炮哑。战败者，将军抛付头颅剐。

回纥吐蕃昔碎卵，唐兵亦到阴山下。今日之羊为政我。甚幺麽，伏尸代价平淮雅。

酷相思　陕变，次前韵

羊很狼贪演过渡。令公喜、令公怒。十三日、风霾有出路。兵谏也、天西顾。儿戏也、我西顾。

狙四狙三朝又暮。麒麟楦、假面具。乱臣贼子，吾为此惧。杀之也、非无故。宥之也、非无故。

前　调

报例新岁辍刊三日，有一大事猝难斟转，笔头过三日从容矣。三叠前韵，调周邦式长宪。

三日恶风江断渡。肯轻易、作喜怒。这笔下、亡羊满歧路。直书也、畏君顾。曲书也、畏人顾。

苦是朝朝还暮暮。一首尾、略不具。将孔子、好谋临事惧。褒贬也、史掌故。彰瘅也、报掌故。

前调　四叠前韵论词

箫鼓楼船绝江渡。豪不放、怨不怒。宋百家、骅骝各道路。苏辛也、值一顾。姜李也、值一顾。

元逮明清日届暮。间稍稍、体裁具。臣总有、黄茅白苇惧。思想也、窒何故。字句也、砌何故。

渔家傲　冬猎图

雪后浅寒乍三九，苍鹰在臂牵黄狗。猎猎围场北风吼。叔于狩，旁观冷我射生手。

亦不追飞不捉走，敌人正近张家口。阵缚名王事常有。起饮酒，男儿报国君知否？

钓船笛　腊兴

撼撼北风生，吹满一阶死叶。看见斜阳黄瘦，天气殊难说。

鸭毛被拥地炉红，很想添些热。小婢开门缩颈，报前山下雪。

柳梢青　闺兴

说归初一，今已初三，莫过初七。珍重万千，怀儿眷眷，意儿密密。

你侬那里人来，怕是要、到门摸黑。多少带些，梨梨枣枣，诸人事物。

生查子 我室

由来四罪朝，鲧有羽山殛。我室失光明，岂曰不供佛。
罡风一霎来，折遍蚊蝇翼。喜是见斜阳，怕又窗儿黑。

酷相思 读邕园词次韵

来个词儿书小字。这搦战、谁家帜。欲还报、羌无良马四。衰惫也、非忘记。疏懒也、非忘记。

请讨陈恒臣子义。谋不用、难宣示。甚儒腐、侈谈军国事。惆怅也、众人醉。悲愤也、醒人醉。

渔家傲 时事

泾渭华潼同一警，关门没个人儿影。鬼卦吉凶无定准。睡难稳，外侨退出兰州省。

非必狼贪羊又很，侍郎言是三军醒。不战屈人兵暇整。徒蠢蠢，两河事变平俄顷。

钓船笛 索战调金灼三次仁

禁体十年前，偕邕园三人斗五平五仄诗。扛鼎老夫斗力。旁起参加作战，陡变风云色。

大高山巷你侬居，今俨新兴国。奈是无冬无夏，忙飞书草檄。

前调　晤唐牺支女公子博文，怆赋

感怆故将军，算是中郎有女。为报一棺浅瘗，近故宫禾黍。

荆州兵马说唐家，往事如风雨。零稿文园收拾，缺天臣可补。

定风波　内外战告平预券，次韵啬园

朔雪边风关塞长，取吴元济赏功忙。河套更看劲兵处，防堵，木兰新易女儿妆。

平五单于争立乱，天汉，王庭北徙史粗详。质子反侵班属国，惶惑，版图一统日当阳。

前调　寒起

膈膊闻鸡初灭灯，老人断发似髡僧。兀兀腾腾温孟子，坐起，那边茗碗已成冰。

秦陇叛藩频见告，电报，立朝恨少郅都鹰。火冷窗虚宵有雪，无月，弥天豪气拊床棱。

芭蕉雨 次韵訔园闺情

事有难言结果，这帖儿下笔、看还妥。旧创紧缠密裹。不是依错抓灰，郎慌抓火。

右攻于右亦颇，左也攻于左。左右为人难、劝安坐。他嘲笑、赵孟頫，说是我拌你泥，你泥有我。

河满子 訔园赋此阕索和，次韵题雪兰报之

帘动北风下雪，数盆挺挺幽兰。四溢冷芬不论，劲看败战田单。砌作和章壮气，一无甜味况酸。

前调 闷赋，次前韵

屋屋清清冷冷，盆盆菊菊兰兰。烟灶挤挤密密，人儿孑孑单单。尝饱甜甜苦苦，由他辣辣酸酸。

前调 园课，三次前韵

藉藉纷纷斩草，勤勤恳恳培兰。韭韭葱葱蒜蒜，批批食可名单。旁合零零碎碎，瓜瓜果果甘酸。

前调　读三国志

唤作大儿曹操，小儿却是孙权。不用孔明败耳，又烧而走苍天。一姓再兴仅仅，签降人罪刘禅。

柳梢青　雨过

雨过涧哭，黄乱斜阳，那边茅屋。踽踽无人，萧萧有竹，一条飞瀑。

大江南岸山多，衬出俺、人儿单独。舟去未还，鸥来未浴，报春水绿。

红娘子　来日

居也听无竹，食也听无肉。不南阳耕，不东坡垦，不西台哭。拥飘零数卷、掠残书，榜门署知足。

文字供休沐，棺木谋收束。来日吁天，告吾大欲，彼沅一曲。愿留给，打桨泛斜阳，春波莫忙绿。

女冠子　大欧血，家人守夜，听谈绥远

热血横洒，甚错造成危殆。欲膏肓，降鹏犹能赋，刲羊却有衁。

肺肝聊一裂，磊块阅千场。五步溅王耳，奚彷徨？

前调　寄俊德石门，告病退

红报退阵，鬼卦亦来吉问。起看山，渫澧初通道，凶星又过关。

将军事治否？书信盼来还。下笔陈先德，愧辞删。诗为太公铭墓。

芭蕉雨　灼三叠火我韵见示，嚄唶曰金人南矣。再叠一阕

痛饮黄龙未果，联金灭辽策、协商妥。又见马蹄铁裹，又见成吉思汗，纵焚旗火。

将家昔说廉颇，征发纷闾左。设此座江南、待谁坐？今日事、风又雨，亦曰宁我负人，毋人负我。

前调　述梦，次韵

冷觑母猿盗果，跳攀南枝恼、北枝妥。一侧怪藤怒裹，一侧乱水红黄，渔舟夜火。

房儿窄窄兴颇，灯右炭盆左。悄话那深丛、孤罴坐。寒月冻、交四九，忘记是鬼是狐，是他是我。

点绛唇 盼郭东史希隗日本书

二月邮书，下边署日为初九。报书是有，算要清明后。

一日日过，过去清明久。门吠狗，踟蹰搔首，消息依然否？

前调 失睡

无雨无风，清明寒食都过了。非春懊恼，恙大圜球小。

枕譬仇人，睁眼丑寅卯。如何老，瞬鸡报晓，兵盗焉名扰。

锦缠道 诅长巷子柬訚园

吾二人居，间隔一条长巷。道狭斜行疑入瓮，市声暮暮朝朝哄。铲却君山，豁看街车纵。

况拆屋让街，交通公共。九十翁、以时过从。到望衡对宇邻相结，雨衣泥屐，火了都无用。

前调 寄怀汤子楠祖杞

记得躲兵，岁十三年甲子。常德城老逢侯喜，异人多在光黄耳。泛泛来前，泛泛交而已。

忽折节读书，非阿蒙矣。贾岛僧、韩门方比。今怳然旧迹为追话，汤家兵马，兵马如潮水。识子楠时，其兄拥蜀兵数万来。

谒金门 送客

长亭路，忙是我来君去。向背青山堪秀句，无人回一顾。

眼泪绊欢不住，洒向别离错误。试问百年为那故，频朝朝暮暮。

前调 答危艺滨专员道丰慈利留别篇

西门豹，治邺功名谈笑。县政会议启事，引佩韦语。其始下车兵水盗，期年衙坐啸。

昔至春陵无灶，今去桐乡有庙。乐岁亭亦在县所筑。高吾未到，书为来者告。

前调 饯病，次前韵

犬如豹，犹又老人欸笑。巨竹半园工诲盗，醒来闻水啸。

鬼卦耶人媚灶，鸡卜耶人谒庙。病去区区诚药到，跽吾先祖告。

前调 春行夏令

春夏令，热死桃花红嫩。天气给人来做病，做成朝暮困。

谷雨卖茶市近，盼是一瓯破闷。响壁訇言言若粪，冷吾看报兴。

前调　春兴

阴晴紊，风雨略无定准。一白桐花辉远近，门前山列阵。

两足槎丫生硬，新豁文园肺病。句读老来谁我困，灵枢兼素问。

钓船笛　村晚

水上捕鱼儿，问是那边山好。指点数家篱落，吾画天然稿。

饮牛阵鸭正纷纷，湿迹蹄而爪。衬笔添来皱透，斜阳红木杪。

好事近　寄谭月僧婿微鬘及瑑保儿长沙

君若问长沙，风便半帆可到。二月不生春水，四月南风暴。

就医就养岁蹉跎，去住嗟难料。那日杖来岳麓，驮病登高眺。

生查子　风雨之晨

茶杯断外交，药碗成常课。女买四书回，此物今奇货。

入门无与谈，出畏春泥涴。数遍落红堆，风雨夜来大。

苏幕遮　留春

燕已来，雁初去。似水斜阳，红把楼台据。柳惰花慵偷眼觑。剩欲留春，没个人儿助。

水边亭，天涯路。恁是销魂，肯续江淹赋。挽不住春你侬怒。却问你侬，那里春归处？

长亭怨慢　天气

这天气、做寒做暖，做病给人，似都不管。日十二时，乍啼倏笑小儿脸。老夫髦矣，卸帽添衣总懒。牖户早绸缪，怕甚盗、蠕蠕来犯。

应付，为难教训了，算是炎凉眨眼。飞南飞北，风来替、落红敷衍。昨宵雨、催起农功，说驻在、春期已短。冷暵亦随缘，出去看山排遣。

行香子　怀辛庐老人南京

雨大风粗，彼岛青岛。一隅。三年别、消息模糊。赫然履迹，社集南社湘集。追摹。说初看山劳山。旋泛海，又游湖玄武湖。

德则不孤，我独罪辜。望眼穿、鱼雁来乎？昨归自鲁，今滞在吴。问五溪水，到君侧，有诗无？

眼儿媚　倒春寒

这天亦病略吾同，日日雨兼风。水糊涂绿，窗恇怯白，花黯淡红。

棺木旁边九十翁，国故磊胸中。科场戮相，师爷拜帅，鼭话咸丰。

青门引　汽车路

又验谶言也，遍地龙蛇走马。日行千里厉无前，请来瞧此，不翼而飞者。

费长房缩功名假，今则失驰寡。出门无取合辙，井田阡陌各天下。

六幺令　题海盐谈麟祥文灯梦庵寻梦图

梦庵寻梦，梦在那儿里。那儿寻儿父母，想像焉而已。入地升天寻遍，寻着诚欢喜。不疑梦矣。吾旁起舞，亦咄人间那有此。

仿佛爷娘来唤，若曰嗟予子。梦醒无处去寻，窗户沉沉死。即梦即寻亦得，但梦成空耳。顾难恝止。孰无父母，谈孝谈忠此图视。

秦楼月 旧巢

春涨浅，沅帆半挂随山转。随山转，水长岸短，郎行故缓。

杂花红落斜阳懒，旧巢燕子新肠断。新肠断，衔泥归去，画梁无伴。

前调 得姚石子光张堰书

张堰镇，二千里外缄金赠。书附赠金。缄金赠，拳拳垂问，故人老病。

冷灯很守鳏夫分，更衣那日朝云进。告悼亡逾三年，近谋纳妾。朝云进，排除围困，高金钗兴。老来减却金钗兴，亦苏句。

钓船笛 苦雨

雨雨更风风，晓起便窗儿黑。半月闭门闷损，问怎生挨得。

婢言墙下乱红多，似吊花颜色。这是贵人懊恼，我忧为二麦。

扫花游 雨不止

春灯夜雨，乍小院如烟，疏棂成水。田歌四起。我喜更滂滂，诗材料矣。匝月檐声，瓶泻盆倾不止。败而已，行淹杀茭鱼，秧烂麦死。

总是晴意欠，忙蚁子徙巢，阵行迤逦。坏云瞪视。骇床床屋漏，嗷呼下婢。灶倒奈何，况又无薪无米。绸缪耳，牖户谋、锐然更始。

谒金门 述月岩旧居

峰无数，乍见峰峰如怒。若问妾家家那处，门前牛迹路。

了纳一年官赋，吊贺四时亲故。数富对来君莫妒，半坡乌柏树。

苏幕遮 雨不止吊花

暮暮朝，朝朝暮。点滴儿听，点滴儿听去。似诉饯春春愠怒。红了樱桃，靳着樱桃句。

不花怜，但花妒。蝶吻蜂唇，损却方无数。柳絮浑忘颜色故。飞起漫天，去白江南路。

万里春 晴喜

喜逢天日，高下青山争出。一刹罗、扫荡群霾，光明生我室。

阵阵疏而密。前涂记、是浑如漆。今豁然、六合晚晴，不占月离毕。

女冠子　四月完，阳历

秧烂麦死，这雨如何得止。四月完，蚕缢空看叶，牛瘟各敞栏。

檐声喧不住，坐起喟三叹。照湿星晴晚，晨汍澜。

前调　宋人

五鬼闹判，已是戏无人看。医不来，痼疾成狂疾，前台接后台。

揠苗苗槁矣，一例宋人哀。旦旦牛毛令，已焉哉。

点绛唇　今夜

风雨潇潇，黄昏悄守灯儿坐。影儿灯躲，撇下孤单我。

睡总和衣，被冷和衣可。作书么，门窗下锁，今夜人儿惰。

御街行　朋约

一金破产今年又。恶草具、敬不谬。大餐盐蛋并干鱼，除外豚肩(掩)[腌]豆。与君后约，佳期高会，订菊花时候。

参差过雨斜阳岫，眉妩悠然秀。画边假定有东篱，言挈一尊来就。霜空雁到，破庵僧去，木落千山瘦。

满江红 共和第一丁丑，泮游周甲自题，六次乙亥悲秋韵

除日书头，科举制、今陈迹了。与鼎正、同休更问，重轻大小。烂铁破铜废物伙，设宾荐喜庸人扰。新毵毵、发白旧衿青，私怀悄。

论价值，路旁草。论数目，墓前表。有与无、亦恶乎关喜恼。履迹泮宫鲁阏记，姓名叠鼓盲翁道。瞬回头、八十一经年，悲吾老。

以上卷二

以上《悔晦堂丛书十·悔晦堂词》，1937年铅印本，有删节。

黄家骥

黄家骥，字晓秋，湘乡人，主要生活于光绪年间。有《欸乃余曲》二卷。

生查子　春闺

郎不共春来，郎又随春去。春去柳眉愁，郎在斜阳渡。
春日送郎归，且把郎留住。郎莫送春归，门外莺啼树。

浣溪纱　秋闺

别恨离情一并钩，钩钩月挂两眉头，一声砧杵一声秋。
马送行装嘶柳岸，乌啼残梦泊瓜洲，边征岁岁使人愁。

谒金门　绿阴

晴嫩日，帘外午风吹息。落絮游丝斜罥壁，有人闲弄笛。
青断玉阶草色，露点苍苔阴湿。满院燕莺啼更急，绿杨深处立。

长相思　湘阴舟夜

月光明，水光明。双照行人过洞庭，君山一点青。
鹧鸪声，子规声。夜夜交鸣不住鸣，为谁诉别情？

点绛唇　渡江

横馆津前，那边是夕阳荒渡。数峰青处，又两行烟树。
如此风波，怎忍郎轻去。沧江路，落花飞絮，难得留春住。

卜算子　访旧游不遇

妾是乱飘萍，侬是重来燕。一带斜阳下晚帘，萧瑟乌啼院。
难遣去年情，楼阁都寻遍。依旧桃花笑早春，不见桃花面。

青玉案　送别

春波已绿斜阳渡，草又碧、长堤路。满目离情谁与诉，短长亭子，送君南浦，无计留君住。

玉骢嘶断望君去，最销魂落花飞絮。此后思君君不顾，一帆明月，半江微雨，梦挂荆门树。

祝英台近　写怨

境凄凉，人困顿，愁绪算千万。远望夫君，十载不谋面。并将年少功名，变成虚梦，到无事、可能如愿。

陌头柳，又已青过长桥，低绾画楼燕。玉笛声酸，谁谱曲中怨？不是春夜离愁，秋风客思，又不是、长年幽恨。

千秋岁　新愁

偎红拥翠，已是前年事。期再会，成空意。怕题红叶句，懒织回文字。沉香水，化为一副相思泪。

才始寻春至，又送催人骑。灯下坐，花边醉。带一分别恨，更一分春思。无赖处，背斜阳下帘浓睡。

河传　旧恨

年来病骨，忍飘零旅客，寒惊秋早。才子美人，落拓例伤怀抱。子规声、归去好。

吟鞭细认垂杨道。楼阁依然，倚夕阳荒草。便有梦魂，十二碧城难到。望暝烟、缠树杪。

江亭怨　偶感

柳也把离愁挂，花压栏干低亚。何处小红箫，人在水晶台榭。

记得春初系马，记得南楼秋夜。记得酒阑时，笑拥双环私话。

一斛珠 舟中重九

江枫红坠，故乡白雁霜前至。满城风雨孤舟泪。瘦了黄花，人在篱边醉。

采菊插头频忽记，几年不到彭泽地。思亲我亦多愁思。兄弟遥怜，且看茱萸子。

江城梅花引 雨夜坐怀

长亭一带最销魂。柳如银，草如茵。惹得愁人，愁怎锁眉颦。更懒听潇潇夜雨，无言滴，尽空阶、深闭门。

思君梦君君未闻。过新春，过残春。强欲留君，君不住、月正黄昏。只恨西风，红叶又秋分。把去时湘帆远影，尽望遍，那长江、不见人。

柳长春 纪梦

何处佳人，娉婷娇小，相逢恰在芙蓉沼。欲将愁绪诉分明，背依斜睡香魂悄。

病态恹恹，离情杳杳，昨宵云雨知多少。正思量此会无聊，又还是梦儿醒了。

昭君怨 春暮

油壁香车人去，只剩落红飞絮。何日是春归，晓莺飞。
荡得春心无主，欲倩东风锁住。小院觅花魂，梦无痕。

虞美人 秋暮

长烟落日孤城闭，一种乡怀系。更闻羌笛怨边寒，谁遣西风洒泪汉陵关。

去年秋色今依旧，人共黄花瘦。闲看鹨鹕立多时，蟋蟀声声愁绝短墙西。

好事近 七夕

鹊也解填桥，却不解侬相忆。肯送郎来长住，便应焚香揖。
明朝此别最难堪，泪雨天边滴。强欲诉将离恨，只年年今夕。

东风第一枝 柳

走马章台，寻花洛里，见柳条已千万。别来几许新愁，付与行人不管。长亭短驿，且问汝、为谁青眼？应念我、漂泊天涯，岁岁在江南岸。

春急去、送迎未惯。莺乱唤、起眠又懒。只怜帽影鞭丝，不解远拖低绾。风情摇曳，却还比、昔年肠断。便料到、化絮飞时，也没计消春恨。

雨霖铃　草

王孙归否？正春风候，独立无赖。遥看短窄隋堤，是谁描出，销魂情态。已绿湖南万里，算情似深海。又绿了、多恨江南，两岸萋萋夕阳外。

香埋汉塞青难再，甚事将、色染新眉黛。池塘梦醒还思，邀姊妹、踏青挑菜。八幅红裙，更缀飞花，衬出堪爱。但自叹、迟暮天涯，问美人何在。

人月圆　晚坐

天方带二分明月，花已一分春。若将春月，都来合算，愁绪三分。

昨朝便说，黄昏好梦，不到黄昏。谁知挨到，黄昏时候，更断人魂。

摸鱼儿　登岳阳楼感赋

秀才忧乐还留记，我今凭眺无语。征帆甚事徒来往，青草湖边重住。天又暮，只青草、年年绿上湘妃墓。湘妃不遇。怕更听瑟声，凄凄幽怨，化作满江雾。

凝望里，几阵东风冷雨，又添波浪烟渚。苍梧旧是多愁地，斑竹泪痕如许。愁泪聚，休错怪、他湘水不能流去。君山误阻。便拚向巴陵，登楼一醉，问吕仙何处。

西江月　京口

晓日江边渔浦，斜阳渡口人家。风帆片片远山遮，只见寒鸦飞下。

南望洞庭千里，西穷巫峡三巴。闲愁缕缕散红霞，疑是玉人血化。

望海潮　汉阳访黄鹤楼遗址

鹤飞何处，重来难觅，白云仍共悠悠。醉酒谪仙，题诗崔颢，已无踪迹频留。怕莫碍吟眸。被一拳打碎，江水推流。过客登临，江边休问古时楼。

且将系住归舟。恐乡关日暮，客正悲秋。鹦鹉洲前，晴川阁外，满天烟雨新收。望望使人愁。只数行雁字，几点沙鸥。便有兴亡感慨，无计可重修。

更漏子　本意

雨丝丝，帘幕湿，窗外海棠风急。听漏水，数更筹，更添一夜愁。

休睡着，且清酌，惆怅冷灯花落。孤枕泪，滴成冰，无人知此情。

桃源忆故人　重游滕王阁

昔年初过滕王阁，有画舫江边泊。夜夜吴娘同酌，醉唱梅花落。

今年重到南昌郭，依旧玉骢金络。不见美人帘箔，只绿杨萧索。

沁园春　短檠

明灭高低，逗出疏帘，一点赤心。想伤春听雨，悲秋步月；寒风冷影，愁绪难禁。丹桂香时，黄槐过后，展旧书还又苦吟。南窗下，叹清光误汝，两鬓霜侵。

连床笑解金簪，忽翠袖遮来私语深。恨更残旅馆，梦回香阁；非随小剑，便伴孤琴。夜夜楼台，家家儿女，惯剔红蛾飞上襟。前宵里，问灯花暗报，是甚佳音？

琐窗寒　孤剑

十载江湖，封侯未遂，谛观空抚。腰间解佩，挂不到徐君墓。只芒芒、寒光照人，抱孤愤郁愁无语。算负汝三尺，天涯游侠，少年羁旅。

穷路，高歌休诉。野店荒村，随身伴侣。深恩未受，莫报仇轻许。问年年、耳热酒酣，拼狂醉为谁起舞？恨不平、世事犹多，怕化为龙去。

菩萨蛮 镇江晚眺

金山一点烟中落，焦山一点江中着。锁却大江流，无风浪也愁。

南徐人不作，北固船初泊。岸上柳青青，夕阳闻笛声。

渔家傲 早春

昨夜东风来苑里，徐牵引梅花开矣。晓梦被莺声唤起。花童至，报枝上二分春意。

草未绿湖南万里，人犹在五原幽蓟。笑柳条春光漏泄。才含翠，便摇动几多春思。

御街行 早秋

边城玉杵疏砧起。算梧叶、今初坠。火云堆几点奇峰，变了横波秋水。长知此后，西风黄叶，在雁儿声里。

一天明月凉如洗。向谁把、寒衣寄。便安排锦被龙须，谙尽愁眠滋味。相思两地，夜深微雨，定化伤秋泪。

玉漏迟 咏怀

江山谁管领？频留傲骨，撑持孤影。身世漂零，已算是同萍梗。记走燕南赵北，受遍了、霜寒风警。还自幸，狂名十载，未消磨尽。

自笑薄幸樊川，把年少才情，名场驰骋。赌酒吟诗，忍说半生清冷。尽有短衣匹马，惯断送、斜阳西岭。心耿耿，旧事且休重省。

感皇恩 晓雨

夜雨小楼听，一声声滴，偷润花枝透红蘖。绣鞋才展，又说道苔阶滑。昨宵天未晓，寒侵骨。

便起披衣，凭栏远眺，吴楚青山细如发。莺声上下，更雾里丁香发。却怜侬早梦，惯惊脱。

满江红 旅店清明

前岁清明，孤灯夜、照江南客。去年抱病长安道，又清明日。今更逢清明节候，思家仍是乡山隔。为浮名、自误了青衫，谁怜惜。

蝶醒梦，蘼芜碧。鹃啼血，杨花白。但棠梨千树，美人芳魄。古墓前朝流水地，荒郊一带伤心色。便不看、烟柳雨丝丝，愁如织。

浣溪纱 夜坐

眉语传情酒暗斟，眼波愁泪逗知心，前宵回忆解银簪。

锦字相思红叶句，艳诗新咏玉台吟，夜深月下独弹琴。

百宜娇 上海作

镜月湖山，海天楼阁，装就申江如绘。梅子黄时，榴花红候，最是销魂天气。斜阳车马，认几点、罗衣风细。怕垂杨，小院摇愁，夜凉酒散人醉。

年来为客游倦矣。心绪茧丝多，无从言起。檀板金樽，枇杷门巷，谁解真娘情意？漂零处处，忍负了、夭桃秾李。算如今、美女词人，一般憔悴。

过秦楼 秦淮春泛

莫错过他，江南风景，算又暮春将半。桥灯卖酒，水阁题笺，十里杏花开满。便有画桨，双双摇动春波，六朝人远。只台城柳色，烟笼依旧，向人低绾。

还怕说、惨淡笙歌，漂零金粉，昔日玉容都损。乌衣巷口，朱雀桥边，一带夕阳红乱。为问今宵，甚来桃叶桃根，何人作伴？后庭花便不唱，也多亡国恨。

夺锦标 维扬览古

呜咽寒潮，凄凉晚雨，作尽客愁无数。忆昔青楼寻梦，豆蔻春初，最多情绪。怅重来杜牧，只明月、今宵如故。也吹箫、廿四桥边，不见玉人何处。

曾向亭皋远顾。草绿芜城，望不到隋堤树。怕睹玉钩斜畔，宫家累累，冷风天暮。听悲哀水调，怪行幸、江都人去。孰知歌吹竹西边，便是那扬州路。

买陂塘 洗笔池吊褚都督故宅

问东风、海棠何在，凝烟亭畔浓翠。李花啄尽余鹦鹉，尚怕谈唐宫事。当日里，只宠擅、才人便暗乖恩义。长流祸水。把佳妇佳儿，伤心一语，赚得血流地。

来此处，凭吊斜阳故址，寒鸦无数飞起。奸谋许李今谁在？直甚忘情如此。思不已，便未睹、荒祠也带凄凉意。先生去矣。认一片残碑，淋漓墨沈，池涌碧波泪。

念奴娇 伏虎井吊蒋大司马故宅

博名忠雅，笑三分鼎足，未堪相敌。望望蜀云千万里，谁念家山南国。吴魏英雄，孙曹谋略，一并都湮息。漂沙池畔，于今沙水犹白。

故宅芳草萋萋，碑埋虎井，觅遍当年迹。也似锦宫城外路，丞相祠堂撑柏。一带飞烟，数声啼鸟，更杂牛童笛。荒凉凭吊，无言独送寒日。

虞美人 邗沟寄怀（二首）

别来消息从谁觅，后会妨难的。伤心惟有月儿知，深夜无聊独自理弦丝。

相思两地愁眉锁，最苦销魂我。娇羞含笑脸潮红，想见千般愁绪语从容。

如今梦也无凭据，准料侬何处。算来灯火伴双蛾，同听鸡声已有半年多。

情牵未展同心结，解语花无色。会逢客久归来迟，千万莫将恩义怨佳期。

沁园春　夜饮姑苏碧蕉园

玉漏三终，唤起青骢，梦醒西凉。正苏州刺史，肝肠恼乱；江州司马，愁绪纷忙。湖海襟期，诗书气味，肯向温柔老是乡？浮生事、只功名一梦，薄酒千觞。

斜阳铃语郎当，似说尽西风客路长。恨故园荒败，门无稚子；驿亭牢落，伴少珠娘。兰芷青峰，蒹葭白露，所谓伊人水一方。闲无奈，看沙边鸥鹭，江上鸳鸯。

洞仙歌　咏雪

江山如画，只孤舟渔父，蓑笠寒江钓烟渚。笑天公、玉戏洒落瑶阶，全不是，几阵打窗寒雨。

夜来帘幕冷，翠阁红楼，尽变为银海瑶户。流水寂无声，雾合霜凝，恰做就、一天愁绪。已看了梅花不分明，似柳絮因风，又飘庭宇。

风入松　人日喜晴

东风吹雨着寒烟，草色望绵绵。故人人日花间作，去年寄、我写红笺。今岁草堂重步，也思发在花前。

粘鸡贴燕事依然，只不是阴天。柳条弄色梅花落，便不看、也锁愁颜。却恨年年今日，有人消瘦吟边。

蝶恋花　梦

才咏池塘春草句。蝴蝶双双，又上花枝去。帘内灯残天未曙，香魂料定归何处。

生小在巫山古路。行雨行云，来往无朝暮。不是被莺声觉寤，应还是远峰拦住。

高阳台　魂

野店孤烟，荒村日暮，再无人话西风。古木浓阴，只听杜宇啼空。谁怜汝月魄花影，系游丝、一缕残红。莫便将、飘泊幽情，托与寒虫。

行人已过清明节，剩纸灰血泪，肠断愁侬。古寺荒祠，黯然难觅游踪。幽香倘有人能返，又何须、梦里相逢。粉墙东、凄冷残灯，晚雨蒙蒙。

南歌子　情

露湿相思树，风牵婉转丝。牡丹宿醉透胭脂，记得那回并坐上灯时。

我已怜卿惯，卿曾怜我痴。含娇笑写合欢诗，月子弯弯正好画双眉。

昼夜乐　思

弓眉乍展人千里，隔断了、盈盈水。怎容一寸情天，便别个侬去矣。记数那消魂日子，长在秋雨春风里。怅叶落梧桐，又花开桃李。

工愁算是无人比，为谁成、病难理。一帘晓日轻寒，惯早梳头懒起。还怪无言双蜡炬，替人垂泪心将死。红豆最多愁，梦回鸳鸯被。

陌上花　上巳

江潭祓禊华林，人去草细如发。寒食清明，美景尽逢三月。采兰增芍多情事，此风漫言消歇。记年年、密约卖花声里，踏青时节。

算春光、已老兰亭胜会，往事今朝休说。只落花杨柳，仍罥双飞蝶。水边天气长安好，不见丽人愁绝。怕桃花、再涨春江流去，荡舟言别。

画堂春　午睡即景

游仙一枕梦西泠，经过水驿山亭。小阑花韵酒微醒，风响檐铃。

濡笔云生金砚，煮茶香散银瓶。茜纱窗外雨冥冥，芳草遥青。

绮罗香　落花

酒旆摇风，旗亭坐雨，又是江南春暮。无数残红，踏作马蹄泥路。待寻遍、歧宅崔堂，再不见、龟年何处。甚孤村、几树黄莺，尽啼乱满院愁绪。

侬命不同花薄，何事桃夭色好，飘零如许。怕伴香泥，被燕子轻衔去。又怕到、小苑黄昏，被水面、回风吹聚。便多情、也是无言，只芳魂一缕。

齐天乐　落叶

削风吹洞庭波乱，霜林便红如醉。楚水烟销，吴江露冷，写入何人幽思。千红万紫。已凋尽名园，暮春时里。独恨梧桐，把天下一叶难系。

萧萧夕阳下坠。觉愁人病骨，一般憔悴。雁叫汀洲，蝉鸣汉苑，旧日荒沟全毁。思量此会。便纵有良媒，怎题诗寄。宋玉悲秋，不知因甚事。

水调歌头　昭山守风

小立垂杨岸，十里断山烟。桥头绿波芳草，低接水云天。算来这关河里，只有沙鸥点点，惯傍渡人眠。渐看风旗转，月上远峰圆。

记前夜，算今日，到窑湾。杨花雪起，怎耐得被冷衾寒。梦也梦吹不醒，愁也愁吹不散，寂寞守江边。生怕愁和梦，压住了江船。

贺圣朝　长沙舟中

朱张渡口行人去，剩声声柔橹。半江绿水一帆风，更断肠烟雨。

青旗呼酒，重来且住，趁梨花千树。约明朝岳麓峰头，看长沙城户。

贺新郎　元旦

红烛低帘照。觉千门、冬冬腊鼓，乱催春晓。看柏叶椒花随献，知即是新年来了。算户外、风光初好。便不剪银幡遍赐，也和儿女大家相笑。传座酒，日先报。

丝鸡蜡燕同常造。只无须、桃符啖鬼，挂依门杪。且向今朝呼如愿，富贵聪明不祷。戒小婢、休将房扫。问旧愁如何暗去，猛听那爆竹声惊闹。还自喜，年未老。

潇湘夜雨　元宵

玉漏初停，金吾暂放，门前宝马纷纷。星球火树九华新。偏愿纳、金钱儿买，期两夜、续闹良辰。共多少、花钗媚子，笑踏灯轮。

去年元夜，柳梢月挂，人约黄昏。今年元夜，不见去年人。香车市中、翻翠袖，踏歌声里、乱红裙。匆匆上元过也，莫孤负了青春。

浣溪纱　本意

肠断江南窈窕娘，红灯画舫桨双双，舞衣今已叠空箱。

秋色恼人眠水阁，雁声随月下西廊，玉楼人去菊花黄。

双双燕　燕

一天细雨，正芳院沉沉，杏花红乱。栖香未定，欲向旧巢寻遍。还念乌衣梦冷，怎王谢、堂前不见。依人只是漂零，未识六朝都换。

飞倦，斜阳影里，尽絮语呢喃，几多幽怨。红楼十里，又下翠帘如剪。芳信天涯隔断，瘦损了、双蛾谁管。来往两度春秋，只有红襟作伴。

喜迁莺　莺

东风吹遍。正杜宇啼空，鹧鸪鸣院。又有流莺，烟笼雾合，声不惜垂杨岸。宫花上阳衔出，妾梦辽西惊惯。暮春也，若比邻，斗酒双柑听唤。

天暖何处画楼，燕儿飞、歌舞交不断。细雨桥边，夕阳山外，闹得落红花乱。定知绿阴深处，人卷帘旌私盼。莫骂打，向海棠花下，好消春恨。

水龙吟　钱塘端午饮桂香仙馆作

又逢令节天中，家山路远空穷目。乘潮白马，子胥忧恨，至今难逐。兰芷香时，灵均哀怨，又来相续。且唤菖蒲酒，低斟浅唱，伴他美人幽独。

剩有离骚可读，教吴儿、莫漫悲哭。浪花踏足，向西风里，彩旗斜矗。水纵无情，年年凭吊，也多愁触。问招魂何处，绿波数点，在湘江曲。

五福降中天　沪上题休宁程甘园孝廉诗词集后

相逢人在申江水，还言皖江云树。梦里寻春，愁边望月，忍负吟情如许。鞭丝一缕。恁宵雁征鸣，晚鸦栖语。记曲红红，夜弦按到十三柱。

谁怜玉田调苦，把忧时泪点，弹付云雨。箫眼流愁，琴心逗怨，我亦词场豪侣。飞花落絮。料此后思君，准从何处。唱断新诗，更魂销客路。

一剪梅　秋感

万里秋风冷画楼。家在芦沟，人在杭州。两行疏柳锁眉愁，心如拙鸠，身如浮鸥。

红蓼花开杜若洲。鱼下槎头，日下帘钩。一年明月满金瓯，才送鸣驺，又送行舟。

苏幕遮　赠别席妓陈如珍

绣帘垂，罗带卷。步步金莲，倚曲阑斜眄。笑海棠娇红欲滴，正在愁时，看晚妆初宴。

酒低斟，眉半展。此别匆匆，莫说秋心软。知枕边明朝后夜，定怨檀郎，故把歌喉转。

满庭芳　花朝

烂灿春光，满城灯火，犹记佳话元宵。桃开半面，柳已折全腰。绿水青山竞秀，算春色、二分谁描。中和节，农书进了，今日又花朝。

衔杯，吟望里，蠶蚕扑蝶，兴味偏饶。正百花生日，莺也啼娇。便不钗拖豆蔻，怎难忍、风雨飘摇。春来半，新愁旧恨，还想要平消。

相见欢　本意

几年不见卿卿，月长瞑。便见无言偏月也光明。
人依旧，绿杨瘦，去时情。却不是归时一样娉婷。

离亭燕　早起

听尽柝声无奈，还自倚薰笼坐。剩佛殿残灯未灭，更热有沉香火。霁色射高楼，把一带寒烟堕。

帘外花枝云锁，檐际鹊声风簸。多少昨宵惆怅事，尽付乌丝闲作。怕梦里重寻，再见玉钗斜亸。

永遇乐　望衡

雾锁峰腰，烟眠谷口，楚天遥碧。曲折高低，阴晴昏晓，造化真难测。寺门题咏，藓苔埋灭，望也望不明白。只齐鲁、青青未了，恍与岱宗同色。

石能作雨，山常遮月，抵不住斜阳昃。纵说边秋，音书还便，有雁儿传得。家邻回雁，隔侬恐远，飞不过衡阳侧。拟明早、高登绝顶，大观日出。

清平乐　苦寒

雁儿去了，窗隙霜天晓。被冷残灯依梦少，帘外落花慵扫。

尖风吹瘦郎身，夜深探酒微温。病起强添炉火，怕郎难耐寒春。

瑞鹤仙　中秋感作

今宵秋皎洁，微雨洗、银河楚天辽阔。开帘逗新月，见团圞孤影，白光如雪。愁怀郁郁，便拟欲、焚香默说。问谁家、玉宇琼楼，谱出笛声凄绝。

佳节有人长记，泛渚观涛，赏心江浙。南楼独坐，拼醉也，不欢悦。奈丝弦奏罢，秋风无意，吹送花香桂叶。怕明朝再倒，金樽梦醒人别。

桂枝香　衡州早发

荒村吠狗，正夜色苍凉，孤骑初走。斜月朦胧照得，影儿销瘦。板桥错认途人迹，青衫难耐霜华透。渐看星少，鸡声茅店，一灯如豆。

画角又、呼人醒酒。叹压肩行李，愁梦相凑。便忆开云楼畔，昨宵曾宿。屯田旧曲催人老，是晓风残月杨柳。者般风景，在关河里，算都消够。

临江仙　湘江舟行杂咏（六首）

一带斜阳红上树，飞来晚寺烟中。梦回双桨鲤鱼风。隔江人唤渡，萧瑟是梧桐。

何处凭阑吹玉笛？吴娘水阁亭东。残星数点月如弓。有汀洲旅雁，独自下寒空。

万点栖鸦流水外，更添一座旗亭。垂杨多处玉骢鸣。料江村此景，画也不分明。

憔悴算江湖未老，年年只叹漂萍。孤舟江上雨冥冥。酒醒人去候，一片晚山青。

三十六湾湾外水，孤帆斜挂山尖。酒楼残梦月初三。行人归去未，樯燕语呢喃。

记得岸花亭下过，小红低唱银簪。愁深无底是昭潭。只怜愁与梦，流不到江南。

数不清平堤远树，迷离一带江村。绿杨如画掩溪门。重重烟水里，抹断楚天痕。

桃叶桃根人不见，渔灯摇破黄昏。画船孤冷向谁论。算年来别恨，这度最销魂。

泊几处荒洲古渡，总看芳草无情。客心离乱远山横。剩沙鸥数点，飞向晚烟鸣。

已听潇潇篷背雨，枕边懒算行程。听风听水又天明。忍含愁不寐，更一夜江声。

十里疏帘街外水，春灯红上江楼。绿杨城郭是潭州。娇痴怜小妹，不解送郎愁。

且就洞庭看月色，白云黄叶孤舟。君山一点(扁)[遍]山秋。送郎郎不住，愁锁大江流。

薄幸　腊月廿日立春夜作

彩花摇树，便且把、鸾笺吩咐。好字贴、宜春旋再，安笔砚吟新句。却约那、今夜萧娘，银灯向小屏低护。悄自倚栏干，偷探梅信，隔岁春情怕误。

阁前醉了黄柑酒，寒信被东风吹去。长记得南院，春归色上，柳条不识春来路。问何为巧剪合欢春意，翩翩便在钗头驻。千门晓望，愁见青幡一缕。

烛影摇红　客中除夕

画阁香薰，回廊酒熟人双立。残更数断院灯寒，更漏声催滴。今夜本非春夕，便翻觉、千金一刻。流年暗换，不换愁怀，凄凉孤客。

旧事重思，此时梦也偏难觅。只红烛艳照离筵，两鬓垂头白。况看玉人颜色，也不是、东风昔日。岁将行矣，守住呼谁，梅花无力。

浣溪纱　春宫怨

辇道东风落照边，重门深锁自年年，莺声啼断奈何天。

花不解愁春半老，柳如含恨日三眠，长门草色为谁妍?

又　秋宫怨

怕诵班姬团扇诗，懒和花蕊写宫词，秋风先老碧梧枝。
长乐院中歌舞散，昭阳殿里燕双飞，年年红叶负良媒。

酹江月　别长沙，舟中有怀

一帆秋影，便载将愁泪，强留难住。只甚长空孤夜雁，啼破满天凉露。心隔蓬山，魂游汉水，望断长沙路。到如今候，惟凭梦里来去。

还忆傅粉偎香，娉婷窈窕，多少闲情绪。夜半荒凉人独睡，始识到相离苦。把袂传情，赠囊为记，肠断临歧语。重阳近也，应怜江上风雨。

南乡子　舟泊西湖作

晚雾罥沙鸥，八月平湖水不流。不见湘灵江上瑟，声留，翠黛双蛾处处愁。

幽怨竹枝讴，三峡猿声一夜秋。莫说高唐云雨梦，何由，暮暮朝朝在客舟。

木兰花慢　洞庭忆梦园

问征尘甚事，忍离别，为穷通。正枫叶霜红，芦花雪白，触处愁工。痴情误伊年少，恨功名又误我英雄。漂泊谁怜病鹤，相思寄与飞鸿。

木兰轻桨荡秋风，兰芷满湖中。奈楚水灵娥，巫山神女，一并都空。伤心个侬何处，且开窗不辨水西东。便有青峰遥在，乱云隔了重重。

少年游　初入江陵作

关曹人去，山川地塞，剩一座荒城。映月亭边，栖霞楼外，览古不胜情。

沾风殢雨人千里，两岸断猿鸣。几片飞花，数声柔橹，相与下江陵。

酹江月　重九饮荆州南楼言怀

长歌短剑，踏东南万里，换愁千点。自笑狂名今更甚，才比旧时还减。名士纶巾，真娘锦带，半是啼痕染。钟期未遇，归装且漫重检。

看到佳节重阳，黄花淡瘦，消尽功名念。醉卧烟花成底事，肯对西风门掩。灯火鸡声，征衫破帽，催老风尘脸。放怀无赖，向江楼一登览。

太常引　章台赠别

当初惟恨不相逢，百计思无穷。今又去匆匆，怎耐得、相逢是空。

怜卿深意，留侬沉醉，知挨住青骢。还记别情浓，剩衣上、啼痕晕红。

凤栖梧 夔关夜泊，顾念所怀，心绪黯然，特赋此解，以当长歌（二首）

梦里关河愁里树。雁叫猿啼，谁解声声苦。别有断肠人不住，黄昏又是风还雨。

记得床头千万语。只劝檀郎，莫便抛侬去。问甚日情怀几许，便伤心也无从诉。

望断长天波淼淼。泪洒秋风，一棹三巴道。白帝峡云寒悄悄，思量旧事愁多少。

人影衣香今已杳。我去凄凉，卿不如归好。莫再荆门留滞了，梦魂夜向阳台绕。

以上卷一

长亭怨慢 碧浪湖春望

陌头芳草黏天去。绿过峰腰，又青江树。树外斜阳，酒旗红映落花路。黛眉人别，山色远、笼烟雨。便画作春图，画不出、望中情绪。

休顾，怅莺啼渐老，正是柳丝飞絮。年年此地，只湖内、碧波如故。怕更听、属玉声声，已凄断、昔时歌舞。莫再感兴亡，修禊亭边闲步。

八声甘州 题岳麓绝顶望湘亭

背斜阳听铃语西风，人咏楚天清。有古寺疏钟，旗亭画角，诉不分明。渐渐峰腰雾散，林际暮云平。指洞庭衡岳，一发遥青。

望遍江城如画，只山楼绿树，水阁红灯。杏花村外路，一片酒旗横。听风声、雨声撩乱，不移时、又听鸟声晴。愁无赖、瀑泉声里，更杂江声。

木兰花慢 漫兴

秋风看木落，老马足，困车尘。记吴会传书，燕台吊墓，楚水为文。几多悲歌慷慨，付天边孤鹤与闲云。憔悴青衫泪点，消磨白纻香痕。

正连天烽火黄昏，跨海肆妖氛。奈铁马金戈，纶巾羽扇，老将无存。宫中狗监如在，笑羊头烂遍了侯门。无客解忧漆室，有人痛醉红裙。

沁园春 感旧

箫鼓夕阳，旧事凄凉，人正愁生。记巴山夜话，西窗烛剪；都门晓别，南陌杯倾。万里孤舟，十年客梦，苦半生空办利名。休回首，只风亭月榭，水驿山程。

莫言年少无情，望断玉楼消息不明。怅银簪金缕，东风白马；珠帘画舫，细雨黄莺。杨柳春堤，芙蓉秋院，曾踏落花把臂行。沉吟处，惟飘零红粉，解惜惺惺。

东风第一枝　读吴梅村诗集题后

岁月如流，江山似梦，漫言昔日京国。夜听法曲灯青，晓看故人头白。哀时百感，江南地、傍谁消得。便纵有、庾信文章，洒泪那堪萧瑟。

人物已沦亡无迹，湖海尚漂零为客。草间诗自沉吟，病里愁谁解释。凄凉万事，莫再悔、一钱不值。最可怜、死后题名，只见墓门圆石。

台城路　读尤西堂杂组题后

笔花乱写江郎赋，生平愁恨相续。绮语含香，浓情斗艳，应与玉台同读。当年菊部，已流遍人间，尽多遗曲。慷慨悲歌，为君喜并为君哭。

江南老名士也，怎词场落拓，酒红灯绿。梦渡巫山，魂飞洛水，身世客边都触。文章薄福，算枉屈功名，少年奔逐。且喜嬉游，著书还仰屋。

西江月　春江送别

江上绿波点点，渡头青草芊芊。一篙锦水一篙烟，肠断酒楼人醉。

无奈花开春去，却怜影瘦衣单。含情莫唱念家山，雨洒别时清泪。

误佳期　春怨

长自把芳心束，销瘦华年碧玉。樱桃红熟晚帘垂，一任空庭绿。

昨夜海棠开，背向东风祝。肯明朝吹送郎来，笑弄屏山曲。

又　秋怨

帘外又天寒透，且唤鹦哥冷否？风吹翠袖暮鸿啼，江上芙蓉瘦。

愁泪滴黄花，蟋蟀阶前斗。碧梧金井夜孤眠，数断铜壶漏。

浣溪纱　有怀

惆怅巫山一段云，凌波罗袜梦无痕，思量何处唤真真。

流水落花留恨事，人间天上种情根，夜凉记解砑罗裙。

金明池　秣陵登阅江楼望江上诸山，凄然感赋

钟阜围青，金焦散翠，点点离愁如积。登城郭、楼船万里，指形胜东南半壁。算安排、丘壑胸中，待记取、江上诸峰罗列。

但雾锁深林，云拖斜坂，隐隐钟声低压。

汉寝唐陵都已灭，怅满目蓬蒿，乱鸦斜日。江南北、大江流尽，石头不见，降幡出。便追寻、宰相山居，只古冢累累，断碑残石。更休问兴亡，六朝人去，剩一片秦淮碧。

貂裘换酒　经旧游处偶感

雨洒哀时泪。昔年春梦婆娑，甚豪情有几。读破离骚能饮酒，不谓便称名士。南国生来、红豆子。昨夜东风偷告我，笑功名、管领群花事。心恋恋，长如此。

吟鞭又压秋风里。最凄凉、吹笙击磬，南邻北里。莫问青楼人在否，一片蘼芜满地。鸦背看、斜阳下矣。指柳边疏楼隐隐，更红灯、乱罥横塘水。愁独立，芳魂起。

唐多令　岳州钟杰人太守招校郡试，途中苦雨书闷

人立荻花洲，泥深滑紫骝。数行寒雁、一天秋。望断重湖烟水阔，何处是，岳阳州。

梦锁大江流，孤帆雾里游。早将云水洗吟眸。任尔连朝连夜雨，洗不尽，古今愁。

江亭怨　晚望

楼外画楼一带，山外青山如黛。何处望行人，更在斜阳

渡外。

不见行人无赖，今日又斜阳晒。依旧未归来，只有愁心无界。

踏莎行 立秋后三日，别巴陵陈正钧大令

木叶萧萧，洞庭波起，君山螺髻为谁翠。画堂人醉雨蒙蒙，销魂最是秋风里。

怅望亭皋，满湖兰芷，芦花浪打江头鲤。岳阳城外买归舟，一鞭行李巴陵水。

寿星明 遣闷

赵北燕南，芳草摇情，随处勾留。记窈娘堤外，秋娘渡口，泰娘桥上，结伴春游。烂醉金钗，斜偎翠袖，歌舞红楼系紫骝。花开候、尽樱桃雨打，杨柳风流。

而今旧事悠悠，只赢得青衫泪不收。便文能惊世，诗能泣鬼，赋能感客，并足千秋。灯火寒窗，光阴故纸，难抵穷年一夜愁。无聊甚、且狂呼鲁酒，笑看吴钩。

如此江山 长沙客次，苦雨经旬，新霁登城晚眺

绿杨流水荒城外，遥指数家村店。嫩草铺阶，残花缀地，还记东风门掩。春愁黯淡。剩衣上征尘，鬓边冷艳。消瘦腰围，玉楼人醉沈郎病。

连旬满天烟雨，听声声杜宇，多少幽感。赌酒旗亭，裁诗画阁，昔日豪情都减。登高远览。入一片斜阳，红低曲槛。敲断钟声，只寒鸦几点。

贺圣朝　月夜鄂渚舟中有赠

水分江汉人分路，月挂珊瑚树。拟将汉水合江流，倒印圆波聚。

招来黄鹤，呼来鹦鹉，向龟山同住。更休管日暮烟波，问乡关何处。

减字木兰花　旅思

劳劳车马，看洛阳花枝又谢。抚剑敲棋，客里消磨壮岁时。

孤灯如豆，人醉帘栊春影瘦。归梦无情，不记邯郸第几程。

声声慢　立夏日作

帘栊影细，楼阁烟低，看双飞画梁燕。小步池塘，时又蔷薇香遍。催耕忽听布谷，始知春去鹃声转。思往事，蓦无聊、正是晓钟敲断。

满眼深红浅翠，认点点、啼痕梦魂都乱。抱恨黄莺，只自骂东风很。更休怨原上草，美人消瘦玉颜损。从此后，拼闲愁千缕不管。

醉春风 感愤

骐骥天闲厕，桃李公门萃。黄金何物可招贤？起起起。木偶衣冠，刍狗文字，于斯而已。

朝遇空桑子，暮见徐无鬼。灞陵醉尉又揶揄，止止止。快整归装，重谋旧业，作吾高士。

菩萨蛮 无题（八首）

玉楼人去无消息，胭脂雨浸红襟湿。旧梦不重圆，东风燕子天。

杏花特地落，点点飞香阁。门外晓莺啼，长堤望欲迷。

春风吹折枝头玉，花神夜向东皇哭。诉尽几多愁，垂杨拂画楼。

小栏池水皱，雨打梨花瘦。莫作负情侬，相思寄落红。

含娇笑剪宜春字，剪刀不剪横波水。百叠绣罗裙，无风也断魂。

晚妆帘下见，红晕桃花面。十五小年华，珠娘未破瓜。

一帘春影花魂卧，杜鹃报道楼台锁。枉自费思量，知他待阮郎。

残红都不管，便觉东风懒。芳草美人情，萋萋夕照明。

葡萄红满珊瑚架，今宵紫杏初偷嫁。何处梦魂缠，游丝一缕牵。

锦衾愁独拥，怕惹春心动。闲坐绣鸳鸯，花开夜合香。

杨花飘泊虽轻薄，解因轻薄穿罗幕。深巷燕双双，斜阳语画梁。

无情窗外月，照彻银屏白。寒夜怨阿痴，十年尚未归。

从来薄幸留难住，何须抵死催人去。未到夕阳时，门前骢马嘶。

醉弹相别泪，枕带余香睡。莫唱定风波，新愁懊恼歌。

雕栏双立私言罢，轻轻且把珠帘下。灯底坐吹笙，叫鬟进晚羹。

定情诗未了，写上乌丝稿。人在那边居，哥哥唤鹧鸪。

浣溪纱 春日感旧

侧帽轻衫不自怜，风流醉舞杏花天，玉簪无力晚风前。

寂寞琵琶江上月，凄凉池馆陇头烟，朝云一去草绵绵。

风入松 湘上阻风，舟宿不寐，赋此以解

愁风愁浪更春愁，灯火柳边楼。夜深篷背潇潇雨，满江烟

雾一孤舟。惆怅今宵客梦，不随流水东流。

披衣懒再醉金瓯，旧事记潭州。子规啼罢乡心碎，又鸡声、唤醒更筹。料得江村密锁，无人早挂帘钩。

摊破浣溪纱　湘潭道中即景

雾拥前村锁酒旗，风摇细雨湿罗衣。芳草有情归也未，断桥西。

画舫半江流水地，碧桃千树落花时。多少游人盘马去，鹧鸪飞。

陂塘柳　自题眠琴阁填词小照

美人迟暮，湘江水，搴兰还未相遇。年来自笑多才甚，却又被多情妒。谁与语？有剑在帘前，琴在花前抚。漂零客路。算十载狂名，一肩愁梦，比旧日如故。

吟边醉，已是魂消一缕，伊谁更画眉妩。秋娘老矣冬郎瘦，艳曲怎教闲度？重记取，只岁岁、江湖处处风波苦。芳音立伫。待桂绿秋风，杏红春雨，准拟把君去。

大江东去　哭亡友陈子峻

杜鹃啼罢，忽惊来噩耗，骑鲸去了。曾记相逢梧叶落，十载秋风斜照。萧寺寻诗，西堂理梦，或有芳魂到。酒边弹泪，凄凉旧日词稿。

休话几许离愁，东风道路，绿遍湘江草。君固文场无赖甚，我亦飘零年少。司马闲情，元龙豪气，一半云烟杳。而今只有，人琴鹤影相吊。

一萼红　雪夜梦邓良甫太守江南

别离怀。对中庭月色，消息向人猜。赢得狂名，赚来罪谤，此心肯与谁开？待记取、江南重到，话旧事、身世付吟杯。断梦模糊，微官落拓，一片莓苔。

受尽衰年羁旅，便雄心未死，穷骨都灰。水阁敲冰，纸窗戛玉，怕又风送魂来。忽起看、关山路白，有城头、晓角数声哀。认否梅花点点，瘦影徘徊。

如梦令　闺情

刺风金钗斜堕，陌上柳丝风细。水阁坐焚香，昨夜灯花报喜。休醉休醉，或恐玉人浓睡。

金缕曲　绮怀（二首）

梦断江南路。算春愁、游丝婉转，略无头绪。锦瑟华年休回首，枉为莺花作主。忽想到、谢娘眉妩。舞扇歌衫都零落，懒将红豆写相思句。开遍了，碧桃树。

窗前雨打芭蕉语。正商量、明朝酒后，莫匆匆去。料者般衣香人影，难觅周郎再顾。纵私订、鸳鸯旧谱，又怕情长天涯远，便梨花瘦尽人不遇。灯背坐，泪如雨。

宝鸭衔香睡。且呼鬟、开帘热酒，伴红裙醉。乳燕流莺双对语，辜负春光细腻。怎禁得、少年心事。一寸情根深如海，寄来南国种将何地。憔悴甚，为卿累。

芙蓉梦醒天寒被。总销魂、蛾眉髻碧，凤头钗翠。欲倩红丝牢系住，隔断盈盈一水。怅前度、佳期误矣。便自今相逢无日，脸情眉韵也吾能记。风习习，落花起。

减字木兰花　春愁

门垂丝柳，又陌上花开豆蔻。凄断鹦哥，庭院无人绿草多。

欲行还懒，无赖春阴天气暖。且倚红栏，闲引鸳鸯独自看。

水龙吟　武昌歌楼怀旧

销魂最是长沙，非才子也难留住。剩斜阳里，半江山色，一帆云树。洛浦凌波，汉皋解佩，美人何处？漫倚栏行乐，叩舷消遣，时自唱，黄金缕。

不叹关河羁旅，叹西风、冷吹帘户。问谁料理，琐窗裙带，画楼弦柱。去鸟如飞，征鸿过尽，归期无据。料何时再得，相逢除却，是阳台路。

鹊桥仙　吴淞晚望

江边孤月，村边孤树，又是孤舟风雨。征人那得不消魂，况苒苒、黄花天暮。

年时别恨，漂零酸楚，直是为他樊素。水流人去不归来，怎特地、相思无路。

蝶恋花　西湖夜泛

一种芳心何处唾？月在江边，人在船边坐。莫怨归期重误我，年来情事都相左。

还记纱窗同醉卧。八月中秋，九月重阳过。消瘦红颜钗半弹，嫩寒天气尤无那。

南乡子　月夜江上闻笛

柳外画楼灯，旧事江南记得清。负了如今三载别，离情，不听吴娘水阁筝。

愁绪诉分明，笛里梅花梦里惊。谁遣江头孤月照，人行，肠断阳关第四声。

齐天乐　津沽夜坐遣闷

波涛滚滚东流去，不流玉人清泪。雁外霜高，鸥边月冷，怅望故人天际。江亭偏倚。想旧日情怀，柳丝风细。书剑漂零，苦尝备了倦游味。

丹枫夕阳处处。恰江村描就，菊花天气。妓馆闲情，酒楼剩稿，写尽客中憔悴。帘灯渡水。怕更听筝琶，着些离意。独理寒衾，卷江声梦里。

丑奴儿令　偶见偶闻（二首）

画帘双燕窥窗语，桃李花开，杨柳风来，勾引春光上镜台。
落红片片飞残雨，才下空阶，又点苍苔，枉费东风一夜胎。

买饧天气箫吹暖，赵瑟秦筝，夜雨淋铃，一并凄凉枕上听。
骊歌唱罢人何处，紫燕黄莺，野鹤梳翎，春去枝头不住声。

法曲献仙音　感遇

鸥梦难圆，鹃魂莫化，换出数声凉雨。想到浮生，落花流水，年年飘泊无主。叹燕燕莺莺，为谁忙，空来去。

且休诉，算年来、被多情误。心意乱、常自把青萍顾。瘦损旧腰支，似春蚕、吐尽愁绪。身世苍凉，对寒鸦、落日无语。只东风池水，泪点背人弹与。

惜余春慢　程子大赠所著楚望阁诗、沧浪榭词题后

梦里关河，镜中人影，更画出离亭笛。秦云压帽，楚水漂衣，自是身有仙骨。能把沧洲倒翻，五岳荡摇，尽供吟笔。算遗山以上，东坡而后，此称诗杰。

偏又善、刻翠雕红，寻声斗媚，播弄绣楼风月。鸾钗小颤，凤柱轻弹，总道夜深愁绝。便有豪情，怕教舞扇歌衫，空箱千叠。快呼童进酒，垂帘莫更，问天涯客。

浣溪纱　春夜独坐（二首）

一点灵犀语未传，车声雷走不成眠，孤灯闪闪向谁圆？
迢递关河空有梦，凄凉情事了无痕，画眉人去月黄昏。

髻影钗声乱酒潮，重重帘幕雨潇潇，忽怜忽怨忽含娇。
绣阁歌残红线曲，璇宫吹断紫云箫，夜深愁杀郑樱桃。

新雁过妆楼　无聊

乍了棋枰，黄昏候、绕墙又听虫鸣。屋边蛛网，看乱罥落花轻。斗雀开笼抛豆戏，倚栏故试滑苔行。且钩帘，笑邀明月，压住孤灯。

夜凉残更数断，恨美人无梦，荡子无情。扑来愁泪，多少

万点流萤。便能酒中醉死，恐穷鬼愁魂唤我醒。闲消遣，在屏山深处，偷弄箫声。

如梦令　春思

算又海棠开矣，望到如今来未。不是懒思归，定在春风病里。无计无计，且语邻家姊妹。

蓦山溪　长沙送晴秋三弟之荆州

无言有泪，夜雨空阶滴。恨陌上垂杨，绾不住、东西人别。灯残梦冷，又怕听鸡声，当今夕。情凄切，唤醒离亭客。

文章误我，苦为身家压。岁岁天涯，算总是、依人偷活。谁堪此后，更白昼看云，人犹隔，愁难割，长忆荆江月。

解佩令　送春日，同易煦陔茂才城南晚游

疏钟何处，轻烟如缕。便愁生、断肠词句。燕舞莺啼，留不住、陌头春去。怨东风、落红无主。

浪花摇渡，柳丝飞絮。倚栏望、遍长堤树。树外楼台，微露出、杜娘眉妩。一鞭残照、城南路。

垂杨　春日与周铁园观察话旧

问天斫地，怪怎浇不尽，胸中块垒。零乱残红，倩杨丝把

花魂系。燕儿飞倦门深闭，也忙里、偷探诗味。笑年来、看透官场，春梦婆娑意。

忽向阑干遍倚，又重说廿年，几多情事。旧境凄凉，只牢愁欲消无计。樽中座上狂呼起，便远别、有英雄气。玉人未遇，把唾壶击碎。

忆旧游　醉歌

问正平往矣，同甫无存，旧侣谁招。便作婆娑老子，胡床小踞，风月空邀。未过中年哀乐，弦管怕轻调。笑马狗鹑衣，封侯事业，浪说金貂。

朦胧醉中事，待写上红襟，语语牢骚。玉洞蓝桥洛水，巫山醒后，强半魂销。结客少年场里，名利误英豪。算只有高歌，长眠可略消寂寥。

喝火令　忆小女秋桂，并追悼亡女亦兰、似梅

姊妹花多谢，宜男草未生。一春心事诉黄莺。只剩秋风桂子，香瘦月痕清。

听柝呼娘睡，牵衣倩弟行。阿儿生小太聪明。不料灯前，啼笑总无情。不料如今时候，啼笑更无声。

四字令

人眠画楼，寒惊早秋。蛾眉月挂帘钩，照新愁旧愁。

江亭水流，罗帏梦兜。温柔事总悠悠，更云收雨收。

虞美人　望月

花枝倒卧寒香细，院锁双鬟睡。夜深偷上凤凰台，吹断箫声不见个侬来。

西风阵阵罗裙冷，立尽芭蕉影。有情归梦无情天，偏是照人离恨不长圆。

清平乐　纳凉

日长宵短，柳也和人懒。怎怪他销魂傍晚，水殿风来香满。

银杯酒醉酴醾，珠帘露湿蔷微。花褪残红无力，燕儿点点衔飞。

百字令　题李艺渊年文慕莱堂图

凄凉寒梦，叹承欢无计，画图传出。莱子蒙山栖隐地，尚记斑衣情实。五马初临，板舆未遂，空觅当时迹。故乡路远，别离哀感谁惜。

莫更上慕莱堂，白头人去，迎养终难得。旧恨新愁添几许，望断临江山色。捧檄归来，十年清泪，夜向潇湘滴。伤心千古，白云长绕亲宅。

好事近 夜饮红蕉山馆

敲枕钏声凉，梦也为多情绊。花外漏声迢递，人倚红牙按。

含娇醉脸晕红潮，钗影鬓云乱。不管几多愁绪，暗把卿卿唤。

湘月 读晚香堂集，怀城南刘采九师并呈

明窗净几，领无弦琴趣，草摇新绿。白发青衫多少泪，覆雨翻云时局。气压曹刘，笔驱徐庾，字字皆珠玉。瘦香寒节，晚秋开满黄菊。

香火已定千秋，中年过后，更哀丝豪竹。管领群花人又老，前辈风流谁续。艺苑论才，玉堂纪梦，尽占文章福。重编耆旧，异时独冠名宿。

壶中天

廖泉溥台谏招饮小园，同黄树兰太史、陈叔方太守、方联阶司马，即以饯树兰都门之行，因倚席歌此。

翠帘如画，认衣香暗叠，裙带风起。梦里关河歌舞倦，细数四更犹未。亚字栏前，海棠花下，笑伴珠娘醉。侍儿无力，鬓边玉蝶偷坠。

同是作客天涯，青衫黯淡，各含伤心意。夜半华筵灯影瘦，此后相逢何地。翡翠浓情，琵琶幽怨，酒散人千里。谁怜红烛，

也知惜别垂泪。

贺新凉 游李氏园亭即景

小立斜阳候。看花魂、倒眠枝下，影低身瘦。苑外长桥桥外水，更种数株杨柳。柳丝乱点池波皱。惊起画楼双燕子，又轻轻飞傍雕栏走。帘阁畔，人垂手。

繁华盛会焉能久。叹名园、护花鸟雀，镇日空守。只恨东风轻薄甚，吹落残红满囿。便还有、黄莺悄咒。枉自添伤春别绪，算除愁不外茶和酒。消长事，吾参透。

醉花阴 旅中题壁

门掩春寒天气峭，雨细莺声小。客邸最销魂，夜夜吟诗，一盏红灯照。

回车常哭出车笑，意气人空闹。愁满酒杯宽，苦要催归，听断鹃儿叫。

风流子

兴宁黄月秋茂才新纳姬人，意甚矜宠，索予贺词，作此戏之。

兰房花烛夜，何缘又、欢结少年场。羡窈窕丰姿，帐中鸾凤；娇羞媚态，枕上鸳鸯。从今后、风流侪小谢，傅粉陋何郎。伧父无情，尽消幽怨，秋娘老在，总费商量。

巍科难高掇，得倾城美女，愿亦堪偿。笑指小星明朗，豆蔻春香。便宋玉偷窥，半疑神女；司空惯见，也断人肠。快共乌丝红袖，醉写催妆。

高阳台 会垣需次，得五弟煦秋家书

萱草笼烟，荆花吐雾，匆匆又过残春。十载征车，光阴大半风尘。寒灯便有家山梦，总天边、雁影孤分。怕看云、苍狗白衣，世事翻新。

田园已是凋零尽，只遥怜弱弟，尚未成人。霜鬓无情，那堪客里思亲。书中苦把加餐劝，奈牢愁、满腹纷纷。酒三巡、多少离恨，待与谁论。

无闷 月夜独立，闻笛感旧

月在篱边，人在楼前，花影扶人悄立。怅昔日情梦，少年京国。听断声声玉笛，总料不定，谁家吹得。干卿甚事，弹成苦调，夜寒无力。

愁绪，更多杂，且自顾青衫，泪痕长湿。况触我、今宵酒醒风急。不怨秋娘老大，便即是、商妇琵琶泣。凄凉认、一曲峰青，诉尽悲欢离合。

罗敷媚 席上赠徐玉梅录事

潇潇暮雨吴娘曲，斜伴金瓯，宛转珠喉，呜咽琵琶水上舟。

红襟轻捻银筝泪，情眼先偷，春锁眉愁，人醉东风翡翠楼。

南歌子　忆别（二首）

瘦影扶人立，私言倩汝知。花枝零乱上楼时，望断陌头微雨柳丝丝。

窗外鹦哥唤，梁间燕子飞。玉人颜色病支离，怎怪春深愁锁画帘低。

离绪纷如茧，音书渺断鸿。别来消息镜尘封，独自凭栏深夜听鸣蛩。

翠阁蒙蒙雨，罗衣细细风。梦回灯冷五更钟，不管相思人已老梧桐。

大江东去

得张雨珊年丈书，畅论词旨，用志感仰，兼题所著湘雨楼词集后。

啼红怨碧，看词家妙谛，丽绵轻换。秦七无人黄九死，嫩话商量千遍。花鞞柳欹，晓风残月，新曲试低按。消磨绮语，除闲愁更休管。

偏到酒后春初，旗亭歌板，省识情长短。减字添声吟影瘦，写入鸾笺都懒。水皱风吹，云微山抹，锦句人肠断。双鬟偷唱，小立湘雨楼畔。

玲珑四犯　登东台山观湘涨

瘦折峰腰，总远锁河流，低绕山路。古渡烟开，望断隔江云树。遥听岭外钟声，又暗送、寺楼天暮。认夕阳殿阁参差，知便是湘城处。

断猿孤鹤闲交语。倚栏频、作登高赋。读书醉忆十年事，此地曾长住。除却山鸟山花，惟有风月，不相误。拟并将愁泪，桃花水涨，大江流去。

兰陵王

移寓学署西，后蔬圃有古冢一龛，闻白昼能作怪状。命仆重葺，作此吊之。

秋萧瑟，透出寒光暮白。朦胧认，点点疏烟，轻荡游魂细无力。鸦声林际密。绿断，荒原草色，宫墙畔，磷火腥红，夜夜幽情背人泣。

西风小园北。问死是何年，埋是何日？何朝姓氏何方客？只满地蓬蒿，断碑残石，飘零长恨谁释得，化为土花碧。

凄恻，泪双滴。又只恐灵旗，低傍云立。飞花落叶香都寂。更不管寒食，纸灰箫笛。灯摇瘦影，准今宵，梦里识。

莺啼序　长沙览古

乌啼夕阳人立，在吴头楚尾。指城外、昔日山川，麓云依旧浓翠。怪凭吊、才人去后，湘江独剩无情水。待追寻，秋草寒林，乱鸦飞起。

醉把离骚读罢，叹屈子豪情已矣。想投死、忠旧怀沙，当时荆国谁比。纵如今、三闾庙古，江上美人，都憔悴。拟搴兰，再赋招魂，问天无计。

旗飘画角，惨淡阴风，又独登故垒。便望到蓼园，望不到、长安里，国小亲离，感兹心碎。蔡公墓下，马王宫畔，荒坟鬼火殷红坠，认萧萧、一片芜青地。烽烟莽荡，曾经打桨君山，尚余铁锁深系。

危楼遍倚，慷慨悲歌，洒我多少泪。算只有、朱张老渡，碧浪重湖，岁岁春来，乱开桃李。凄凉莫问，兴亡何许，长沙旧是卑湿处，更休吊、明月湘娥逝。苍梧哀怨谁多，一曲青峰，瑟声吹细。

金缕曲　读易实甫观察盾墨拾余集题后

心事凭谁写？只榆关、台峤风月，是真知者。割地偿金难饮恨，顿足捶胸城下。期再效、孤忠屈贾。拼命而斯人不死，正留文字愧他朝野。苍生福，何年假？

中原王气销沉也。有二三、为时豪俊，应还休怕。惟怕新亭名士侣，举目山河闲话。叹几许、征车戎马。杜入茫茫虫沙劫，化作霾雨怪云飞罢。闻鬼哭，泪盈把。

如此江山 天津

蓟云燕树溟蒙里，征帆海天无力。骏马疲神，血鹃啼泪，人在天津桥北。功名梦杂。只旧日文章，少年京国。夜半潮来，大沽烟水带愁色。

风吹柳花习习。甚悲歌慷慨，谁与知得。屠狗英雄，除狼壮士，此辈已无消息。家山苦忆。望海屿层堆，酒旗低湿。豪竹哀丝，听声声更急。

南歌子

衡岳山多合，潇湘水不分。红栏昨夜月华新，无奈红栏深处有红裙。

易断侵晨梦，难销傍晚魂。天涯消息讯谁人，隔了重帘更隔万重云。

伤情怨

望伊穿了泪眼，已是心情乱。没个书来，归期还自盼。

时时千算万算，未必良缘果真断。只怕腰肢，到归时瘦半。

清平乐

夕阳江阁，燕子双飞落。闲事些些牢记着，待数那时轻薄。

花浓酒殢今宵，青丝白马明朝。人自玉楼销瘦，东风梦断临洮。

少年游

苏家小小，关家盼盼，也一例漂零。红叶题诗，黄绢织字，何处诉衷情。

三年已断秦筝约，孤负了银灯。屏外青山，桥边绿水，人立短长亭。

虞美人

几年不醉申江酒，梦也和愁瘦。如今重与过秦楼，谁解声声偷唱小瀛洲。

梦中灯火家山路，人倚樱桃树。牵衣欲诉别离情，争奈心声眉语不分明。

鹊桥仙　六月十三晚，与月林游海上张园宜园（二首）

鬓光风亸，衣香云叠，人影偎依凉透。车如流水马如龙，又还是、斜阳时候。

海棠开过，池荷圆了，双立闲庭杨柳。回廊深处忽相逢，犹笑问、那时豆蔻。

画眉愁逗，柔肠情转，窗外风声如雨。翠绡心事欲谁知，倚楼却望郎行处。

茶余酒散，灯明月上，争忍匆匆轻去。人生难得几今宵，偏故把玉骢挨住。

以上卷二

以上《欸乃余曲》，光绪二十三年（1897）上海绍文书局石印本。